위로와 공감을 넘어 진정한 나로 거듭나는 55가지 이야기

여자는 무엇으로 성장하는가

여자는 무엇으로 성장하는가

초판인쇄 2022년 11월 23일
초판발행 2022년 11월 28일

지은이 하민정 외 10인
발행인 조현수
펴낸곳 도서출판 더로드
기획 조용재
마케팅 최관호 최문섭
편집 이승득
디자인 토 닥

주소 경기도 고양시 일산동구 백석2동 1301-2
　　　　넥스빌오피스텔 704호
전화 031-925-5366~7
팩스 031-925-5368
이메일 provence70@naver.com
등록번호 제2015-000135호
등록 2015년 6월 18일

ISBN 979-11-6338-243-0　03810

정가 16,800원

위로와 공감을 넘어 진정한 나로 거듭나는
55가지 이야기

여자는
무엇으로
성장하는가

강 희 | 김화자 | 박선우 | 이자람
이지은 | 최서연 | 최유화 | 최은아
하민정 | 한명욱 | 한선영

도서출판 **더 로드**
The Road Books

BBM(book, binder, mindmap) 이란 커뮤니티를 운영하는 책 먹는 여자입니다. 2년 전 꿈 리스트에 〈작가 친구 100명 만들기〉를 적었습니다. 벌써 4번째 공저를 진행하며 공저 작가들과 함께 꿈을 이루고 있어요. 이번 주제는 여성의 자기 계발이랍니다.

자신에게 주어진 역할(엄마, 딸, 아내, 친구, 이웃, 직장의 계급장)을 내려놓고, 온전히 이름 석 자로 우뚝 서고 싶은 우리의 이야기예요. 매일 분투하며 흘린 땀이 보석처럼 빛나는 순간을 적었습니다. 완성형이 아닌 현재진행형의 자기 계발이기에 기대되는 미래도 선물로 준비돼 있죠.

《여자는 무엇으로 성장하는가》 공저 10명 작가님들의 멋진 도전에 동참할 수 있어서 감사해요. 우연히 만나 인연의 닻을 내려 비비엠을 든든하게 지켜주는 김화자 작가님, 멋진 간호사 선배 박선우 작가님, 제2의 인생을 위해 매일 도전하는 강 희 작가님, 강하고 착한 사람 이자람 작가님, 디자인으로 세상을 아름답게 바꾸는 이지은 작가님, 목소리로 마음을 전하는 최유화 작가님, 함께 있기만 해도 행복해지는 최은아 작가님, 사람을 사랑하는 하민정 작가님, 결국 하나씩 해내고 마는 한명욱 작가님, 헤어 디자이너 다크호스 한선영 작가님의 출간을 축하드려요.

이 책은 총 5장으로 구성됐어요. 1장은 성공할 수 있다는 믿음, 도전하는 용기, 자기 확신에 대한 이야기예요. 2장은 우리의 인생을 더 예쁘게 만들어가는 과정과 다짐이에요. 3장은 여자인 자신을 성장시켜가는 자기 계발 도구에 대해 적었어요. 4장은 더 나은 미래를 살기 위한 태도, 강점, 긍정, 노력, 습관을 이야기합니다. 5장은 이 책을 통해 독자에게 하고 싶은 이야기를 총 11개의 메시지로 전달했어요.

2016년부터 시작된 귀한 인연, 책 먹는 여자의 책 쓰기 사부님 이은대 작가님이 이번 공저도 진행을 맡아주셨어요. 감사합니다.

《여자는 무엇으로 성장하는가》는 이 땅에 살아가는 여성들의 기록입니다. 단지 우리가 적기만 했을 뿐, 이 책의 주인공은 글을 읽고 있는 여러분입니다. 책을 읽다가 손뼉 치며 공감되는 곳도 있고, 나라면 이렇게 하지 않을 것 같다는 구절도 있을 거예요. 그런 곳은 그냥 넘기지 말고 다시 여러분의 이야기로 책을 쓰시면 좋겠어요. 당신의 책을 읽는 그날까지 저도 성장을 멈추지 않을게요.

당신은 이미 당신이 원하는 그곳에 가 있습니다. 책 먹는 여자도 함께할게요.

당신의 풍요로운 성장을 돕는 책 먹는 여자

Contents

PART 01
성공할 수 있다는 믿음

PART 02
인생 조금 더 예쁘게 만들 의무가 있다

◆

PART 03
여자는 무엇으로 성장하는가?

◆

PART 04
더 나은 삶을 위해 가져야 할 태도

◆

PART 05
진정한 나로 거듭나는 시간

PART 01

성공할 수 있다는 믿음

1
나의 한계는 누가 결정하는가

김화자

서른 중반이 될 때까지 여행을 가본 적이 별로 없었다. 국내 여행은 물론이고 해외여행도 마찬가지였다. 80년대였고, 이때는 외국 여행을 자유롭게 하지 못하는 시기였다. 그러나 낯선 외국으로 여행을 가는 것에 대한 두려움이 더 컸다. 심각한 길치였기 때문이다. 서울로 가는 기차를 반대 방향에서 타는 바람에 여수로 간 적도 있었다. 인천으로 가는 지하철을 잘못 타서 안산으로 가기도 했다. 항상 타고 다니던 129번 버스를 타야 하는데 129-1번 버스를 타기도 했다. 늘 보던 풍경이 달라졌을 때야 비로소 버스를 잘못 탄 걸 알았다. 완벽을 추구하려고 했지만, 현실적으로는 빈틈이 많은 나 자신을 알기에 낯선 외국으로 여행을 간다는 것이 몹시 두려웠다.

그뿐만이 아니다. 새로운 것을 배우는 게 두려웠다. 컴퓨터가 우리나라에 보급될 때부터 가지고 있었지만 다루는 것은 몹시 서툴렀다. 몇 번 데이터를 날린 이후에는 마음이 움츠러들어 사용하지 않았다. 필요한 것들은 대면으로 해결하고, 정 아쉬우면 남에게 부탁하며 살아가고 있었다. "나는 아날로그가 좋아!" 하면서 말이다. 디지털에 적응하지 못하는 걸 아날로그 감성을 가졌다고 포장했다.

집과 병원을 오가는 따분한 생활이 이어졌다. 최선을 다해 아픈 사람을 돌보겠다는 초심도 매너리즘 속에 희미해져 갔다. '이런 식으로 살다가 나는 생을 마감하겠지.' 하면서도 큰 불만은 없었다. 환자를 진료하는 것 말고는 딱히 관심 있는 일이 없었고, 배우고 싶은 것도 없었다. 소아과 의사로 살아가고 아이들 키우는 것만으로도 바빴다. 블로그, 인스타, 유튜브는 나에게 궁금한 정보를 찾아보는 용도 이상의 의미는 없었다. 내가 읽고 싶은 책 읽고, 좋아하는 영화 감상하면서 살면 되지, 그런 것까지 직접 해볼 필요는 없다고 생각했다. 여행도 안전하게 지도 여행 다니는 걸로 만족했다. 그러다가 코로나 팬데믹 시대를 맞이했다.

음식점에 가면 키오스크 아니면 주문도 어려웠다. 사람들이 뒤에 줄 서서 기다리고 있으니 빨리해야 한다는 압박감이 밀려왔다. 내 차례가 되었을 때 머릿속이 하얗게 되었다. 찬찬히 읽어볼 생각도 하지 못했다. 기계 앞에만 서면 그렇게 되었다. 그러니 주문이

제대로 될 리가 없었다. 두 번 시도해 볼 생각도 못 했다. 창피했다. 분명 아주 간단할 텐데, 그것도 해내지 못한 내가 부끄러웠다. "안 되겠다. 햄버거로 때워야지." 하면서 찾아간 햄버거 가게는 주문이 더 복잡했다. 그냥 굶는 게 낫겠다 싶었다. 인터넷으로 생활필수품 사는 것, 배달 음식 시키는 것, 버스나 기차 예매하는 것, 은행 업무까지 모두가 한꺼번에 온라인으로 바뀌어버렸다. 갑자기 찾아온 변화에 적응하기 어려웠다. 온라인으로 바뀌니 너무 편하다는 사람들이 많지만, 나에게는 어느 것 하나 쉽지 않았다. 컴퓨터를 사용하려고 하면 도대체 회원가입 하라는 것은 왜 이리 많고, 비밀번호는 왜 이리 다양하게 만들라는 것인가? 너무나 많은 ID와 비밀번호를 다 외울 수가 없어서 카카오톡에 저장해 놓았다가 스마트폰이 수명을 다하면서 자료가 다 날아가 버리기도 했다. 서비스 센터에서 많은 데이터를 살려냈지만, 복구하지 못한 것도 많았다. 어설프게 컴퓨터를 맹신하다 벌어진 일이었다. 아예 컴퓨터를 안 하거나, 뭘 모르고 무조건 맹신하거나, 모 아니면 도였다. 누군가가 나를 개인지도해 주면 참 좋겠다고 생각하며 살고 있었다. 누군가 밥을 떠먹여 주기를 바랐다.

　이미 정해진 길 이외에는 가고 싶지 않았다. 돌다리도 두드려 보고 남들이 다 건넌 다음에도 건널까 말까 망설이는 사람이었다. 코로나가 없었다면 내가 스스로 정한 틀에서 한 발짝도 움직이지 않왔을 것이다. 죽은 듯이 살았을 것이다. 그러나 코로나 위기를 겪는 동안 전자기기를 다루지 못해서 생기는 불편한 점이 한두 개가 아니었다. 어느 장소에 가든 코로나 예방접종 바코드를 내밀어야 했다. 그런 간단한 일을 하는데도 가슴이 두근거렸다. 안 되겠다, 이렇게 살다가는 바보로 살겠구나 싶었다. 그러다 우연히 비비엠이라는 단톡방을 알게 되었다. 눈으로만 보고 선뜻 참여하지 못하고 망설이다가 문을 두드린 곳은 독서 모임이었다. 혼자, 때로는 같이 책을 읽고, 글을 쓰고, 운동을 하고, SNS 다루는 법도 익히게 되었다. 새 세상이었다. 가족들도 적극적으로 응원해 주었다. 그동안 사랑이라는 이름으로 원하지 않는 참견을 많이 해서인지, 내가 배워야 하는 것이 많아 바쁘니까 각자의 삶은 스스로 잘 꾸려나가고 도움이 필요하면 언제든지 말하라고 선언하자 오히려 반겨주었다. 가족들도 공부방에 틀어박혀 날마다 뭔가를 하는 나를 보는 것에 익숙해졌다. 내가 줌 모임이 있다고 하면 알아서 밥도 해결하고, 방해된다며 까치발로 걷고 큰소리도 내지 않는다. 가끔 시대에 맞추려고 노력하는 나를 보고 "엄마, 대단하다.", "당신, 대단해!"라고 칭찬해 주기도 한다. 그러면 좀 으쓱해진다.

그러면서 나의 삶이 많이 바뀌었다. 내가 도전해 볼 것이라고 꿈에도 생각해 보지 못했던 일들을 실천하고 있다. 마음가짐부터 달라졌다. '할 수 있을까?'보다는 '어떻게 할 것인가?'를 생각한다. 나의 기준에서 보면 혁명을 일으키고 있다. 일단 결심한 것은 배우고 행동한다. 혼자서 여행 가는 것은 꿈도 꾸지 못했던 내가 비행기를 예약하고, 숙소도 예약했다. 물론 계획대로 다 되는 것은 아니었다.

비행기 멀미라는 복병을 만나 정신을 못 차리다가 부탁받은 면세품을 몽땅 기내에 두고 내리기도 했다. 결국 못 찾았다. 원망도 들었다. 배운 것을 PPT로 발표하기로 했는데, 공유가 서툴러 슬라이드 쇼가 작동되지 않아 준비한 것을 다 보여주지 못하기도 했다. 자잘한 성공도 있었지만, 실패도 한 보따리였다.

계획은 완벽했지만, 계획대로 다 되는 것이 아니라는 것도 받아들이게 되었다. 그러나 완벽할 때까지 기다렸다가는 아무것도 하지 못했을 것이다. 그렇게 실수하고 실패하면서 배워가는 것이 많다. 새롭게 뭔가를 시도한다는 것은 지금도 두렵다. 그러나 내가 스스로 금 그어 놓은 나의 한계를 벗어나려고 변화를 선택하자 기회들은 자연스럽게 찾아왔다. 기회들을 움켜잡은 건 다른 사람이 아닌 바로 나 자신이다. 그 기회들은 독서 모임 리더로, 강사로, 작가로 성장하게 해주고 있다. 음식점 키오스크 앞에서 망설이다 "나는 못 해!" 하며 뒤로 물러서는 것과 같은 일은 다시는 없을 것이다.

실패를 밑거름 삼아 부족하면 부족한 대로 한 발짝씩 앞으로 나아갈 것이다. 이제는 절대로 뒤로 물러서지 않으리라. 행동하리라. 시작이 미미하다고 포기하지 않을 것이다. 그리고 혼자서 끙끙대지

않고 도움도 요청하리라. 한계를 결정하는 자 누구인가? 할 수 있
다고 결정하는 자 누구인가? 바로 나 자신이다. 내가 할 수 없다고
마음먹지 않는 이상 아무도 나의 한계를 결정지을 수 없다. 꺾일 때
패배한 것이 아니라 내가 그만둘 때 패배한 것이라고 하지 않은가!
나는 절대 그만두지 않을 것이다. 두렵다고 절대로, 절대로, 절대로
포기하지 않을 것이다.

2
더 나은 삶을 위하여

최은아

    중학교 3학년, 나는 대학을 가고 싶지 않았다. 대학을 가지 않을 거라면 굳이 인문계 고등학교에 갈 필요가 없다고 생각해 상업고등학교로 진학했다. 고등학교 진학 후 첫 시험에서 2등을 했다가 그 다음 시험에서는 10등을 했다. 그러자 담임 선생님이 책상 하나를 교탁 바로 앞으로 옮겨놓으며 다음 시험까지 이 자리에 앉아서 성적을 올리라고 했다. '인문계도 아닌데 왜 이렇게까지 해야 하지……' 이해가 되지 않았다. 그 후로도 성적은 제자리, 내 책상은 자연스럽게 친구들 무리 속으로 들어갔다. 고3, 남들은 대학 입시 준비를 할 때 나는 취업을 준비했다. 다양한 교내활동과 적당한 성적을 유지한 덕분인지 교사 추천으로 금융권에 면접을 볼 기회가 생겼다. 함께 면접을 볼 친구들의 리스트는 모두 나보다 성적이 좋은 아이들 뿐이었다. 면접도 보기 전에 이미 '나는 안 되겠네.'라는 생각이 들었다. 생각은 결과로 이어졌고 당연하다 여겼다. 나중에 그곳에 취업한 친구들의 급여와 근무환경은 그저 부러울 따름이었다.

건설회사에 취업했다. 계약직이었지만 공사 기간이 길었기 때문에 계약 종료 시점을 걱정할 필요는 없었다. 오히려 '할 일 없다고 잘리는 거 아닌가?' 할 정도로 편하게 일했다. 그러던 중 본사에서 업무 관련 새로운 프로그램이 전달되었고, 다른 지사에서는 시스템 사용이 어렵다는 이야기가 나오는데 우리는 잘 사용한다며 혹시 관련 문의가 오면 알려주라고 했다. 본사 시스템 부서에 문의해 봐도 되었을 테지만, 현장에서 직접 사용하고 있는 담당자에게 문의하는 게 더 수월했는지 전화는 꽤 많이 왔다. 아는 대로 설명해 주었고, 잘 모르는 부분은 직접 본사에 전화해서 알아보고 다시 알려주기도 했다. 계약직 여직원이 오히려 정규직 직원들에게 사용법을 잘 설명해 주게 되자 본사 시스템 교육으로까지 연결되어 출장을 다녀오기도 했다. 무료한 직장생활에서 얻은 또 다른 재미였다.

그게 계기가 되었을까. 나에게는 조금 더 나아가고 싶다는 마음이 생겼다. '대학에 가보면 어떨까?', 왠지 '대학을 가면 내 삶이 달라지지 않을까!' 하는 막연한 생각에 주변에 조언을 구했다. "대학을 졸업해도 지금 다니는 직장만 한 곳에 취업하기 힘들 수 있다.", "고등학교 졸업하고 이만한 직장 들어온 건 잘 풀린 거다."라며 현재에 만족하라는 의견이 많았고, 나는 그렇게 다시 그 자리에 머물렀다. 1년을 더 다녔지만, 어쩌면 이 선택이 원하는 답이 아니어서였을까. 고민은 드문드문 이어졌다. 어느 날 건설회사에서 일하던 지인이 개인사정으로 퇴사를 하게 되었다며 이직할 생각이 있냐며 연락이 왔다. 정직원 채용에 급여와 근무환경도 지금보다 나은 곳이라 바로 면접을 보기로 하고 미리 필요한 업무도 숙지했다. 면접은 함께 일할 사람들을 만나는 형식상의 자리였다. 면접 당일, 단정하게 옷을 차려입고 두근거리는 마음으로 회사를 방문하여 사람들과 인사를 나누고 이사실로 들어갔다. 이사실에 놓여 있던 '연세대학교 상패'를 보며 멋지다 생각해서였을까. 왜 그랬는지는 모르겠지만, 면접 도중 그동안 마음 한 켠 가지고 있던 고민과 생각들을 이야기했다. 그리고 그 날 면접을 마친 후에도 나는 이직하지 않았으며, 그해에 다니던 회사를 그만두었다.

뒤늦게 유아교육과에 입학했다. 학교에 다니며 국공립 유치원과 사립 유치원의 근무 여건이 다르다는 것을 알고, 임용고시 준비 조언을 듣기 위해 지도 교수님에게 상담을 요청했다. 지도 교수님은 임용고시 1, 2년 준비해도 합격한다는 보장이 없을 정도로 매우 힘들다며 오히려 공부를 더 해서 교수 임용 준비를 하면 어떻겠냐고 했다. 교수라니…. 그건 아무나 될 수 있는 게 아닐 텐데. 교수 임용 준비도 그렇고 임용고시 통과도 하늘의 별 따기만큼 어렵다는 말을 듣고 나서 될지 안 될지 모를 일에 시간과 돈을 들이는 것은 아깝다고 생각했다. 또다시 안주했고, 그렇게 이것도 저것도 하지 않다가 일반 사립 유치원에 취업을 했다. 집에서 한 시간 거리에 있는 3층의 큰 유치원이었다. 많은 것들을 배웠지만, 그보다 아쉬움이 많은 곳이었다. 그해 1년, 후회가 되었다. 임용고시 준비를 해볼걸. 떨어지더라도 미련 없이 도전이라도 해볼걸. 가지 못한 길이어서일까. 지금도 국공립 유치원 선생님들을 보면 도전하고 노력해서 얻었을 그 자리가 대단하고 부러울 때가 있다.

어린이집으로 이직을 했다. 아이들과 함께하는 것이 즐겁지만, 버거울 때도 있었다. 그래도 혼자일 때는 괜찮았다. 결혼하고 아이를 낳으니 또 새로운 세상이었다. 연고지 하나 없는 지역에서 워킹맘으로 산다는 것이 결코 쉬운 일은 아니었다. 특히 아이들이 아플 때 주변에 도움을 요청할 곳이 없다는 사실은 그럴 때마다 무척이나 힘이 들었다. 남의 아이들 돌보느라 정작 내 아이에게는 부족할 수밖에 없는 상황에 울기도 여러 차례였고, 속상한 날도 많았지만 그게 나만의 일이겠는가. 일하는 엄마라면 다 겪는 고충이겠거니 하면서도 마음이 아픈 건 어쩔 수 없었다. 아이들에게 미안한 마음이 들면 퇴근 후 친절한 엄마가 될 것 같지만, 또 그렇지 않은 게 집에 오면 화가 많은 엄마가 되었다. 집에 와서도 해야 할 일이 넘쳐나는 상황에 애는 나 혼자 키우냐고, 왜 집안일은 나 혼자 해야 하냐며 남편에게 미운 말도 많이 했다. 남편도 투정을 받아주기가 쉽지는 않았으리라. 본인도 나처럼 힘들었을 테니. 어쩔 수 없는 상황이라면 내가 할 수 있는 일까지는 최선을 다하고, 그렇지 못한 일에는 마음을 다치지 않도록 노력해야 한다고 다짐했다. 늘 노력했던 것만큼 잘 이루어지지는 않았지만, 상황에 따라 나름의 노력을 다했던 건 현재의 내가 나에게 할 수 있는 최선이었다.

첫째가 초등학교에 입학하게 되면서 나는 퇴사를 했다. 그 후 얼마 지나지 않아 같이 근무했던 선생님으로부터 국공립 어린이집 원장 위탁 공고가 났는데 도전해 보면 어떻겠냐는 연락을 받았다. 16살 중학생이 40대 아줌마로 변하는 동안 나이만 먹은 것이 아니었다. 열심히 살아낸 삶의 경험이 그 자리에 머물지 않고 나아갈 수 있는 용기도 자라게 해준 것이다. '어차피 안 될 거 하면 뭐해!' 했을 일에 나는 도전을 했다. 몇 날 며칠 밤을 새우며 운영계획서를 만들었다. 제본을 뜨고 라벨 작업을 했다. 어쩌면 무모한 도전이었다. 스펙도 부족했고, 흔히 말하는 배경도 없었다. 가진 건 경험과 자신감뿐이었다. 결과 발표 날, 주무관으로부터 합격했다는 전화를 받고 몇 번이나 진짜냐고 물었다. 전화를 끊고 나서 혹시 동명이인일까 싶어 다시 전화를 해서 생년월일도 확인했다. 시청 공지 사항에 뜬 합격자 발표 공고문을 보니 눈물이 났다. 어린이집 개원을 하며 국공립 분과에서 보내 준 축하 화분 속 '시립어린이집 개원을 축

하합니다. 국공립 어린이집 원장 일동' 메시지 카드가 아직도 원장
실 책상 옆에 붙여져 있다. 그 벅찬 기분을 지금도 잊지 못한다.

할까 말까 고민하며 주저하고 망설이는 사람이었다. 두려움과
불안보다는 안정과 평온을 중요시했다. 내 인생에는 '시작하지 않
은 일'이 더 많았다. 돌이켜보면 내 삶의 변화와 성장은 모두 나 자
신을 믿고 도전했던 순간에서 이루어졌다. 풍요로운 내일은 오직
자신만이 만들어갈 수 있다. 도전 앞에 서서 망설이고 주저하는 사
람 있다면 과감하게 한 걸음 내디뎌 보라고 권하고 싶다. 잔잔한 호
숫가에 머물러 있는 나룻배를 안전하고 평화롭게 느끼는 사람 많지
만, 나는 생각이 다르다. 멈춤과 망설임과 주저함은 그 자체로 이미
퇴보다. 나아가야 한다. 변화해야 한다. 성장해야 한다. 더 나은 삶
을 위한 도전은 그 자체만으로도 의미와 가치 충분하다.

3
자기 확신

이자람

◆

"안녕하세요. 이자람입니다. 직업은 피아니스트이고, 학생들을 지도하고 있습니다." 이렇게 나를 소개하면 "어릴 때부터 피아노를 잘 치셨어요?"라는 질문을 많이 받는다. "아니에요. 저는 전공을 늦게 시작했어요."라며 웃는다. 나는 피아노를 전공으로 선택하고 음대에 들어가기 위해 준비한 기간이 1년 반 정도로 다른 사람보다 현저히 짧다. 대학교 진학 후 만난 음대 친구들은 대부분 예술고등학교에서 공부하고 음대를 준비했으니 최소 4년 이상 전공자로 피아노를 공부했다. 왜 갑자기 음악으로 진로를 결정하고 짧은 기간 동안 입시를 준비하여 음대에 들어갔는지 이야기해 보려 한다. 나는 인문계 고등학교 문과 출신으로 중학교 시절부터 아나운서나 기자 같은 언론인이 되고 싶은 생각을 했었고, 그래서 대학의 '언론정보학부'에 진학했다. 어릴 적부터 사람들 앞에서 말하는 것은 물론, 정보를 분석하고 정리하는 것을 좋아해서 당연한 길로 생각하고 신중하게 결정한 진로였다. 고3 어느 날 우연히 클래식 FM을 듣게 되었다. 베토벤의 피아노 소나타 21번 〈발트슈타인〉이라는 곡이 흘러나왔는데, 이때 강렬한 끌림을 느꼈다. 클래식 피아노가 가진 매력에 푹 빠져버린 순간이었다. 하지만 좋다고 해서 당장 뛰어들 수는 없었다. 왜냐하면 당시에 '아나운서를 하고 싶다.'라는 오래된 꿈도 매우 컸기 때문이다. 그래서 기존 계획대로 진학하여 공부했다. 미디어에 대해 배우고, 다양한 홍보와 마케팅에 관련한 지식을 배우는 대학교 공부도 참 재미있었다. 하지만 학교가 끝나고 집에 가면 다양한 클래식 음악을 감상하거나 새벽까지 라디오를 들으며 배경지식을 쌓고, 음대에 진학하는 법을 찾아보는 것이 일상이었다. 마음속에서는 계속 나에게 음악을 하라고 말하고 있었다. '그게 바로 네가 하고 싶은 일이야!'라면서. 이러지도 저러지도 못하고 고민만 하고 있었는데, 어느 날 눈이 번쩍 뜨였다. 과제로 분석하던 신문에서 '클래식 전문기자'라는 타이틀을 발견하게 된 것이다. 그래서 결심했다. '지금 전공하고 있는 거 열심히 공부하면서 클래식 전문 언론인이 되어 보자.'라고 현실과 타협한 것이다.

현실과 타협했지만, 그건 내가 꿈꾸는 모습이 아니었다. 피아노를 내 손으로 연주하고, 다양한 사람들에게 피아노 음악의 아름다움을 알려주면서 그 음악으로 좋은 영향을 주는 모습, 그게 바로 내가 바라는 미래 나의 모습이었다. 조금이라도 지체하면 안 될 것 같았다. 하루라도 빨리 시작해야 했다. 그날 밤, 부모님께 내가 생각하고 있는 것을 말씀드렸다. "엄마, 음악을 꼭 전공해서 제 손으로 연주하고 싶어요. 피아노라는 악기가 너무 좋고, 그래서 음대에 가고 싶습니다. 지금 학교를 그만두고 다시 입시를 준비했으면 해요."라고 이야기하며 나의 결심을 전했다. 이야기하기 며칠 전 다시 태어나면 꼭 음악을 하고 싶다는 이야기를 엄마께 드렸었기에, 엄마는 흔쾌히 수락해 주셨다. 하고 싶은 일을 하는 게 나를 행복하게 만들어 주는 행위라는 걸 엄마도 그때 알고 계셨던 모양이다. 만약 내가 당시의 엄마라면 이렇게 진심으로 믿어주고 응원해 줄 수 있었을까? 미래가 확실하지 않았을 텐데 말이다. "엄마는 네가 어릴 때부터 뭘 한다고 해도 다 잘 해내리라 믿었단다. 그리고 결국 잘 해냈기 때문에, 이번에도 잘해서 목표를 이룰 것이라 믿어. 열심히 해보렴." 엄마의 이야기를 들은 후 나는 끝내 목표를 이룰 것이라고 나 자신을 강하게 믿는 '확신'이 생겼다. 나의 현재와 미래를 무조건 믿어주고 응원해 주는 사람이 있다는 건 대단한 힘을 발휘하게 한다. 그 힘이 자신을 믿게 만들고, 힘든 상황에서 꾸준히 해낼 수 있는 원동력이 되었다.

부모님과 이야기를 나눈 다음 날 자퇴서를 작성해서 학교로 향했다. 발걸음이 가벼웠다. 그날의 상쾌한 기분은 지금도 생생하다. 새로운 미래를 위해 용기를 냈고, 새로운 세상으로 첫발을 내딛는 내가 자랑스럽고 기특했다. 싱글벙글 웃으며 "음대에 들어가기로 결심해서, 오늘 학교에 자퇴서 제출하려고 해." 대학 친구들에게 나의 결심을 말했다. 가벼운 발걸음으로 학교에 왔던 나와 달리, 친구들은 의아한 표정을 지었다. 잘 다니고 있는 대학교를 왜 그만두는지, 취미로 즐겨도 되는 음악을 위험부담을 안고 해야만 하는지 등 다양한 질문이 쏟아졌다. 그 걱정은 친구들만 하는 것이 아니었다. 자퇴 처리를 마치고, 인사드리기 위해 교수님께 찾아갔는데 교수님 역시 걱정을 하셨다. "취업도 어렵고, 이미 나이도 먹었는데 하던 공부하면서 취미로 즐기는 것은 어떠냐?"는 말씀과 함께. 괜찮다며 웃으면서 인사하고 나오는데, 나의 뒷모습을 바라보며 말씀하셨다. 자퇴는 몇 달 내로 철회가 되니까 언제라도 학교로 돌아오고 싶으면 오라고. 나는 속으로 대답했다. 꿈을 찾아 떠나니 오지 않을 것이라고. 이렇게 주변에서 만류했는데, 당시 나의 귀에는 아무 소리도 들어오지 않았다. 한 귀로 듣고 한 귀로 흘렸다. 그저 앞에 펼쳐진 미래가 기대되고, 음대에 진학한 모습을 생각하면 가슴이 벅차고 행복했다.

나는 목표를 꼴등으로 들어가도 좋으니까 '서울에 있는 음대'에 꼭 들어가는 것으로 정했다. 그리고 그렇게 될 것이라 강하게 믿었다. 입시 준비를 시작했다. 늦게 시작한 입시 생활이 쉬울 리가 만무했다. 스승님 찾기, 연습실 구하기, 시험 실기 연주곡 정하기, 하나부터 열까지 알아볼 것도 많았다. 맨땅에 헤딩하는 기분으로 도움을 구하고, 나를 대학교에 보내주실 수 있는 선생님을 찾았다. 선생님께서 말씀하셨다. 한해에 들어가지 못할 수도 있으니, 두 번 시험 보는 걸 염두에 두고 있으라고. 두렵지 않았다. 나는 나를 강하게 믿고 있었고, 하면 이뤄질 것을 알고 있기 때문이다. 그리고 행여나 한 번에 되지 않는다면 될 때까지 한다는 강한 의지가 있었다. 지칠 때도 있었지만, 입시를 준비하는 시간 동안 나를 향한 믿음과 의지가 나를 버티게 했다. 그리고 2007년 1월, 내가 목표했던 서울에 있는 한 대학교의 음대에 합격했다. 나를 믿는 힘으로 결국 해낸 것이다.

이렇게 자기 확신으로 꿈을 이룬 경험은 나에게 무언가를 해도 되냐고 묻는 사람들에게 "하고 싶으면 해봐요."라고 말할 수 있는 긍정적이고 낙관적인 선생님으로 만들어 주었다. 지금 피아노 교육 전문가로 활동하면서 학생들의 대학원 입시컨설팅을 하고 있는데, 많은 사람이 자신의 미래에 관해 물어본다. 자녀가 혹은 본인이 지금 시작해서 음악을 전공해도 되는지, 너무 늦은 건 아닌지, 시기에 관한 질문이 대다수이다. 그럴 때마다 긍정적인 방향으로 이끌기 위해 노력한다. 진심으로 노력하고, 될 것이라 믿어보라고. 그리고 만약 자녀의 미래라면 그렇게 될 것이라 믿어주라고 말이다. 생각보다 많은 사람이 자기 능력에 대해 의심하고 불안해한다. 주로 결과는 본인이 믿는 만큼 된다. 성공의 문턱에서 포기해 버리고 좌절하는 사람도 보았고, 불가능한 조건에서 준비했지만, 성공의 기쁨을 누린 사람도 보았다.

피아니스트와 피아노 교육 전문가라는 20대 때의 꿈은 이루었지만, 나에게는 꾸준히 새로운 꿈이 생기고 있다. 그리고 지금도 그 꿈을 향해 노력 중이다. 매년 내가 이루고 싶은 일들을 적어 보는데, 2022년 목표 중 하나는 '작가 이자람 되기'이다. 감사하게도 올해가 가기 전 그 꿈이 이루어질 것 같다. 성공한 사람들은 말한다. 꿈을 이룬 모습을 생생하게 상상하고, 이미 이룬 것처럼 행동하라고. 예전에는 그 말을 믿지 않았다. 작은 성공을 반복하다 보니 확신이 생겼다. 나의 경험을 바탕으로 다른 사람들에게 전하고 있다. 자기 확신이야말로 꿈을 이루는 가장 기본적이면서도 확실한 방법이라고. 누구나 꿈을 이룰 수 있다. 오늘도 자신을 믿고 행동으로 옮긴다. 꿈에 한 걸음 다가선다.

4
실패를 두려워하지 않는 용기

박선우

가장 힘들었던 순간을 떠올려 보자면 첫 출산과 육아다. 산후우울증이 심각했다. 아이조차 예쁘지 않았고, 어디론가 떠나버리고 싶다는 마음만 가득했다. 출산 전 계획은 백일 동안의 조리를 마치면 아기를 시댁에 맡기는 것이었다. 육아 휴직 3개월만 지나면 다시 일상으로 돌아갈 수 있을 것 같았다. 지난 5년간 열심히 쌓아둔 경력을 멈추고 싶지 않았고, 멈추게 되리라 상상조차 해본 적이 없었다. 내게 직업은 너무도 소중했다. 어렵게 들어간 간호대학이었고, 힘들게 입사한 병원이었다. 출산휴가, 그 잠깐의 기간에도 나는 겁이 났다. 사회에서 뒤처질 거라는 생각으로 가슴이 답답했다.

출산, 그 자체로도 견디기 어려울 만큼 힘들었지만, 스스로는 1분조차도 몸을 가눌 수 없는 아기를 보자니, 엄마라는 이름으로 달라진 내 삶이 현실적으로 와 닿기 시작했다. 누군가가 몸을 꽁꽁 묶

어둔 것처럼 답답했다. 모유 수유를 하는 데 눈물이 멈추지 않았다. 감격해서였을까? 아니다. 엄마가 되었다는 사실을 몸이 증명하고 있다는 것이 슬펐다. 더욱 힘들었던 이유는 모성애가 생기지 않는 나에 대한 실망이었다. 모성애는 아기를 갖는 그 순간부터 생기는 것으로 잘못 알고 있었다.

조리원에서 온종일 퇴근하고 오는 남편만 기다렸다. 몰래 외출복으로 갈아입고 탈출을 시도했다. 차에 타면서 눈물을 펑펑 쏟아냈다. 한강에 가서 한참 동안 물결을 바라보며 앞으로 잘할 수 있을지를 나 자신에게 묻고 또 물었다. 울고 있는 나를 보고 남편은 "당신이 내 아이의 엄마, 내 아내여서 고마워."라고 말해주었다. 흐르는 눈물은 멈추지 않았다. 남편은 이미 아빠로서의 준비가 끝난 걸까? 나만 받아들이면 되는 것일까? 그런데 나는 계속 현실을 밀어내고만 있었다.

한 달, 두 달이 지나면서 점차 우울증은 자연스럽게 회복되었다. 원인을 알아내고자 관련 도서를 읽고 또 읽었다. 손에는 언제나 육아서적이 들려 있었다. 모든 것은 알지 못함에서 오는 두려움이라는 사실을 깨닫게 되었다. 산후에 우울한 감정은 호르몬 변화에 의한 것이고, 누구나 겪는 일이며 사람에 따라 정도는 다를 수 있다는 것도 알게 되었다. 그래서 출산 후의 시간을 임신 4기라고 부른다고 한다. 임신으로 변화된 모든 것들이 회복되지 않은 시기! 그런 과정들을 이해하기 시작하면서 모든 변화를 받아들이기 시작했다. 아기에 대한 마음도 열리기 시작했다. 이제 아기는 나보다 더 소중한 존재로 자리 잡고 있었다. 엄마의 말처럼 세상에서 유일하게 자신보다 더 소중한 존재가 되었다.

내 생에 가장 힘들었던 그때, 나는 결심했다. 언젠가는 꼭 '엄마의 시작'을 돕는 일을 하겠다고….

3개월 만에 다시 돌아가겠다던 병원은 12개월 동안의 육아 휴직이 끝난 후에도 돌아가지 못했다. 아니 돌아가지 않았다. 3교대를 하려면 어린이집에 늦게까지 아이를 맡겨야 하는 상황이었다. 시댁으로 보내게 된다면 주말에만 아이를 볼 수가 있었다. 출산 전의 계획은 그랬지만, 막상 육아를 시작해 보니 아이와는 하루도 떨어져 있을 수가 없었다. 아니 떨어져 있고 싶지 않았다.

아이를 돌보면서 할 수 있는 일을 찾아보자 마음먹고 아이가 자는 시간을 이용해서 공부하기 시작했다. 자기 주도 학습 지도사, 보육교사 자격증을 취득했다. 한두 시간 정도 어린이집에 맡길 수 있게 된 시기부터는 간호학원 강사로 아르바이트를 했다. 강사라는 직업은 시간 조율이 가능했고, 기초부터 전체적으로 간호학을 공부해 볼 수 있을 것 같았다.

어느덧 10년이 지났다. 아이는 둘이 됐고, 나는 대학원을 다니면서 틈틈이 강사를 했다. 어느 날 지인의 소개로 선배를 만났는데 정부에서 지원을 받아 산모와 신생아의 건강을 관리하는 사업을 하고 있다고 했다. 가정방문 산후관리사 파견업체를 운영하는 것이었다. 산모를 만날 수 있는 일! 그토록 하고 싶었던 그 일을 누군가는 이미 오래전부터 하고 있었다. 그날 밤에는 잠도 오지 않았다. 몇 날 며칠을 알아보았다. 그리고 결심했다. 엄마의 시작을 도울 수 있는 일! 너무나도 꿈꿔왔던 그 일! 나도 창업을 해야겠다고!

목표는 한 가지였다. 단 한 명의 산모라도 위로할 수 있다면 좋겠다는 마음이었다. 산후우울증을 겪고 있는 누군가를 찾아가는 일은 10년 전의 나를 찾아가 위로하는 것처럼 느껴졌다. 힘들다고 이야기하는 것 조차 모성애가 없는 이상한 엄마의 모습처럼 보일까 두려워했던 나 자신을 말이다. 프랜차이즈가 아닌, 내 이름으로 된 개인 업체로 시작했다. 6개월간 한 명의 대상자도 만나지 못할 수도 있다고 보건소 담당자는 이야기했다. 주변의 업체들도 조만간 문 닫을 곳으로 생각했다고 한다. 나 또한 문을 닫게 될 수도 있다는 생각은 했다. 돈을 벌지 못해서가 아니라 누군가에게 도움이 되지 않을 때, 그때 비로소 문을 닫을 것이라고 다짐했다.

두세 달을 새벽 세, 네시까지 컴퓨터 앞에 앉아서 홈페이지, 블로그를 만들었다. 전단지 하나에도 며칠이 걸렸다. 가족, 친구들, 학교 동기들과 선배들까지 아는 사람들에게 수시로 메신저를 보냈다. 이름은 이게 어떤지, 저게 어떤지, 내용은 이게 좋은지, 저게 좋은지를 묻고 또 물었다. 그렇게 석 달을 넘게 지내다 보니 자고 일어나면 손가락이 구부려지지 않았다. 하루 24시간 일해도 시간이 모자랐다.

어느 날 산모 신생아 건강관리 서비스를 문의하는 내용의 글을 맘카페에서 발견했다. 직접 찾아가 상담했다. 고객의 손짓, 몸짓, 말 한마디 한마디에 공감하며 위로하고, 상담을 진행했다. 엄마의 시작을 응원하고 싶은 마음은 진심이었다. 그날 '선우케어'의 첫 고객이 탄생하게 되었고, 그 고객은 지금 가장 친한 동생이 되었다.

6개월간 한 명의 고객도 만나지 못할 수도 있다고 했던 보건소 담당자의 이야기는 나에게 해당하지 않았다. 첫 고객의 서비스가 마무리된 후 한 달간은 10명이 넘는 고객이, 다음 달부터는 그 배가 되었다. '선우케어'는 처음 한 명의 고객을 만났을 때처럼 직접 찾아가 위로하고, 응원하며 공감하고, 성장하여 2,000명이 넘는 고객을 만났다.

산후우울증 '때문에' 힘들고 괴롭다고만 생각했었다.

산후우울증 '덕분에' 소중한 고객을 만날 수 있었다.

인생에서 만나는 시련과 고통은 성공의 씨앗임을 알게 되었다.

그 후로 어떤 일이 생기든 또 다른 기회를 찾는 습관이 생겼다. 실패를 실패로 여기지 않는다. 배울 수 있는 기회, 성장할 수 있는 기회, 한 걸음 나아갈 수 있는 기회로 생각한다.

인생, 가야 할 길이 멀다. 주저앉아 눈물 흘리며 세상 원망만 하고 있기보다는 실패와 실수에서 뭔가 하나라도 배워 성장하고 나아가는 것이 훨씬 바람직하지 않겠는가. 이제는 실패가, 두렵지 않다.

5
결단하고, 시작하고, 계속한다

강 희

  몸이 천근만근 무겁고 움직이기 싫을 때가 있다. 집 밖에 나가기 싫고 침대에 드러눕고 싶을 때, 떠올리는 문구가 있다. '마음이 움직이지 않으면 몸을 먼저 움직여라!' 아무 생각하지 않고, 아침에 눈 뜨면 운동화를 신고 밖으로 나간다. 목적지를 정하지 않고 그냥 발길 닿는 대로 걷는다. 바람을 맞으며 걷다 보면 나쁜 생각이 사라지고 정신이 맑아진다. 기분 전환이 된다. 걷고 달리면서 남은 하루를 활기차게 살아갈 힘을 얻는다. 나의 걷기는 2021년 6월부터 시작되었다,

  설상가상. 좋지 않은 일은 줄줄이 일어난다고 했던가. 2021년 4월 어느 날이었다. 보통 출근하면 차를 주차하고 사무실로 곧장 올라갔다. 그날은 따뜻한 카페라테 한 잔을 마셔야 업무를 빠릿빠릿하게 처리할 수 있을 거 같아 카페로 직진했다. 커피가 담긴 종이컵

을 들고 카페 문을 나섰다. 어라! 갑자기 몸이 기우뚱했다. 돌출된 맨홀뚜껑에 발이 걸렸다. 뜨거운 커피가 담긴 컵이 바닥에 나뒹굴었고, 오른손으로 땅바닥을 짚으면서 손바닥이 까졌다. 다쳐서 아픈 것보다는 대로변에서 넘어진 게 더 창피했다. 후다닥 가방을 챙겨서 사무실로 뛰어갔다. 막상 책상에 앉으니 그제야 손바닥 통증이 느껴지고 업무에 집중할 수가 없었다. 가슴이 조금씩 저렸다. 실장님이 빨리 병원에 가보라고 재촉해서 정형외과에 가 엑스레이를 찍으니 별다른 이상 소견이 없다고 했다. 의사는 가슴이 계속 아프면 다시 오라면서 다친 손바닥만 치료해 주었다. 밤에 자려고 누워서 이리저리 몸을 뒤척이니 가슴에 찌릿한 통증이 왔다. 다음 날 다시 정형외과를 방문해 초음파 검사를 했더니 5번과 6번 갈비뼈에 금이 가 있었다. 넘어지면서 어깨에 멘 가방에 들어있던 노트북 모서리에 가슴이 콕 찍혀 골절이 생긴 것이다. 압박붕대를 감고 6주 정도 있으면 저절로 붙는다고 하니 움직이지 않는 게 상책이겠지만, 일을 해야 하는 나로선 가능한 것이 아니었다. 진통제와 소염제를 먹으며 통증을 견뎠다.

그로부터 3주 후 일요일 낮이었다. 기말고사를 앞두고 학생들 보충 수업이 잡혀있어서 서둘러 출근하는 길이었다. 막 교차로를 지나는데 왼쪽에서 오토바이가 달려오는 게 보였다. 앗! 비명과 동시에 오토바이가 차량 뒷문을 그대로 들이받았다. 그 충격으로 몸이 앞으로 쏠리면서 운전대에 가슴이 부딪혔다. 골절되었던 갈비뼈가 아물어가고 있어 복대를 풀었는데 이 사고로 갈비뼈를 또 다쳤다. 이게 내 시련의 끝이 아니었다. 오토바이 충돌 사고가 나고 한 달 뒤, 역시나 출근길이었다. 양화대교에서 강변북로로 진입하기 위해 기다리고 있었다. 차량이 밀려서 가다 서다를 반복했다. 백미러를 보니 뒤차가 속도를 줄이지 않고 달려오고 있었다. 앞차와의 거리가 꽤 있어서 추돌하지 않으려고, 순간 나는 운전대를 꽉 잡고 브레이크를 있는 힘껏 밟았다. 뒤차가 추돌할 때 몸의 긴장을 풀고 있어야 했는데, 앞으로 밀리지 않으려고 근육에 힘을 너무 주는 바람에 목과 허리에 타격이 컸다. 엎친 데 덮친 사고로, 나는 다음 날부터 한의원과 신경외과에서 치료받았다. 2주 정도 지난 후부터 오른쪽 발가락이 불편했다. 신발을 신고 걸으면 찌릿찌릿 칼로 찌르는 것처럼 통증이 왔다. 족부병원에 가서 초음파를 찍으니 제2, 3 족지 간 물갈퀴 공간에 혹 같은 지간신경종이 발견되었다. 의사는 평소 힐을 자주 신는지 물었다. 아니라고 대답했다. 이번에는 꽉 끼는 신발을 좋아하느냐고 물었다. 그것도 아니라고 답했다. 날이 갈수록 통증이 점차 심해지더니 바닥에 발을 디딜 수조차 없었다. 체외충격파 치료와 주사 요법을 병행하고, 푹신한 신발을 신어도 100m 이상 걷기 힘들었다.

발가락이 아파서 걷지 못하고 몸을 움직이지 않는 시간이 늘면서 살찌는 속도에 가속이 붙었다. 체중계 위에 올라서기가 겁이 났다. 아침에 눈을 뜨면 뒤통수를 망치로 내려치는 듯 두통이 왔고,

온몸이 찌뿌둥했다. 몸이 무거워서 우울한 건지, 마음이 심약해져서 의욕이 떨어진 건지 모르겠지만, 몸이 축 늘어졌다. 저녁이 되면 머리가 묵직하고 어지러웠다. 겨우 일어나 걸으면 비틀거렸고, 숨이 막힐 것처럼 답답했다. 소화가 안 되고, 피곤하고 허벅지가 아팠다. 몸의 부조화 때문인지 자꾸 짜증이 났다. 지친 몸을 이끌고 병원을 들락거렸다. 신경외과 의사에게 불쾌한 증상을 설명하니, 치료받으면서 매일 스트레칭을 해보라고 권했다. 의사 말이 귀에 들어오지 않고 만사가 귀찮았다. 식욕이 떨어지면서 식사량이 줄었음에도 체중은 증가했다. 체외충격파 치료를 받은 후 괜찮았던 발가락에 다시 통증이 왔다. 족부병원에선 수술을 하라고 권유했다. 수술하게 되면 6개월 정도 교정용 신발을 신고 다녀야 하고, 오른발이라 운전을 할 수도 없다. 직장과 집이 23km 거리라 차 없이 출퇴근하려면 너무 불편하다. 며칠 동안 고민하다가 수술 말고 다른 방법은 없는지 유튜브에서 지간신경종을 검색하며 나오는 영상을 닥치는 대로 봤다. 의사 말대로 푹신한 실내화를 사서 집 안에서 신고 다녔다. 신발 사이즈를 5mm씩 키웠다. 쿠션이 두툼하게 들어간 신발로 싹 다 바꿨다. 확실히 통증이 줄고 걷는 게 편했지만, 긴 거리를 걷기에는 아직 많이 불편했다.

거울 앞에 섰다. 허리는 뚱뚱하고 얼굴엔 다크서클이 짙어져서 칙칙했다. 쳐다보고 싶지도 않았지만, 처절한 현실을 각성하고자 사진을 찍어 기록했다. 아름답지 않은 내 모습이 너무 실망스러워

몸을 날렵하게 만들어야겠다고 다짐했다. 수많은 동영상 중에서 지간신경종은 걸어야 낫는다는 어느 한의사의 처방이 왠지 마음에 들었다. 그래, 밑져야 본전이니 한번 걸어보자. 걸어서 반드시 예전의 날씬한 나를 찾으리라. 아침에 일어나면 물 한 잔 쭉 들이켜고 운동하기 편한 복장으로 갈아입은 뒤 운동화를 신었다. 이런저런 생각하지 않고 무조건 밖으로 나갔다. 처음엔 일주일에 3일 정도 30분씩 걸었다. 며칠 걸었더니 발이 묵직해지면서 느낌이 좋지 않았다. 인터넷에서 편하다고 소문난 러닝화를 사서 신으니 발이 편했다. 걷는 시간을 1시간으로 늘렸다. 2주 정도 걸어도 발에 무리가 없어 내친김에 1만 보 걷기에 도전했다. 4개월 정도 걸으니 체중이 3kg 정도 줄었다. 일주일에 3일씩 걷다가 1주일에 5일로 걷기 시간을 늘렸다. 2개월 정도 1만 보를 걸으니 몸무게가 4kg 더 내려갔다. 몸이 가벼워지면서 아침에 깰 때 상쾌한 날이 많아졌다. 이후로 주 5일씩 1만 보를 꾸준히 걸었지만 더 이상 체중 변화가 없고, 걷는 재미가 덜했다.

새로운 변화가 필요했다. 9월 초에 우연히 네이버 밴드에서 달리기를 예찬하는 동영상을 봤다. 그래 운동을 바꿔보자. 달리기 앱을 다운로드 받았다. 9월 12일부터 '30분 달리기' 8주 프로그램을 시작했다. 동네가 평평하지 않아서 오르막과 내리막길을 달리는 게 쉽지 않았다. 혼자 달리면서 민망하기도 했지만 꿋꿋하게 달렸다. 가끔 달리는 사람을 마주치면 반가웠다. 낯선 사람이지만 하이 파이브라도 하며 격려하고 싶은 마음에, 스치듯 지나치는 순간 들릴 듯 말 듯 '파이팅!'하고 조그맣게 속삭였다. 일주일에 3일은 달리고, 3일은 걷고, 하루는 쉬는 루틴으로 운동을 계속했다. 8주 달리기 프로그램을 마치고 몸무게를 재보니 2.5kg이 줄었다. 이제 만족스러웠다. 꾸준히 걷고 달리면서 이 상태를 유지하면 된다고 생각했다.

운동하면서 식단도 관리했다. 하루 두 끼 정도만 먹었다. 아침에는 공복 상태로 걸었다. 달리는 날은 나가기 1시간 전에 견과류 또는 바나나를 먹었다. 대신 저녁 식단은 크게 제한하지 않았다. 튀긴 음식은 되도록 먹지 않았다.

걷기와 달리기를 하면서 깨달았다. 무슨 일이든 결단하고, 시작하고, 꾸준히 계속하면 일정 수준 이상의 성취를 이룰 수 있다. 걷고 달리면서 자신감이 생긴다. 몸과 마음이 모두 성장한다. 달리면서 정신까지 맑아진다. 걷지 않고 달리지 않았던 과거의 지치고 무기력하던 내 모습을 떠올리면 아찔하다. 건강한 삶의 폭을 더 넓히고 싶다. 다양한 일들에 도전하기를 결단하고, 시작하고, 계속하려고 한다. 앞으로 더 건강하게 변하고 성장할 내 모습을 떠올리면 기분 좋고 설렌다. 행복한 도전을 권하고 싶다. 결단하고, 시작하고, 계속하자!

6
내 삶을 소중히 여기는 자세

한선영

헤어디자이너로 주 5일, 주 6일을 근무하며 쉬지 않고 달려왔다. 현재는 격주 5일 근무를 체제로 한다. 인턴 때부터 평균 주 60시간 정도 일했다. 휴무일에는 업무능력에 기반하는 교육을 받으러 다니며 학업도 병행했다. 욕심이 많았다. 미용을 시작하고 디자이너 1년 차까지는 365일 쉬는 날이 없었다. 당시에는 부모님께서 '수능시험에 응시하기를 원하셔서' 수능을 봤고, 욕심을 내서 대학에도 들어갔다. 내가 선택했지만, 시간이 갈수록 너무 힘들었다. 점점 강의 시간에 집중하지 못했고, 졸면서 강의를 들었던 적도 많았다. 다시 과거로 돌아가서 똑같이 할 수 있냐고 물어본다면, 나는 "아니오!"를 외칠 것이다. 젊은 패기로 '기왕 시작한 거 아까워서라도 끝까지 해야지' 하는 마음이었기에 할 수 있었다고 생각한다.

업무 특성상 주말은 늘 바빴다. 그래서 항상 평일 저녁 업무를 마치고 늦은 시간에 연습 후 퇴근했다. 휴무일은 이틀이 주어졌다. 그중 하루는 학교에 가는 날이고, 다른 날은 교육 일정에 따라 변동되었다. 주5일을 일하고 휴일은 학교와 교육 일정으로 쉬는 날이 없었다. 학업으로 인해 남들보다 인턴 생활이 길었다. 약 4년 10개월 정도 보냈다. 인턴 생활이 짧고 긴 것에는 장단점이 있겠지만, 결과적으로는 불만은 없다. (과정상 불만이 있었을 수도 있다) 디자이너가 빨리 된다고 좋은 것도, 늦게 된다고 안 좋은 것도 없다. 각자 적정 시기가 찾아오는 것 같다. 다만 스스로 받아들일 준비는 해야 한다. 디자이너 1년 차까지는 정말로 생활에 시간적 여유가 없었다. 나를 스스로 돌아볼 여유도 없었고, 늘 피로가 쌓여있었다. '사람이 이렇게까지 예민해질 수 있구나'를 주변에서 다 아는데, 나만 몰랐다.

디자이너가 되고 학업을 마치고 나니, 여유가 생겼다. 인턴 때는 "열정적으로 교육받고, 연습도 하고 기술 습득을 내 것으로 하여 빨리 디자이너가 되어야지!"라는 목표가 있었다. 막상 디자이너가 되었는데, 앞으로 무엇을 해야 하는지, 방향성과 목표를 잡기가 어려웠다. 이제 막 디자이너로서 성장하는 중인데, 한 편으로는 그냥 쉬고 싶었다. 귀찮다고 여겨질 때도 많았다. 기계처럼 일하는 게 느껴질 때 '왜 일하는지, 왜 일해야만 하는지' 그 의미를 찾으면서 이대로 계속 일해야 하는 것인지 수십 번 고민했다. 이런 상태를 누구에게도 고민을 나누지 못했다. 어떻게 도움을 받아야 할지 모르는 사이에도 시간은 계속 흘러갔다. 무너지지 않기 위해 책을 읽었다. 평소에도 독서와 거리가 멀었다. 학교 다닐 때도 수업 시간에 책만 보면 자꾸 졸았다. 책하고는 별로 인연이 없다고 생각했다.

서점에서 책 구경하는 것만은 좋아한다. 구경만…. 그런 내가 무작정 서점을 찾아가 자기 계발 서적 판매대 앞에 멈춰 섰다. 그리고 책을 샀다. 인상 깊게 남아 있는 책을 몇 권 소개하자면, 《성과를 지배하는 바인더의 힘》, 《인생의 차이를 만드는 독서법, 본·깨·적》, 《말 그릇》이다. 이 외에도 더 있지만, 현재 생활 습관을 바꿔나가기 시작하는 데 토대가 된 책이다.

올해 2월 코로나 변이 바이러스가 가장 심했던 시기, 어머니께서 감기에 걸리셨다. 물론 병원에 다녀오셨다. 감기로 진단받았고, 약 먹으면 낫는다고 했다. 의사의 코로나 검사 권유는 없었다. 그렇게 당연히 감기인 줄 알았다. 쉬는 날 아침, 어머니와 식사를 함께했다. 이틀 뒤, 갑자기 고통이 찾아왔다. 목이 침을 삼킬 수 없을 만큼 따가웠다. 도저히 참을 수 없었다. 나에게 주어진 시간은 20분. 도와주고 있던 파트너 직원에게 금방 다녀오겠다며, 혹시 모르니 연락해달라고 전하고 급하게 이비인후과로 달려갔다. 의사 선생님께서 말씀하셨다.

"약 처방해 줄 테니, 먹어보고 효과가 없는 것 같으면 바로 코로나 검사받아보세요!"

'아….' 직감이 말해주었다. 이건 코로나라고.

약국에 들러서 자가 키트를 구매한 후, 함께 일하던 직원들에게 얘기하고, 1차 검사를 했다. 이게 웬일인가 선명한 두 줄이 뜨는 것이었다. 당장 보건소로 달려갔다. 가면서 그날 방문하셨던 고객님들께 연락을 드렸다. "정말 죄송합니다. 고객님, 제가 밀접 접촉 격리 대상이 되어서 고객님께 손해를 끼쳐 죄송합니다. 혹시 모르니 검사를 받으셔야 할 것 같습니다." 방문고객 중 어린아이가 있어서 제일 걱정이었고, 달리는 택시 안에서 발만 동동거렸다.

괜히 조급한 마음이 들었다. 검사를 받고 집에 가서 다시 자가 키트로 한 번 더 검사해 봤다. 당연한 결과가 나오리라 예상했지만, 혹시나 하는 마음에 1퍼센트의 희망 아닌 희망을 바랐다. 선명한 두 줄은 변하지 않았다. 갑작스럽게 외부와 격리될 수밖에 없었지만, 운명을 받아들이고 미래를 생각하기로 했다. 격리되지 않았더라면 2월 말부터 5월 중순까지 3개월 동안 동료 디자이너와 함께 경영교육을 듣기로 했는데, 첫 시작에 참석하지 못해 양해를 구했다. 다행히 교육 진행 장면을 네이버밴드에 올려주어서 후에 볼 수 있었다.

이제 나에게 주어진 일주일이라는 기회를 생각할 차례다. 이 얼마나 행복한 시간인가. 나에게 주어진 일주일의 시간에 할 수 있는 것을 하기로 했다. 마침 블로그 글쓰기를 배웠으니 서평 쓰기를 실천해 보면 좋을 것 같았다. 평소 같으면 책 한 권 읽는 것이 일주일을 넘어갈 때도 많았는데, 시간이 많으니 무려 다섯 권을 읽고 블로그에 서평도 남겼다. 또한 온라인 강의를 듣다가 알게 된 디지털 마인드맵 '씽크와이즈'에 관심이 생겨서 입문 과정을 배웠다. 원래 매일 30분씩 듣고 실습해 보는 총 일주일 과정인데, 시간적 여유가 있으니, 몰아서 바짝 습득하기로 마음먹고 수강을 했다. 생각 정리, 독서 마인드맵 등 여러 가지로 요긴하게 사용할 수 있는 것들이다.

격리가 끝나고 나니 아쉬운 마음이 조금 들었다. 나를 위한 시간을 가진다는 것이 꽤 좋은 경험이 됐다. 기록 경영 세미나를 3개월 동안 들었고, 자기 계발하면서 휴무일을 보냈다. 일주일까지는 아니더라도 시간을 확보하여 내 삶을 위한 여유를 적극적으로 가질 것이다. 젊을 때 열정적으로 벌고 살아야 한다고 생각하는 사람도 물론 있을 것이다. 누군가는 휴무일에 사람 만나기를 좋아하는 타입이 있을 것이고, 조용히 혼자 보내기를 좋아하는 사람도 있을 것이다. 인생의 길은 하나가 아니다.

돌아보면 일하는 시간이 훨씬 많은 인생이었다. 자신을 돌보거나 나를 위한 시간을 가진 적이 거의 없었다. 먹고살기 바쁘다는 핑계로 일에 몰두했던 과거 인생을 후회하거나 질책하고 싶은 마음은 없다. 그러나 이제는 나 자신을 좀 더 챙기며 살고 싶다. 세상에서 가장 소중한 존재는 바로 나 자신이다. 후회 없이 일도 해 봤으니, 이제는 자기 사랑도 좀 해보려 한다. 운동도 하고, 책도 읽고, 하고 싶은 일도 즐기면서 '나의 인생'을 제대로 살아보고자 한다.

이런 결단을 하고 한 걸음 내디딘 나를 응원하고 격려한다. 자신을 아끼고 사랑하는 사람이야말로 진짜 인생을 살 수 있는 것 아니겠는가.

7
작은 성공 경험이 쌓여 자신감을 만든다

하민정

'내가 뭐 그렇지.' 지금껏 살아오면서 남들이 인정할 만한 대단한 도전도, 큰 성과도 없었다. 누구나 알만한 좋은 대학도, 좋은 직장도 다녀본 적이 없다. 졸업 후 삼성의료원 외래 사원으로 2년간 일한 경험 정도이고, 그 이후에는 쭉 사무 일을 했었다. 유창한 영어 실력이라든지, 엄청난 손재주라든지 특출나게 잘하는 것이 없다. 뭐 하나 제대로 이뤄놓은 것이 없는 나는 경력단절녀이다. 결혼 전 상담가라는 꿈을 가지고 준비한 적도 있었지만, 매번 늦었고 끝까지 하지 못했다. 무엇이 나를 이렇게 주저하게 했을까? 꿈에 대한 확신을 갖지 못하게 했을까?

학창 시절 나는 노래하는 것을 좋아했다. 어렸을 적부터 다니던 교회를 가면 늘 자연스럽게 들리는 찬양을 따라 불렀다. 노래하는 것을 좋아하다 보니 고등학생 시절 진로를 결정할 때쯤 생각한 꿈이 성악가였다. 하지만 예체능은 레슨비가 많이 든다는 생각에 부모님께 말할 엄두도 못 내고 혼자서 꿈만 꾸다 말았다. 목소리가 좋다거나 노래를 잘한다는 소리를 자주 들었다. 때때로 무대에 나가 공연을 하게 되면 주변 사람들이 해주는 칭찬이 참 좋았다. 아마도 인정받는 것에 대한 만족감이었던 것 같다. 그러나 나는 도전하지 않았고, 확실한 꿈이 없는 젊은 시절을 보냈다. 제대로 시도도 해보지 않은 꿈은 서서히 현실에 적응해서 살아가는 것이 최선이라는 생각을 하게 됐다.

결혼하고 둘째가 태어날 때쯤 워킹맘이 아닌 전업주부로 온종일 아이들을 돌보게 되었다. 일할 때는 아침 출근 준비로 분주했기 때문에, 일을 그만두게 되면 여유 있게 아침을 맞이할 수 있다는 기대감이 있었다. 그러나 전업주부 역시 생각보다 여유가 없었다. 첫째는 네 살, 둘째는 신생아, 한참 재롱 피우고 예쁠 때라 행복한 순간도 많았지만, 반복되는 육아와 해도 해도 끝이 없는 집안일이 나를 지치게 했다. 내가 하는 모든 일들은 누구나 하는 일이라 특별하지 않고, 어떤 이들은 나보다 훨씬 멋지게 잘 해내면서 돈까지 잘 버는 것 같아 부럽기도 했다.

셋째가 태어나고 6개월쯤 되었을 무렵, 나와 남편은 신혼 때부터 이야기했던 자비량 선교를 위해 인도로 향했다. 어린 자녀 셋에 인도라니…. 나는 할 수 있는 것이 없었다. 남편은 집이며, 차며 사는 동안 필요한 것들을 알아보느라 바빴고, 나는 오롯이 세 아이와 함께 집에서 하루 세끼를 해 먹으며 살아가는 것이 일이었다. 언어도 안 되고, 막내도 어렸기에 생활 반경이 아파트 단지가 전부였다. 주어진 현실에 적응하려고 마음을 먹었다. 아이들이 어리니 집중적으로 아이들과 함께하는 시간을 갖자는 마음이었다. '인생에서 다시 오지 않는 유아기를 알차게 보내게 하자.'라고. 인도에서 아이들을 키우면서 한 가지 좋았던 점은 옆집 아이들과 비교하지 않을 수 있는 환경이었다. 그 외에는 숨이 턱턱 막히는 뜨거운 날씨와 도마뱀을 비롯한 모기와 온갖 벌레들과 더러운 물 등 고달팠던 것들도 많았다. 한국이 아닌 다른 곳에서 아이들과 진하게 함께할 수 있었던 귀한 시간은 그렇게 5년이라는 시간이 흘렀다.

"더 늦기 전에 한국으로 돌아가야겠다." 2021년 전 세계가 코로나 팬데믹으로 비상이었을 때 남편이 한 말이다. 처음 이 말을 들었을 때 '이제 겨우 적응한 것 같은데, 돌아가자니…' 허무한 생각이 들었다. 마음이 조급해지고, 이뤄내지 못한 것들이 생각났다. 아이들이 아직 학교생활도 제대로 하지 못했고, 이제 조금 여유가 생긴 것 같은데 돌아가려니 아쉬운 마음이 먼저 들었다. 그 당시 인도는 코로나 팬데믹으로 많은 사람들의 사망 소식이 끊임없이 들려오는 시기였다. 인도사회의 어수선한 분위기로 사업도 쉽지 않았다. 우리는 다른 방법이 필요하다고 생각했다. 새로운 시작에 대한 대화의 시간을 가졌다. 결단이 필요했다. 한국에서 인도로 건너와 산 지 햇수로 5년째 되던 해에 우리는 한국으로 돌아가기로 결정했다. 나는 짐을 정리하기 전 삶을 정리하는 시간이 필요했다.

그래서 새벽 기상을 시작했다. 이전에는 새벽 기상을 매번 실패했다. 나는 올빼미형 인간이라서 밤이면 눈이 초롱초롱하고 집중력이 생긴다. 그런데도 새벽에 일어나 아파트 단지를 한 시간씩 걷기 시작했다. 한국으로 오기 전 두 달간은 거의 매일 걷고 또 걸었다. 워낙에 실패의 경험이 많았기에, 새벽에 일어나 걷는 것을 반복하는 것이 꽤 뿌듯했다. '내가 새벽에 일어나 이렇게 걸을 수 있는 사람이구나.'

새벽 산책을 하며 복잡한 생각을 정리했다. '환경이 바뀌는 것은 아무것도 아니다. 내가 어떤 상태인 것이 더 중요하다.' 이곳에서도 잘 지냈으니 한국에서는 어디든지 갈 수 있고, 무엇이든지 할 수 있을 것 같았다. 또 새로운 시작이라니 가슴이 벅차올랐다. 매일 걸으면 걸을수록 심장이 두근거렸다. 괜찮은 미래가 떠올랐다. 쉽지 않겠지만 '앞으로 어떤 일들이 펼쳐질까?' 새벽 기상과 걷기는 나 혼자만의 시간이다. 집에는 24시간 아이들이 있고, 잠들기 전까지 혼자 있는 시간이 없었기에 더없이 소중했다. 어느 날은 기도하고, 어느 날은 확언을 반복해서 중얼거렸다.

그렇게 매일 걷다가 문득, 지금 걷고 있는 이 길이 인도라는 것이 신기하게 느껴졌다. 가만히 눈을 감고 세상 속에 작은 점 같은 나를 떠올렸다. 이 넓은 세상에 지극히 평범한 내가 한국이 아닌 인도의 길을 걷고 있다. 한 걸음 한 걸음 걸을 때마다 다음에 펼쳐질 미래가 그려지면서 가슴이 벅차올랐다. 새벽마다 걸으며 스스로 수없이 질문하고 대답했다. 눈물이 나면 울고, 웃음이 나오면 웃으며 걸었다. 그리고 인도에 와서 지금까지 수고한 나 자신에게 잘했다고 칭찬해 주고 있었다.

새벽 기상과 걷기는 작은 성공 경험이다. 남들은 대수롭지 않게 여길지 모르겠지만, 나에게는 의미 있고 소중한 경험이다. 덕분에 자신감을 얻었으니까. 문득 이런 생각이 들었다. 새벽 기상과 걷기 외에 작은 성공 경험을 더 쌓을 수 있다면, 과연 나는 얼마나 성장하고 변화할 수 있을까? 가슴이 두근거렸다. 나 자신에게 말한다. 다른 사람의 시선이나 세상의 기준에 얽매이지 말고, 나만의 기준을 세워 작은 성공의 경험을 쌓아 보자고. 내가 비교해야 할 대상은 세상이나 타인이 아니라 과거의 내 모습이다. 어제보다 나아질 수 있다면 그것이야말로 진짜 성공일 터다. 이렇게 글을 쓰고, 한 편의 글을 완성한 것도 작은 성공 경험이다. 이렇게 '나만의 기준'으로 오늘을 살아낸다.

8
그날 흘린 땀방울이 그날 하루의 행복을 만든다

한명욱

"야, 왜 하필 '여자가' 나와 같은 '한 씨'야!" 중학교 1학년 한 반에 같은 성씨의 남학생이 있었다. 반에서 늘 1등을 하는 아이였다. '여자가'라는 말을 지독히 싫어했기에 그 아이를 이기고 싶었다.

여자인 게 싫었다. 원하는 집에 원하는 성별로 태어날 수 없는데, '아들! 아들!' 하는 집안에 태어났다. 할머니가 싫었다. 아들을 낳지 못하는 집안에 둘째 부인으로 들어와 만아들을 낳은 할머니는 아들이 전부였다. 평생 아들의 동거인으로 살다 떠나신 할머니의 인생이 가엽다가도, 같은 여자인데 왜 그리 아들과 딸을 차별했나 따져 묻고 싶었다. 며느리가 첫 아이로 딸을 낳자 둘째도 딸이면 쫓아낼 거라던 할머니였다. 집에 오면 남동생만 붙잡고 계셨다. 에너지 넘치던 손녀가 못마땅해 '여자가'라며 혀를 '쯧쯧' 차던 할머니였다. 할머니와 반 아이의 모습이 겹치며 가슴을 할퀴었다.

"무조건 양으로 승부를 내보자.", 성적으로 이기고 싶었다. 책은 열심히 읽었지만, 따로 공부해 보지 않아 초등학생 때까지 눈에 띄는 성적은 아니었다. 그해 겨울방학 내내 아침 6시에 일어나 자기 전까지 전 과목 문제집을 풀었다. 교과서를 가져다 두고 문제집의 틀린 보기를 모두 고쳤다. 새 학년에 올라가면서 그 아이와는 다른 반이 되었지만, 상위권이 되었다. 졸업한 후 그 아이는 과학고에 가고 나는 일반여고에 가면서, 나만의 승부는 실패로 끝났다. 그러나 성적이 오르니, 집안에서 입지가 높아졌다. 서울 8학군에서 상위권인 내게 거는 기대는 남동생과 남자 사촌들을 다 제쳤다.

딱 한 달의 노력이었다. 마음먹고 한다는 것이 무엇인지 처음 깨달았다. '그날 흘린 땀방울이 그날 하루의 행복을 만든다.'라는 좌우명을 가슴에 품었다. 노력, 끈기라는 핵심 가치가 생긴 순간이었다. 사관학교에 가고, 간호장교가 되고, 결혼하고, 아이 넷 엄마가 될 때까지 좌우명은 그림자처럼 따라다녔다. 아이를 봐줄 사람이 없어 의지와 상관없이 전역해야 했을 때도 좌우명은 매일 열심히 살아야 한다고 다그쳤다.

능력이 있었어도 동생들 공부시킨다고 학업을 이어갈 수 없던 엄마. 결혼해서도 자식 건사하느라 희생하며 살았던 엄마의 꿈이 나였기에, 절대 난 그렇게 살지 않겠다던 여자의 인생이었다. 똑같이 공부하고 일했는데, 강원도 시골에서 아이들 노는 모습을 지켜보며 새까맣게 타들어 가는 저 여자는 누구인가? 스스로 한심했다. 일을 그만뒀기에 경제적인 이유로 차를 없애야 한다는 것은 알고 있었다. 그러나 차는 나를 꿈으로 실어다 주는 유니콘이었다. 조금만 나가면 여성회관이 있었다. 무엇이라도 배우고 채워야 살 수 있을 것 같았다. 남편들이 새벽같이 나가 밤에 돌아오는 군 관사의 특성상 엄마들과 아이들만 남아 있는 공간에서 생산성 없이 흘러가는 시간이 아까웠다. 땀을 흘리지 않으니 행복하지 않았다. 지금 고백하지만, 가사와 육아는 일이 아니라고 생각했다. 매일 반복되는 일상에 밥을 차리고, 집을 청소하는 시간이 아까웠다. 아이들은 언제 자랄지 까마득하고, 그래서 나이만 들어가는 것 같아 두려웠다. 여성회관에서 요리를 배우고, 글쓰기를 배우고, 무언가를 하고 있다는 것을 방패로 삼았다. 무조건 나아가야 했다. 오만했던 마음으로 나는 이렇게 살 여자가 아니었다.

큰아이가 초등학교 입학할 나이가 되었다. 엄마는 소위 맹모였다. 딸을 위해 학군을 찾아 정착했다. 그렇게 나도 엄마처럼 딸을 서울에서 키우고 싶었다. 고슴도치 맘이었다. 내 아이가 천재인 줄 알았다. 두 돌 전에 노래를 부르고, 똑 부러지게 말을 잘하는 아이, 스스로 3살에 한글을 뗀 아이가 있을 곳은 서울이라 생각했다. 이 아이만큼은 나처럼 살도록 만들지 말자는 생각을 했다. 엄마의 꿈이 내게 옮겨온 것처럼, 어느 순간 내 꿈을 아이에게 옮기고 있었다. '00 엄마'라 불리는 동안 서서히 나를 잃은 것이다.

강원도 탈출은 남편의 반대로 무산되었다. "왜 나만 희생해야 하지?", 수화기 너머 남편의 성난 목소리에 마주 소리치고 싶었다. "나는? 결혼 전 약속을 쉽게 깬 당신에게 희생된 건 나야!"

엄마이기에, 여자이기에 희생되고 싶지 않았다. 할머니가 '여자가'라고 외쳤던 시절의 문화에 졌다는 자괴감이 들었다. 지금 돌이켜보면 사랑하는 가족이기에 함께하기를 선택했던 것인데, 초심을 잊었다.

탈출 시도 후의 강원도 생활은 더 지옥이 되었다. 여성회관도 즐거움이 아니었다. 우연한 기회에 다시 일을 시작했다. 새벽부터 아이들을 챙기며 출근하는 길은 바빴다. 8시 전 학교에 데려다주고 가속 페달을 밟는 시간의 연속이었다. 그러나 이력서에는 '그날 흘린 땀방울이 그날 하루의 행복을 만든다.'라는 좌우명이 당당히 쓰여 있었다. 그렇게 다시 '열심히' 시간을 채우는 삶을 시작했다.

마흔에 넷째를 낳을 줄은 꿈에도 몰랐다. 꼬물거리는 새 생명은 경이로웠지만, 날개를 꺾였다는 생각이 들었다. '조금만 더, 조금만 더'를 외치며 열심히 살았는데, 이룬 것 없이 마흔이 되었다. 아이들로 옮겨간 삶의 의미에 기대려는데, 큰아이가 고등학교 입학을 거절했다. 행복하기 위해 땀 흘려 왔는데, 왜 이런 일이 일어나는지 세상이 무너지는 것 같았다. "나는 대체 무엇을 위해 살았지?", "정말 열심히 살았을 뿐이라고!" 아무도 없는 차 안에서 몸부림치며 울고 소리쳤다.

주말부부라 멀리 있던 남편에게 전화를 했다. 기막힌 남편의 답이 돌아왔다. "똑같이 살아야 해?" 가슴을 꽉 막고 있던 설움이 터져 나왔다. 이른 나이에 결혼하고, 네 아이 출산으로 꿈을 이루지 못하고 있다고 생각했다. 모든 에너지가 아이에게 뻗어있었다. 나와 다르게 살기를 바라면서도, '엄마는 참 열심히 산다'라고 듣고 싶었다. 그래야 내 삶이 인정받으리란 생각을 했다. 그런데 달리 살아도 된다는 남편의 말이 아이가 아닌 내게 와 꽂혔다. '이 안심은 뭐지?' 무너져 내리던 삶의 한 가운데 볕이 들었다.

'나 이제 겨우 40대구나. 아이가 자신의 길을 선택한 것처럼 나의 길을 선택하자. 오늘의 땀이 주는 행복을 나에게 주자.' 세상의 중심이 아이에게서 나로 옮겨오는 순간이었다.

얼마 전 읽었던 책이 떠오른다. 《다산의 마지막 질문》, 다산 정약용이 자기 삶이 헛된 것은 아닌지 유배지에서 수없이 질문하며 쉰하나에 삶과 죽음의 질문을 정리한 책이다. '공부는 잃어버린 나를 찾아가는 과정이다.'라는 구절이 마음에 와 닿았다. 공부는 사람의 근본 도리인 인의(仁義)의 삶을 회복하는 것이라고 했다. 욕심에 휩쓸려 잃어버린 마음을 찾기 시작했다. 내 마음과 삶의 의미를 찾아 출발한 자기 계발의 시간은 아이가 자신의 길을 잘 찾아가리란 믿음도 주었다.

분명 사춘기 때 내가 누구인지 고민하고 방황했던 시간이 있다. 그러나 어른이 된 후 주어진 많은 역할 속에서 다시 '나'를 찾는 시간은 귀하다. 의미가 없어 보였던 시간의 점들이 이어져 선이 되고, 별이 되리라는 믿음이 생겼다. '나는 참 반짝이는 사람이구나, 멋진 사람이구나.'라고 확신한다. 찬란한 50대가 기다리고 있다.

끊임없이 배우고 하루를 성실히 채우고 있다. 나는 누구인지, 내 삶의 의미는 무엇인지를 찾았다. '오늘을 어떻게 살 것인가?' '오늘을 어떻게 살았는가?' 매일 스스로 질문하고 답하는 과정을 통해 꿈과 목표를 이뤄가고 있다. 성찰하고 성숙할 수 있다.

세상 모든 딸에게, 엄마들에게 이야기하고 싶다. 엄마이기에 위대한 것이 아니고, 나를 믿기에 우리는 위대해질 수 있다고 말이다. 나를 믿자. 오늘 흘린 땀방울을 기억하자. 노력한 만큼 행복할 수 있다. 잠자리에 누워 하루를 마감하는 시간, 땀과 노력의 결실로 몸이 나른함을 느낀다면 그것이야말로 진짜 행복이 아닌가.

9
나의 꿈, 나의 인생

최유화

✦

　내 꿈은 아나운서였다. 25년 전, 중학교 입학 후 얼마 되지 않아서였다. 교내 방송반을 모집한다는 안내문을 보고 바로 지원했다. 반장이나 합창부 활동을 하고 싶어 했던 것으로 보아 과거의 나는 나서는 것을 참 좋아했던 거 같다.

　오디션이 시작됐다. 30명 정도 되는 아이들이 줄을 서 있었고, 방송반 선배들은 대기업 면접관처럼 도도하게 앉아 있었다. 처음 겪는 긴장감에 손까지 떨렸다. 드디어 내 차례. 주어진 텍스트를 또박또박 읽어 나갔다. 내가 여기서 제일 잘한다는 것을 보여주고 싶었지만, 현실은 안 틀리고 읽은 것만으로 감사한 상황이었다. 매섭게 노려보고 있는 선배들의 눈치를 얼마나 봤는지, 내 차례가 끝나고 나선 몸살이 올 지경이었다.

　1시간 후 결과 발표, 내심 기대했는데 낙방이었다. 인생 첫 오디션에서의 탈락은 지금 생각해도 마음이 아프다. 엄마에게 한 번도 슬픈 내색을 한 적 없던 내가, 엄마 품에 안겨서 서럽게 운 처음이자 마지막 사건이었다. 한참 동안 가슴앓이했다. 자존심이 허락하지 않은 것도 있었지만, 마이크를 통해서 울려 퍼지던 내 목소리가 계속 귓가에 맴돌았기 때문이다. 믿을 수 없는 사실은 얼마 후에 방송반 사정으로 1명을 추가 모집하게 되었고, 그 주인공은 바로 나였다.

학교 교실 바닥에 앉아서 매일 연습했다. 읽고 또 읽고. 호랑이 선배들에게 테스트도 받는다. 1년을 꼬박 연습으로 채우고 2학년이 되었다. 드디어 첫 방송이다. 내가 직접 선곡한 음악 위에 내 목소리가 더해져 온 학교에 울려 퍼진다. 멋진 순간은 자연스럽게 내 꿈을 아나운서로 만들었다.

대학교에 진학한 후에도 당연히 학교 방송국에 지원했다. 이번에는 더 많은 사람이 오디션에 참여했다. 대학 방송국 선배 중에선 실제로 아나운서가 되어 현역에 활동하는 사람도 있었다. 모두가 간절했다. '여기만 들어가면 난 성공한 거야!'라고 생각했다.

너무 긴장했던 탓일까. 불합격이었다. 무조건 들어가겠다고만 생각했지, 불합격에 대한 대안이 전혀 없었다. 대학 생활 자체가 흔들렸다. 공허한 마음을 달래려고 여러 동아리를 기웃거렸다. 학회 동아리, 출신 고등학교 동아리 등. 결국 끝은 흐지부지했다. 목적 없는 만남은 그리 오래가지 못했던 것.

시간은 흘러 1학년 2학기가 되었다. 우연히 게시판 공고를 보게 되었다. 대학 방송국에서 추가 모집을 한다는 것이 눈에 들어왔다. 눈이 번쩍 뜨이고 심장이 두근대기 시작했다. 오디션에 입을 재킷도 마련하고 청바지도 가장 아끼는 것을 꺼냈다. 다시 수능 보는 마음으로 오디션에 참가했다. 간절한 마음이 통했는지 드디어 합류하게 되었다.

행복과 깨달음은 같이 왔다. 학교 방송국 아나운서라는 타이틀은 너무나도 멋졌다. 반면에 오디션을 볼 때 한 번에 통과하지 못하고 항상 추가 합격이라는 사실이 크게 다가왔다. '나는 항상 두 번째인가?' '타고난 재능은 아닌가?'라는 생각에 기를 펼 수가 없었다. 본 오디션에서 합격한 친구와 선배들의 자신감이 부럽고, 그 미묘한 갭은 활동이 끝날 때까지 계속 이어졌다.

그래서 연습했다. 공강 시간이면 방송국에 내려와 방음시설로 둘러싸인 좁은 방에서 하염없이 읽고 또 읽었다. 카메라 감독과 PD도 있었지만, 간단한 프로그램들은 직접 준비했다. 촬영이 끝나면 밤새워 영상 편집도 했다. 많은 시간이 소요되고 쉽지 않은 일이었지만, 단 한 번도 재미없거나 싫었던 적이 없었다. 오히려 그 공간에서 시간을 보낼 수 있다는 것이 마냥 좋았다.

그러나 선천적으로 예쁜 친구와 실력의 온도 차는 밤을 지새운다고 해결될 수 있는 문제가 아니었다. 본 오디션에 통과한 사람들과의 차이를 결국 이겨내지 못했다. 그 상황을 회피할 목적으로 방학 동안이지만, 부산에서 서울로 유학을 결심했다. 내 이력서에 들어갈 만큼 실력도 한 단계 더 높여 줄 것이라 생각했다. 그 당시에 아나운서 아카데미를 다녔던 것은 매우 빛나는 경력이 될 것이라 기대했다. 대학교 3학년 2학기부터 나는 취업 전선에 뛰어들었다. 학교생활이 1년 이상이나 남은 상황에서 여기저기 오디션을 보러 다닌 것이다. 지금 생각해 보면 너무 일찍 했다 싶어 아쉬운 부분이긴 하다. 일단 취업이 되면 조기 졸업하든, 어떻게든 마무리가 된다고 생각했다. 꿈이 컸던 그때는 방송 3사 오디션을 모두 보았다. MBC 방송사에 들어서며 '내가 꼭 갈게!'라고 다짐한 기억도 난다. 하지만 카메라테스트까지만 통과였고, 필기시험에서 줄줄이 낙방했다. 기본적인 공부를 하지 않았고, 오로지 목소리로 되고자 했던 것이 문제였다. 더 좋은 대학에 갔어야 했고, 더 예뻐야 했는지도 모르겠다.

부산의 한 케이블 방송사 면접이었다. 3명이 한 조가 되어 심사위원 앞에 앉았다. 오른쪽 지원자는 목소리가 너무 아름다웠다. 딱 들어도 방송경력이 꽤 되어 보였다. 질문의 답에도 유려한 말솜씨를 뽐냈고 끊김이 없었다. 왼쪽 지원자는 말이 많지는 않았다. 그러나 한 번 본 사람은 계속 볼만큼 아름다웠다. 교정을 하고 있는지 발음도 정확하진 않았고, 방송 경험도 없어 보였다. 그 사이에 있던 나는 실력도, 외모도 모두 두 사람의 중간쯤이었다. 나는 나쁘진 않았지만 뛰어나진 않았다. 결과는 과연 어떻게 되었을까? 그때의 결론은 아름다움이었다.

그 면접을 끝으로 방송국이 아니라 학과에 맞춘 취업을 준비하게 되었다. 4학년이란 부담감 때문이었다. 우리 학과에선 다 금융권을 준비했다. 극적으로 취업하게 되면서 꿈은 내 가슴속에만 남아 있게 되었다.

후회하지는 않는다. 이루지 못했기에 더 간절하게 열심히 살았다. 인생의 모든 배움과 열정의 근원은 '이루지 못한 내 꿈'이었다.

아나운서가 되고 싶었다. 사실은 아직도 그 꿈을 간직한 채 살아간다. 하지만 나는 아나운서가 될 만큼의 외모도 타고나지 못했고, 그럴 만한 다양한 재능도 갖지 못했다. 꿈을 이루고 싶은 갈망과 이루기 힘들다는 쓰라림을 늘 가슴에 품고 있다. 그러나 포기하고 싶지 않다. 아나운서가 되는 것만이 성공이 아니라는 것을 깨달았기 때문이다. 포기하지 않고 꿈을 향해 나아가는 모든 순간과 과정이 '성공'이다. 지금까지 한 번도 포기한 적이 없다. 좌절하고 눈물 흘리더라도 계속 시도한다. 그런 점에서 나는 어쩌면 이미 '성공하고 있는' 사람인지도 모르겠다. 행복하다.

10
어디까지 갈 수 있을까

이지은

처음 사회생활 시작은 간호조무사다. 의욕적으로 배우고 싶은 것도 없어 20대를 허송세월했다. 보다 못한 어른들이 결혼을 해서도 무난하고 안정적인 여자 직업으로 결정해 준 것이다. 개인 병원 진료 보조 아르바이트로 한 달에 60만 원 급여를 받고 배운다는 의지로 성실하게 경제활동을 했다. 자격증을 취득하면 월급을 올려준다는 제안에 퇴근 후 간호학원에 다니며 자격증을 취득했다. 당시 직원은 50대 실장님과 30대에 임신 8개월 된 위생사, 나, 이렇게 세 명이었다. 사랑하는 사람을 만나 가정을 꾸리고 아이가 태어나면 마주할 자연스러운 여자, 엄마의 삶이 10년 뒤 내 모습이라 상상해 보았다. 행복한 미소가 아닌 우울한 기분이 올라왔다.

먼저 '직업'에 대해 다시 고민하기 시작했다. 10년 뒤 서른 중반에는 당당히 내 일을 하고 있는 삶을 상상했다. 그리고 현재 처해 있는 환경을 바꾸고자 퇴사하고 이직을 준비했다.

간호조무사 자격증으로 이력서를 채운 후 약국 업무 보조 역할로 지원했다. 약사는 현재 근무하는 직원들보다 내 나이가 많다는 이유로 채용을 거절했다. 2010년 스물여섯에 경험한 사회적 편견이었다.

넘어서야 할 '나이'라는 산을 마주하고 어떤 상황에서도 극복하자 다짐했다. '옷 가게 사장'을 이루려면 판매 경험이 필요했다. 처음부터 시스템을 체계적으로 배울 수 있는 곳을 알아보았다. 마침 곧 오픈 예정인 국내 SPA브랜드 판매사원 공고에 지원했다. 서류전형 통과 후 가산디지털단지에 위치한 본사에서 간단한 면접을 마치고 집으로 돌아가는 버스 안에서 합격 소식을 전해 들었다.

'나이'에 대한 한계 대신 새로운 업무환경 적응에 목적을 가지고 출근했다. 매장에는 화려한 조명, 리듬을 부르는 경쾌한 팝송, 하나의 목소리로 고객을 향하는 직원들의 우렁찬 인사가 울려 퍼졌다.

리더의 안내에 따라 유니폼으로 갈아입은 후 준비해 간 수첩과 펜을 들고 브리핑에 참여했다. 점장의 주관으로 전일, 금일, 당월 목표 달성 수치와 업무지시 사항을 전달했다. 코디 파트에서는 그날 입고된 신상 소개와 판매에 도움 될 코디 팁들을 알려줬다. 그리고 지점 구호를 힘차게 외치며 마무리했다.

간단한 근무 수칙과 업무 용어, 스케줄을 확인하는 것까지 교육

받고 피팅룸에서 3일간 근무하는 것이 입사 후 첫 업무였다. 피팅룸은 입장과 퇴장하는 고객 응대부터 창고에서 나오는 판매된 재고 제품들을 옷걸이에 걸고 스팀까지 마친 뒤 진열 상태로 내보내는 작업이다. 과정에서 조금씩 용어가 귀에 익고, 업무가 숙련되었다.

근무 일정은 로테이션으로 보통 2일~3일 근무하고 다음 날 휴무하는 것이었다. 그렇게 일주일이 지나면서 인원이 자주 바뀌는 것을 알 수 있었다. 경험을 쌓고자 부족한 파트에 자진해서 지원했다. 유니폼이 아닌 멋진 사복을 차려입고 매니저라는 타이틀을 꿈꾸었다. 목표를 이루기 위해 필요한 건 다양한 경험이라 생각했다. 오전과 오후 출근을 하면서 점장과 매니저의 스케줄을 관찰했다. 그리고 그들과 똑같은 태도로 업무에 임했다.

한 달 후에 월급이 지급되었다. 120만 원! 개인병원보다 월급이 2배였다. 최저시급으로 맞춰진 기본 급여지만 근속기간과 업무평가에 따라 소폭 인상된 결과였다.

삶을 개선하기 위해 환경을 적극적으로 바꾼 선택에 대한 성취감이 들었다. 결혼하기 전에 내 인생을 주체적이고 건설적으로 꽃피우고 싶던 것을 조금은 이뤘다고 생각했다.

'하면 된다.'라는 의지가 원동력이 되었다. 내성적인 성향이라 동료들과 어울리는 대신 부족한 업무 경험에 대해 더 시간을 들였다. 조금 늦은 승진으로 리더가 되었다. 자연스럽게 급여도 인상되었고, '자리가 사람을 만든다.'라는 말이 있듯 마인드부터 달라졌다.

휴무일에는 교보문고를 찾아 마케팅부터 리더십 관련 서적들을 5~6권 정도 구입해서 읽었다. 병원에 다닐 때는 굳이 정보를 찾아서 읽지 않았다. 흥미 있고 인정받고 있다 생각하니 더욱 회사에 열의를 다하고 싶었다. 누군가 시키지 않아도 책을 사서 보고 실제 업무에 적용하는 변화가 일어난 것이다.

인사발령으로 타 지점으로 근무지를 옮겼다. 어떤 경험이 기다리고 있을지 꽤 기대되었다. 매니저가 공석이고 최연소 점장과 근무하면서 한 달에 한 번 행사를 기획하고, 판매상품에 대한 홍보 및 유통사 관계자들과 의사소통도 문제없이 처리했다. 직원들과 팀으로 움직여 하나의 성과물을 끌어내는 경험도 일종의 리더십 훈련과정이었다. 이를 계기로 조금 더 큰 지점으로 한 번 더 옮겼다. 월간계획을 세우고, 주차별 목표에 맞춰 일자별 스케줄을 기록하면 내게 성과라는 선물이 되어 돌아왔다. 이 과정에서 보람을 느끼며 브랜드와 함께 성장한다고 자부했다.

추가로 맡았던 건 온라인 담당이었다. 등록부터 출고까지 시스템이 복잡했지만, 루트를 이해했다. 그리고 매장 총괄 관리자로 이동할 계기가 되었다. 그토록 꿈꾸었던 브랜드 옷을 착용한 매니저가 되었다.

막상 자리에 오르니 나만의 일을 하고 싶은 욕심이 생겼다. 처음 한계를 극복하고 나니 두려움이 없었다. 브랜드와 함께 성장했지만, 내 급여와는 별개였다. 허무함과 허탈함만이 남았다. 하루 8시간, 주말 휴무도 없는 근로 노동의 대가가 만족스럽지 못했다. 그리고 이듬해 전 세계를 뒤덮은 코로나가 찾아왔다.

그 뒤 점점 확산되면서 백화점부터 고객들의 발길이 뚝 끊겼고, 자연스럽게 매출은 전년 대비 마이너스로 요동쳤다. 그해 8월 회사로부터 〈해고 예정 통보서〉에 서명 요구를 받았다. 한 달 뒤엔 출근하지 않아도 된다는 서면 통보였다. 이미 예상하고 있던 일이었다. 불경기로 사정이 어려워지면 제일 먼저 정리되는 부분이 인건비였다. 그리고 제일 연차가 많은 순으로 결정되었다. 오히려 감사한 마음이 들었다. 이미 심신이 지쳐 터닝 포인트가 필요한 시점이었다. 성숙한 태도로 회사와 헤어질 준비를 했다.

예전의 나였다면 삶의 전쟁터에서 잡아달라고 했을 텐데, 지금은 반대다. 회사의 선택에 경의를 표하며 그동안 얻은 경험을 살려 값진 인생으로 살아갈 힘을 줘서 고맙다고 생각한다.

그렇게 한 달간 회사와 나를 온전히 분리해서 생각하는 시간을 가졌다. 살면서 3번의 직업은 바꿀 상황이 온다고 어디선가 스치듯 들은 기억이 있다. 안정적인 생계를 위해 주변의 권유로 시작한 간호조무사에서 전혀 다른 방향으로 이직한 지 9년이 흘렀다. 지금까지 선택한 것에 스스로 믿음을 가지고 책임을 졌다.

남을 위해 내 시간을 돈 받고 내어 주었다. 이제 나를 위해 일하며 살아갈 것이다. 1인분의 월급만 생각하며 기획하고 시도하며 성장할 것이다. 해고될 걱정도, 상사의 눈치를 보지 않아도 된다. 병원이나 은행 업무를 처리하기 위해 누군가에게 양해를 구하지 않아도 되는 시간의 주인이 되는 것이다.

맨 처음 입사했을 때만 해도 전보다 높아진 월급과 능력에 따라 승진 기회가 주어진다는 것으로 충분하다고 여겼다. 다시 회사를 그만두고 채용사이트 검색을 반복하기 싫어서 버텼다. 시간이 흘러 다양한 경험을 바탕으로 경력이 쌓였다. 업무평가에서 인정받으며 어엿한 부하 직원들을 교육하고 관리하는 직책까지 맡게 되었다. 안정하다는 이유로 병원 진료 보조 업무에서 안주했다면 이뤄낼 수 없는 상상하지 못했던 현실이다. 어쩌면 나의 가능성을 전혀 생각하지 못하고 살게 되지 않았을까. 남들은 나이 먹고 늦었다고 했다. 하지만 나의 관점은 달랐다. 지금이라도 늦지 않았다. 삶의 방향을 바꿀 기회가 왔을 때 실천해야 한다고 생각했다. 미래가 달라질 수 있는 선택인 만큼 신중하게 기획하고 실천했다. 지금도 앞으로 어디까지 갈 수 있을지에 대한 설렘과 흥분 속에 하루하루 꿈꾸며 보낸다. 누구에게나 잠재력은 존재하고 있다고 한다. 그 잠재력을 끄집어내는 것은 오직 나에게 달려있다. 여기까지 온 것처럼 더 먼 곳까지 가보고 싶다.

11

고난과 시련이 생길 때마다
이겨낼 수 있는 힘도 함께 생긴다

최서연

　남들은 나를 똑순이라고 생각한다. 아니다. 내향적이라 생각이 많다. 생각 정리가 끝나면 결단을 내리고 행동하는 것은 빠르다. 사람들은 그 모습만 보고 나를 판단한다. 상처받기 싫어 곁을 내주지 않아서 차갑다는 말도 들었다. 사람을 좋아해서 불나방처럼 다가갔다가 데인 적이 많기 때문이다.

　간호사를 하면서 지금의 성향이 굳어졌다. 주사를 놓기 전에도 몇 번이나 환자 이름을 확인해야 하고, 항상 위생에 신경을 써야 했다. 그리 깔끔한 사람이 아닌데 쓸고 닦는 습관이 그때부터 생겼다. 사람을 못 믿어서가 아니라, 실수를 줄이기 위해 확인하는 절차가 상대방에게는 껄끄러운 과정일 수도 있다.
　보험설계사를 하면서 세일즈 프로세스를 배웠다. 덕분에 매뉴얼이 생겼지만, 여전히 인간미 넘치는 실수를 했다. 실수의 결과물이 상대방에게 부정적 영향을 미치는 것이 싫어서 책을 보며 공부를 했다. 성공한 사람들은 어떻게 이 시기를 이겨냈는지 배우기로 했다. 보도 섀퍼는 〈성공 일지〉를 강조했지만, 나는 〈실패 노트〉를 쓴다. 성공과 실패는 한 쌍이기 때문이다.

보험설계사 시절부터 쓴 실패 리스트가 150개 이상 된다. 최근에 작성한 내용을 소개한다.

〈사례1〉

온라인 클래스에 수업을 론칭했다. 급하게 할 일도 아니었는데, 담당자가 다음 날까지 강의 상세페이지 작성을 요청했다. 미루지 않으려고 자정 전에 작업을 마무리 지었다. 아침 9시에 담당자로부터 연락이 왔다. 상세페이지를 작성한 내용이 없다는 것이다. 피곤함과 짜증이 섞여서 화부터 났다. 작업 후 미리보기로 확인까지 했는데, 자료가 다 없어져 버린 것이다.

그쪽에 분풀이한다고 해서 해결될 일이 아니었다. 결국 내가 작업을 다시 해야 한다. 그 후부터는 상세페이지를 작업 후 텍스트만 따로 저장해 놓고 있다. 따지고 보면 누구의 잘못도 아닐 일이다. 늦은 시간 서버의 문제였을 수도 있고, 내가 실수했을 수도 있다. 빠른 해결을 통해 다음에 같은 실수를 안 하면 되는 거다.

<사례2>

몇 달을 벼르다가 갤럭시 버즈 이어폰을 샀다. 왜 이제 샀나 싶을 정도로 마음에 쏙 들었다. 라벤더 컬러도 고급스러웠다. 유선에서 해방된 기쁨과 내 귀에 딱 맞춘 듯한 착용감도 좋았다. 이날도 버즈로 음악을 듣다가 집에 가는 길에 잠시 탑텐 매장에 들러 티셔츠를 샀다. 그다음 기억은 칼로 도려낸 것 같다. 다음 날 아침, 버즈 이어폰을 아무리 찾아도 없었다. 3일이나 찾아 헤매다가 결국 포기했다. 이어폰이 다 같은 거 아니냐는 생각에 다이소에서 5천 원짜리를 사서 듣다가 후회했다. 버즈와 비교해 음질이 좋을 리가 없었다. 어쩔 수 없이 발걸음을 갤럭시매장으로 옮겨 버즈 이어폰을 다시 샀다.

집에 와서 개봉한 상태로 충전만 해 놨다. 그러다가 바닥에 놓인 탑텐 쇼핑백을 발견했다. 쇼핑한 옷을 꺼내다가 잃어버렸던 이어폰을 찾았다. 이제야 퍼즐이 맞춰졌다. 쇼핑 후 결제하면서 잠시 이어폰을 빼놓는다는 게, 들고 있다가 쇼핑백에 넣고 집으로 온 것이다. 찾아서 다행이었지만, 새로 산 이어폰이 애물단지가 돼버렸다. 갤럭시매장으로 갔다. 개봉상품이라 환불이 안 된다고 했다. 다행히 바로 중고로 팔았다. 여기서 깨달은 것, 첫째는 물건을 사용하고 난 후에는 바로 제자리에 두자는 것이다. 버즈 이어폰은 백팩 앞 지퍼에 넣어두기로 했다. 둘째는 쇼핑 후에는 집에 와서 꺼내놓기다. 바로 쇼핑백만 열어봤어도 이어폰이 거기에 있는지 알았을 것이다.

잘못한 일로 자책하기보다 먼저 해결에 집중하고, 다음에 같은 일이 일어나지 않도록 기록을 통해 정리해 놓는다.

아이들의 걸음걸이에서 삶을 배운다. 자기 몸에서 가장 무거운 머리를 들기 시작하고, 뒤집기를 시도한다. 자기 마음대로 안되면 울기도 하고, 엄마의 응원을 받으며 될 때까지 몸을 움직인다. 보행기를 타다가 아빠 손을 잡고 한 걸음씩 걸어보기도 한다. 그러다가 풀썩 주저앉아 엉덩방아도 찧는다. 다시 일어나 앞으로 걷는다. 그랬던 우리가 이제는 걷고 뛴다.

"신은 시련 뒤에 선물을 숨겨놓는다.", "고난은 감당할 만큼 온다."라는 말을 자주 들었다. 식상하다. 그래서 우리는 중요하게 생각하지 않는다. 모든 것이 변할 때도 변하지 않는 것이 〈본질〉이라고 한다. 나에게 본질은 이렇다.

-매일 성장하고 있다는 것
-어려움을 이겨내는 힘을 통해 성숙해진다는 것
-뭔가 시도하고 있으니까 몰라서 실수도 한다는 것
-나는 결국 해내리라는 것이라는 것

"된다! 된다! 나는 된다!" 오늘도 확언을 감사일기에 적는다.

PART 02

인생 조금 더
예쁘게 만들 의무가 있다

1
다부지고 당찬 커리어우먼

이자람

커리어우먼을 동경했다. 타이트한 하얀 셔츠에 펜슬 스커트. 정장을 걸친 여성이 어깨엔 노트북 가방을 메고 한 손에는 커피를 든 채 하이힐을 신고 급하게 뛰어가는 모습. 학부생일 때 여의도에 간 적이 있었다. 마침 점심시간이었다. 사원증을 목에 건 직장여성들이 쏟아져 나왔다. 활기차고 생기 넘치는 모습이었다. '나는 저런 모습으로 살지는 못하겠지?'라는 생각이 들며 마음이 이상했다. 드라마 속에 들어온 것처럼 다른 세상 사람들을 보는 느낌이었다. 음악전공자로 살게 된다면 직장에 소속되기보다는 프리랜서로 살게 되기에 이질감이 느껴졌다. 꽤 오랜 기간 마음속에 그때 보았던 모습의 직장인에 대해 동경을 가지며 살아왔다. 직장인의 삶을 원한 건 아니지만, 그저 가지지 못한 것에 대해 욕심을 냈던 것으로 생각한다. 그리고 내 일에서 자리를 잡으며 이런 내 생각은 자연히 사라졌다.

커리어우먼은 무엇일까? 사전적 의미만 본다면 직업을 가진 여성이다. 내가 내린 정의는 자기만의 일을 가지고, 자기가 맡은 일을 열심히 하면서 살아가는 여성이다. 피아노 개인 레슨을 시작한 지 얼마 안 된 20대 초중반 나의 모습을 떠올려 보면, 그때는 나의 일을 사랑하는 마음이 지금처럼 크지 않았다.

지금도 어느 어른이 해주신 이야기가 떠오른다. "방문 수업이 얼마나 힘든지 아니? 남의 집 초인종을 누르면서 더우면 덥고, 추우면 추위 타면서 일할 수는 없을 거야." 평생을 음악전공자로 살아오신 분이 말씀하시는 걸 듣고 '가르치는 일이 그렇게 힘든 일인가?'라는 의문도 들었다. 그 이야기는 사실 나뿐 아니라 많은 친구들이 하는 일에 대해서 부정적으로 생각하게 만들었다. 그 이야기를 들은 후 비가 오면 비가 와서 슬프고, 날이 더우면 날이 더워서 더 힘들었다. '진짜 오래 할 일은 아닌 걸까? 그래도 나는 이 일이 너무 재미있는데, 뿌듯함과 재미로만 이 일을 하기엔 무리가 있을까?'라는 생각이 들었다. 그분의 말씀이 계속 머릿속에 떠올랐다. 내 일을 사랑하고 좋아하지만, 외부환경에 자주 영향을 받게 되니, 아무래도 자그마한 장애물에도 힘이 들고, 작은 요인에도 지쳐서 힘이 든다고 느꼈다.

그렇게 평범하지만 열심히 살아가던 어느 날, 결심했다. '기왕 시작한 일. 내가 원하고 좋아해서 시작한 일이니까 이 일에서 최고를 찍겠어!' 언제, 어떤 계기로 결심했는지 기억나진 않는다. 최고가 되고 싶었다. 많은 이들에게 인정받고 싶었다. 이 일은 적성에 잘 맞고, 보람 있는 일이기에 목표를 이룰 수 있는 확률도 커 보였다. 삶과 내 일에 대한 관점이 360도 바뀌어버린 의미 있는 순간이었다. 지금 내가 하는 일에서 전문가가 될 것이라고 결심하고 나니 모든 것이 달라졌다. 바꾼 것은 내 생각 하나뿐인데 진짜 전문가가 된 것 같았고, 모든 상황이 나를 위해 돌아가는 듯한 느낌이었다. '사람의 가치는 자기 자신이 정한만큼 되는 것이다.' 그날부터 나는 누가 봐도 전문가처럼 바뀌었다.

첫 번째 바뀐 것은 상황을 긍정적으로 받아들이는, 내가 세상을 보는 관점이다. 과거의 나는 비가 오면 '비가 와서 너무 힘들지만, 학생과의 약속이니까, 그래도 이 비를 뚫고 가야지. 그게 내 일이니까.'라고 생각하며 의무감과 책임감으로 움직였다. 하지만 이젠 '어, 오늘은 날씨가 흐리네! 학생들 기분이 축 처질 수 있으니 화사하고 밝은색의 옷을 입어야겠다.'라며 화사한 옷을 챙겨 입고 출근했다. 일대일로 사람을 대하는 일이기 때문에 수업을 진행하다 보면 나를 힘들게 하거나, 유달리 맞춰나가기가 어려운 친구들도 있었다. 하지만 이런 친구들을 만나도 '이런 경험이 쌓여서, 더 많은 학생을 더 잘 가르치게 되겠지. 이 시간이 더 나를 강하고 능력 있는 사람으로 만들어 주는 귀한 시간이야!'라는 생각으로 학생과의 상황을 개선하려 노력했고, 그 노력은 긍정적인 효과로 드러났다. 그러면서 그 과정들을 하나하나 머릿속에 쌓아가면서 나만의 데이터로, 경력으로 쌓아나갔다. 이와 함께 나의 지도력은 날이 갈수록 향상되었다.

두 번째로 바뀐 것은 자신감과 자존감이다. 과거엔 프리랜서라는 것을 누군가에게 말하기가 부끄러웠다. 하는 일이 부끄러운 것은 아니었다. 다만 직접 말하는 게 어색하고, 전문성이 뛰어난 예술가한테 붙는 수식어라고 생각했기 때문이다. 하지만 지금은 어디에서나 나를 소개할 일이 생기면 "피아노 교육 전문가이면서 피아노 연주자입니다."라고 자신 있게 말한다. 남에게 보이는 나의 모습은 내가 정하는 것이고, 내가 의도한 대로 사람들이 봐준다. 물론 거기 수반되는 능력이 꼭 필요하긴 하지만. 이렇게 관점을 바꾸니 내가 나의 일을 사랑하게 되었고, 모든 순간이 데이터화되었고, 정말 전문가가 되었다. 이루고자 결심했고, 그에 적합한 노력을 하면서 과거엔 꿈이었지만 지금은 현재가 된 나의 모습을 하나하나 빚어낸 것이다. 최근에 나는 또 다른 목표를 세웠다. 인생을 더 멋지고 의미 있게 만들고 싶어서 내가 15년 넘게 해온 음악과 관련 없는 길의 출발점에 서 있다. 바로 내가 공부한 것으로 사람들의 삶을 더욱더 행복하게 만들어 주는 1인 기업가이자 멘토가 되기로 결심한 것이다. 그 꿈을 향해서 다양한 공부를 하고 있다. 아직 전문가가 아니기에 꾸준히 갈고 닦으며 방법을 찾고 있다.

현재 나의 삶은 과거 나의 모습이 모여져서 만들어진 것이다. 과거 나의 도전과 노력으로 인해서 지금은 음악가와 교육자로 살고 있다. 거기 덧붙여 뛰어난 사람이 되고 싶다고 결심한 후 끊임없이 노력해서, 감사하게도 지금은 전국의 많은 선생님에게 가르침을 줄 수 있는 전문가가 되었다. 새로운 목표도 마찬가지이다. 과거처럼 다양한 것들을 공부하고, 책을 읽으면서 경험치를 쌓으면 그것들이 미래의 나에게 커다란 양분이 될 것이다. 그리고 바라는 미래를 선물해 줄 것이라 믿는다. 만약 과거의 나처럼 내가 날씨 탓, 외부환경 탓을 하면서 지금 하는 일을 해왔으면 어땠을까? 내가 변화시킬 수 없는 요인들로 종일 내 기분이 가라앉아 있고, 바꿀 수 없는 상황을 탓하면서 그 상황을 전환 시키지 않고 그저 살아왔다면 지금처럼 즐겁게 나의 일을 할 수 있었을까? 내가 아무나 할 수 없는 중요한 일을 하고 있고, 적성에 잘 맞는 일이라는 이유만으로 지금처럼 만족도가 높고, 전문가가 된 것은 절대 아니라고 생각한다. 일하며 행복하면 된다. 만약 행복하지 않다고 느껴진다면, 행복한 이유를 찾아내 보는 것은 어떨까? 세상의 모든 일들이 멋진 일이 될 것이다. 그리고 어느새 전문가가 되어 있을 것이다.

나의 노하우들을 배우고자 자리를 잡고 싶거나, 경력이 단절되었다가 다시 시작하고 싶은 사람들이 상담받으러 찾아온다. 그들에게 빼놓지 않고 하는 이야기가 있다. "자기가 하는 일을 사랑하세요. 그리고 지금 일하는 그 지역에서 최고가 되겠다는 생각으로 매 순간 최선을 다하세요."라는 말이다. 뻔하고 누구나 할 수 있는 이야기라고 생각하는가? 지금 이 글을 읽고 있는 사람 중에 하는 일을 정말 사랑한다고 할 수 있는 사람이 얼마나 있을지 되묻고 싶다. 하는 일을 사랑하는 것이 다부지고 당찬 커리어우먼의 첫걸음이다. 일을 사랑하면 행동에서 묻어난다. 그리고 상대는 그것을 온전히 느낀다. 해야 할 일들이 무거운 책임감으로 짐이 되기보다는 과정을 즐길 수 있는 하나의 여정이 된다. 오늘 내가 만나는 이 사람들에게 어떤 것, 어떤 기분을 선물하면 좋을지, 세상에 내가 줄 수 있는 것들을 생각하며 일을 즐기게 되면 모두가 진정한 커리어우먼이 될 수 있을 것이다. 나는 오늘도 지금의 열정과 꿈을 향한 마음을 꾸준히 유지해서 평생 멋진 삶을 만들어 내는 커리어우먼으로 살아가길 소망한다.

2
일과 삶을 하나로

한명욱

　'아무것도 아닌 것이 아무것인 게 인생이더라.' 박웅현 작가의 《여덟단어》에 나오는 문장을 읽으며 소름이 돋았다. 주어진 다양한 역할이 버거웠던 시간이었다. 딸, 며느리, 엄마, 아내, 직장의 누구 등등 알맹이는 어디 가고, 다양한 껍데기를 두른 내가 휘청이고 있었다.

　'워라밸'이라는 신조어가 등장했을 때 일과 삶의 균형을 맞추라는 말이 좋았다. 일할 때만 일하고, 나머지 시간은 즐겨야 한다고 생각했다. 집에 있는 시간도 일의 연장선 같았다. 주말은 꼭 어딘가로 떠났다. 특히 아이들을 위해 체험 활동을 많이 다녀야 좋은 엄마라고 생각했다. 월화수목금금금을 보내면서 '워라밸'이 나를 옭매었다.

　코로나19바이러스 감염병으로 온 세상이 멈췄다. 재택근무를 하며 아이들과 부대끼는 생활이 그렇게 행복할 수 없었다. 토요일 밤 팝콘을 준비하여 영화 〈맘마미아〉를 틀었다. 당시 5살 막내는 이해하지 못할 영화인데 그 아이까지 합세하여 온 가족이 노래를 불렀다. 실로 자유로운 밤이었다. 세상이 감염병으로 불안한데, 난 온 세상을 가졌다. 처음으로 제대로 쉰다는 것이 무엇인지 깨달은 밤이었다. 그 밤이 '아무것인' 날이었다. 불안에 떨며 바깥출입을 전혀 하지 않던 시간이었지만, 일과 삶이 다르지 않음을 깨달았다. 쉬는 날은 제대로 즐겨야 한다는 강박감이 사라지는 순간이었다. 일과 삶은 하나였다. 내가 주인으로 인생의 중요한 영역의 균형을 맞추는 것이 삶이었다.

껍데기를 벗으려 했다. 알맹이와 껍데기가 하나임을 알고 나니 비틀어 본 세상이 제자리를 찾았다. 경주마 같은 나였다. 할머니와 엄마가 짊어주었다고 생각한 짐은 실은 내가 끌어안은 것이었다. 그렇게 끌어안고 앞만 보며 달려왔던 거다. 나를 잃은 것이 아니었다. 잠시 보지 못했을 뿐이다. 새로 태어났다. 삶의 의미를 제대로 찾아보고 싶었다. 모든 순간에 의미를 부여하며 살고 싶었다. 사명을 찾기 시작했다.

갓 스물이 되어 사관학교에 들어갔을 때는 진급이 목표였다. 계급이 꿈이었다. 지금은 무엇이든 할 수 있다. 세상의 계급에 따르지 않아도 된다. 때마침 제목에 이끌려 본 드라마 〈서른아홉〉은 죽음 앞에 선 나를 상상하게 했다. "저는 충분합니다. 친구들 사랑도 충분한 삶이었습니다." 드라마 대사가 나를 울렸다. 마지막 순간 '충분하다'라고 말할 수 있을까? 3P 바인더 코치과정에 100세까지 라이프플랜을 짜는 시간이 있다. 버킷리스트가 유행일 때 죽기 전에 하고 싶은 걸 막연하게 꿈꿨다. 10년 후, 20년 후 모습을 상상해 보곤 했지만, 인생의 키워드는 처음 적어보았다. 가족과 나, 일과 삶을 구체적으로 생각하며 100세까지 적어본 것이 처음이다. 라이프플랜 양식에 가족 모두의 나이를 적는 칸이 있다. 내 나이를 따라 남편과 아이들 나이를 적다 말고 부모님의 나이를 써보았다. 부모님과 함께할 시간이 그리 많지 않았다. 21년 동안 아이 넷을 육아하느라 조급했던 마음이 사라졌다. 아이 나이를 눈으로 확인하니, 곧 곁을 떠날 아이들이 보였다.

반복되는 일상을 의미 있는 시간으로 만드는 노력이 때론 버겁다. 사춘기 딸들의 거친 태도에 마음 상하고, 손이 많이 가는 어린 아들들의 요구에 응하는 것이 때때로 피곤하다. 그건 잠시일 뿐 지금, 오늘이 중요하다는 것을 안다. 현재의 우선순위는 가족이고 21년째 접어든 육아다. 스물하나부터 일곱 살까지 각 아이의 연령대에 눈높이를 맞추고, 독립하여 제 삶을 살도록 돕는 것이 육아 키워드다. 가족이란 우선순위와 더불어 자기 계발, 재정, 건강, 봉사

^(신앙) 전 영역의 균형을 점검했다. 모든 영역의 점수가 골고루 높아야 한다고 생각했다. 그러나 나이대별 중요한 영역이 있고, 인생 키워드에 집중하다 보면 결국 균형이 이뤄짐을 알았다. 2022년 원 워드_(One Word) 는 '케어_(Care)'다. 40대 인생 키워드도 같다. 나를 챙기고, 가족을 챙기고, 함께하는 이들을 챙기는 해로 정했다. 땀 흘리는 소중한 하루에, 'Why'가 따라온다. '왜'라는 질문으로 하루를 여니 오늘을 어떻게 살고 무엇을 해야 하는지 알게 되었다.

'건강한 자립을 돕는 삶'이 사명이다. 모두 처음이 있다. 처음 엄마가 되면 이분법적으로 일과 육아를 나누고, 희생하며 산다고 생각할 수 있다. '육아만 하는 내가 행복하지 않다.'라는 생각으로 힘든 엄마들의 마음을 인정해 주고, 공감하고 나누고 싶다. 아이들은 생각보다 빨리 자라며, 육아하면서 '나'로 살 수 있음을 알려주고 싶다. 삶의 의미와 방향을 찾아 '당당한 나'로 설 수 있도록 힘을 주고 싶다. 아이들에게 꿈이 옮겨갔던 난 어땠는가? 사춘기 아이의 방황으로 힘들었다. 쉽지 않았지만 믿음으로 내려놓았다. 나 자신의 방황을 멋지게 시작했다. 다양한 역할에 지친 엄마들에게 진심으로 전하고 싶다. 역할들을 벗어던져야 '내'가 되는 것이 아님을 깨달았다. 그 사이에서 균형을 이룬 내가 나였다. 엄마들 모두 끊임없이 흔들려보고 균형을 이뤄보기를 응원한다.

박웅현 작가의 《여덟단어》는 인생을 대하는 우리의 자세에 대해 젊은이들에게 강연한 이야기를 정리한 책이다. 조금 더 일찍 알았더라면 30대의 흔들림은 없었을까? 나를 중히 여기는 '자존'을 잃었던 지난 시간이 아깝다. 중심점을 내 안에 찍지 않고 어디에 둔 것일까? 지금이라도 알아서 다행이다. 그저 열심히 사는 삶을 뛰어넘는 중이다. 그저 열심히 사는 삶을 뛰어넘는 중이다. 매 순간이 나의 선택이었는데, 후회하며 살았다. 가정, 자기 계발, 재정, 건강, 봉사(신앙), 전 영역의 균형을 맞추며 인생의 변곡점마다 우선시해야 하는 것을 챙기는 삶이 시작되었다.

아무것도 아닌 것이 아무것인 선물 같은 오늘을 살고 싶다. 아니 그렇게 살기 시작했다. 라이프플랜과 인생 키워드를 따르는 삶을 시작했다. 알맹이와 껍데기가 하나가 되었다. 일과 삶을 하나로 살고 있다. 그것만으로 충분하다.

3
경제적 풍요와 자유

최유화

가장 잘 적을 수 있는 주제라 생각했다. 그런데 마지막까지 고민을 안겨준 주제가 되었다. 적고 지우고, 적고 지우고를 무한 반복하다 보니, 왜 이 주제를 힘들어했는지를 이제야 알 것도 같다. 나는 경제적 풍요와 자유를 꿈꾸는 사람이지 이룬 사람이 아니었기 때문이다. 언젠가 책을 낸다면 재테크 성공기를 써야지 생각했다. 그래서 이 주제가 너무 반갑고 좋았지만, 딱히 할 말이 없었다. 아니 솔직해지기 힘들었다. 퇴고의 마지막까지 이 글을 쓰고 있는 나에게 괜찮다고 용기를 내라고 응원하고 있다. 있는 그대로 아직 해결하지 못한 이야기들을 꺼내 보려 한다.

자기 계발을 하는 이유는 딱 두 가지였다. 첫 번째는 자아실현이다. 내 꿈을 이루는 것이다. 두 번째는 경제적 풍요와 자유다. 이 두 가지 이유는 계속 우선순위가 바뀌곤 했다. 양팔 저울에 두 이유를 올려놓는다는 상상을 한다면, 시기에 따라 기우는 쪽이 달라졌다. 때로는 자아실현이 더 간절해서 그쪽으로 기울었다가 아차 하면서 경제적 풍요에 다시 무게가 실리곤 했다.

꿈만 보고 달려간 시간이 점점 쌓이다 보면 허무해질 때가 있다. 내가 좋아서 한 일들이지만, 딱히 성공했다고 보기도 힘들고 그렇다고 돈을 번 것도 아니기 때문이다. 내 손에 남은 것이 아무것도 없다 보니 허무했던 것. 나중에야 깨달았지만, 눈에 보이지 않는 것이 더 소중한 가치를 품고 있었다.

그런 가치를 깨달을 충분한 시간도 없이 나는 반대편으로 향한다. 두 번째 이유의 저울에 올라가기 위해서이다. 자아실현도 중요하지만, 더 원천적인 건 경제적 풍요와 자유가 뒷받침된 상태여야 했다. 경제적 풍요와 자유가 없다면 꿈도 소용이 없다고 생각했다.

자기 계발에 관련된 책을 열심히 읽고 배움에 눈을 뜨기 시작할 때쯤 코로나가 터졌다. 전에는 내가 배우고 싶은 수업들이 무조건 오프라인이었다. 부산에서의 수업은 기본이고, 큰마음을 먹고 서울까지 간 적도 더러 있었다. 차비뿐만 아니라 수업료가 부담이 될 때도 많았지만, 배움에 대한 돈을 아끼진 않았다. 그런데 가고 싶어도 코로나가 심해지면서 KTX를 타는 것에 대해 생명의 위협을 느꼈다. 강의 현장까지 갈 수 없는 수요가 많다 보니 생전 듣도 보도 못한 줌을 통한 강의가 홍수처럼 터져 나왔다. 전문가들의 온라인 강의 진출은 나처럼 지방에 사는 사람에게는 진심으로 감사한 기회였다. 2021년 초부터 줌으로 들은 수업은 나열할 수 없을 정도로 많다. 최소 매주 하나 정도는 수강했다. 재능기부 차원의 무료강연도 많았고, 몇만 원에서 백 단위가 넘는 것 등 정말 다양했다. 지금도 '낭독클럽'이라는 커뮤니티에서 좋은 강의들을 듣는다. 지난 1년 동안 수많은 강의를 듣고 받아들이고 나니, 속에서 무언가가 꾹꾹 쌓이는 느낌이 들었다. 이것에 '배움 에너지'라는 이름을 붙여주었다. 이 '배움 에너지'가 목 끝까지 차오르니 강의를 들어도 머리에 잘 안 들어왔다. 대신 지금까지 내가 배웠던 것을 누군가에게 알려주고 싶다는 욕구가 터질 듯이 부풀어 올랐다. 선생님이 되고 싶었고, 누군가에게 도움을 주는 사람이 되고 싶었다.

나도 강사가 될 수 있을까? 늘 최고의 가르침을 주는 시 낭송 명인 선생님을 만나 뵐 때도 같은 생각이 들었다. 언젠가는 저런 모습일 수 있을까? 그런데 도저히 그려지지 않았다. 요즘은 완벽하고 유명해서 강의하는 것이 아니라 초보가 왕초보를 알려주는 시대라고 수없이 들었지만, 실천이 어려웠다.

고민의 끝은 이랬다. 강사가 될 수 있는 강의를 들으면 강사가 되겠지!

비비엠 커뮤니티의 '온강사(온라인 강사 되기)' 프로젝트를 선택했다. 물론 경제적인 수입이 생기면 더 좋겠지만, 내 상황에서 그걸 기대하긴 힘들었다. 돈보다 능력을 갖추는 데 집중했다. 독서 모임 리더 롤플레잉도 하고, 매주 읽은 책으로 즉석 프리젠테이션도 하고, 내가 하고 싶은 강의까지 만들게 되었다. 그동안 배웠던 것들을 아웃풋하기 위한 훈련이었다.

그토록 하고 싶었던 '낭독과 스피치' 클래스, 시 낭송 클래스 등등. 1:1 강의와 그룹 강의를 기획하고 진행했다. 내가 애쓴 만큼 그럭저럭 잘 마무리되었다. 꿈꿔왔던 '선생님 되기'가 이루어진 순간이었다. 천사 같은 분들이 함께해 주셔서 가능한 일이었다.

막상 강사가 되고 보니 부담감은 이루 말할 수 없었다. 비용이 적거나 없다고 해서 부담스럽지 않은 게 아니었다. 수강생들은 귀한 시간을 내어 유명하지도 않은 나에게 하나라도 도움받기 위해 참여한 사람들이다. 강사는 수강생들에게 끊임없이 동기를 부여해야 하고, 정확하고 최신의 정보를 전달해야 한다. 개개인의 특성에 따라 다른 처방도 내릴 수 있어야 했다. 마냥 하고 싶었던 전과는 달리 강사에 대한 책임감을 알게 된 것이다.

스스로 의심하면서 진행했던 강의는 내 마음을 지치게 했다. 끝나고 나면 찾아오는 허무함 때문이었다. 시작 전의 많은 준비와 노력, 설렘은 끝나고 나면 바람처럼 사라져버렸다. 자기 계발 쪽의 저울이 한없이 무거워져서 더 이상 내려갈 곳이 없어진 상태가 된 것이다.

풍요로운 도서관. 온라인 세계 속 내 이름이다. 풍요의 사전적 의미는 '흠뻑 많아서 넉넉함'을 뜻한다. 늘 넉넉한 상태였으면 하는 간절한 생각이 이 이름을 만들어 냈다. 함께하는 사람들이 원하는 꿈을 이루고, 경제적 풍요와 자유에 이르도록 돕고 싶었다. 누구보다 내가 먼저 이뤄내어 보여주고 싶었다. 원하는 꿈을 이루면서도 경제적인 풍요와 자유까지 얻은 모습을 말이다. 원하는 꿈으로 가는 길을 걸으면 경제적인 풍요와 자유가 꼭 생각났다.

내가 준비한 수업에 아무도 지원하지 않는다거나, 더 이상 강의에 대한 미래가 그려지지 않을 때도 있었다. 그런 좌절감을 맛볼 땐 '빨리 부자가 되는 게 낫겠다.'라는 생각이 들었다. 이렇게 자기 계발에 몰두하면서 시간을 보낼 것이 아니었다. 재테크 잘해서 부자가 된다면 꿈 따위는 생각나지도 않겠지? 주식으로, 부동산으로 자산을 증식한 유튜브 속 사람들이 유난히 부러웠다. 어쩌면 더 원천적인 것은 꿈이 아니라 돈이었을까?

그동안 자기 계발에 기울였던 노력이 모두 사라진 것은 아니었다. 단지 눈에 보이지 않을 뿐이다. 글을 쓰는 지금에서야 깨달았다.

수강생들은 강의를 통해 강사에게 원하는 것이 무엇인지 알게 해준다. 앞으로 어떤 강의를 해야 하는가에 대한 힌트를 주는 것이다. 이것은 강사의 사명이며, 강사가 존재해야 하는 가장 근원적인 이유이다. 강의를 듣고 자신의 미세한 변화를 느껴 감사하다는 후기를 보았다. 그런 글들을 볼 때는 세상을 다 가진 느낌이 든다. 충만함이 이런 것이리라. 이 경험들을 모아 전자책을 출간하게 됐고, 지금 글을 쓰고 있는 공저도 가능하게 됐다. 내가 나를 의심해 오면서 열심히 준비한 보답이지 않았을까. 이것은 돈으로 환산할 수 없는 가치다. 마음이 충만해지니 결국 내 세계가 풍요롭다는 것을 깨닫게 되었다.

결론은 자아실현과 경제적 풍요와 자유는 극과 극의 성질이 아니었다. 하나가 있으면 하나가 없는 것이 아니다. 같은 저울이었다. 자아실현과 경제적 자유가 양쪽으로 분리된 것이 아니라 자아실현 속에서 경제적 풍요와 자유를 느낄 수 있는 것이다.

늘 더 많은 돈을 벌고 싶었다. 더 좋은 집에 살고, 더 좋은 차를 타고 싶었다. 이 생각들 때문에 항상 조바심을 내면서 살았다. 그러나 꿈에 몰입하고 내 세계를 확장해 나가면서 깨닫고 있다. 내 꿈이 발전할수록 경제적 풍요와 자유 또한 더 가까워지고 있다고 말이다.

4
칠순에도 아름답게

김화자

　나의 인생 목표는 의사가 되는 것이었다. 그동안 직장인으로서는 열심히 살아왔다. 그런데 어느 날 문득 나는 잘 살아온 것일까? 이대로 살아가도 되는 것일까? 내 삶이 의미가 있나? 내가 원해서 이 길을 걸어온 것이 맞나? 이제 의사는 내려놓고 다른 길을 가는 게 진정 내가 원하는 삶이 아닐까? 하는 의문이 들었다. 해야할 일만 하고 사느라 많은 것을 지나치고 살았다. 남들 보기에는 거창하게 환자들을 돌본다고 하면서 정작 나 자신은 다른 사람들의 수없이 많은 배려와 대가 없는 보살핌을 받아왔다. 그들의 에너지와 시간을 아낌없이 받아 오면서도 고맙다는 인사도 제대로 하지 못하고 살았다. 대소사도 참가하지 못했다. 아내로서의 구실, 자녀로서의 구실, 친구로서의 구실을 제대로 하지 못했다. 사람 구실을 제대로 하지 못했다. 삶이 흔들렸다. 더 이상 의사로 살기가 싫어졌다. 일하느라 아이들이 자랄 때도 "바빠, 나중에!" 하며 얘기를 제대로 들어주지 않았다. 알아서 자기 일들을 하자 일찍 철들었다고 좋아했다. 뒤늦게 좋아하게 된 여행을 맘대로 다니지도, 일을 즐기지도 못했다. 의사라는 일이 어디 즐기면서 할 일이냐고 생각했다. 그러면 다른 즐길 거리라도 찾았어야 했는데 그러지도 못했다. 늘 심각했고 늘 우울했다.

우울증 검사를 받았다. 우울감은 있지만 우울증은 아니라고 했다. 재미있고 신나는 일을 해 보려고 여기저기를 기웃거렸다. 일인기업이 유행인 것 같았다. 혼자서 시간과 장소에 얽매이지 않고 일한다는 것이 큰 매력으로 다가왔다. 일인기업의 대가라는 분께 인터뷰도 받았다. 30년 넘게 소아과 의사로 살아와 놓고 이제 와서 때려치우고 다른 일 하려고 하냐며 혼만 났다. 한마디로 배부른 소리 작작 하라는 말이었다. 창피했다. 이삼십 대도 아니고, 이 나이가 되어서 삶이 흔들리는 걸 들킨 것이 부끄러웠다. 그렇게 직설적인 이야기를 듣자 뭔지 모르게 생각할수록 기분도 나빴다. 사람에게서 정답을 구하지 않기로 했다. 스스로 답을 찾아야겠다는 오기가 생겼다. 고민이 생겼을 때, 무엇을 배우고자 할 때 책 속에 길이 있다는 진리를 믿어보기로 했다. 책 속에서 답을 찾고자 했다. 그때 만난 책이 빅터 프랭클의 《Men's search for meaning》이다. 《죽음의 수용소》 또는 《내 삶의 의미를 찾아서》로 번역된 책이다. 내가 고민하고 풀어내려고 하는 것이 바로 내 삶의 의미를 찾고 싶다는 거였다. 빅터 프랭클은 말한다. 삶이 의미가 없다고 생각하고 의미를 찾으려고 하는 자체가 의미가 있다. 무의미의 의미다. 삶의 의미를 찾으려고 하는 의지가 있지 않느냐, 오히려 의지조차 없는 것이 더 큰 문제라고 위로했다. 나를 의사가 아닌 고민하는 한 인간으로 바라봐 주었다. 이 세상에 없는 분이지만, 나의 고민을 진지하게 들어주고 귀하게 여겨 주는 듯했다. 길은 책 밖에도 있었다. 로고테라피 연구소의 김미라 교수님과 한국 의미치료학회 이시형 박사님과 박상미 교수님을 통해 로고테라피라는 개념을 배우면서 인생의 사명을 재발견하게 되었다. 내가 찾고자 했던 올바른 방의 문을 노크한 것이다.

매슬로는 인간의 욕구를 5단계로 분류했다. 가장 상위에 자아실현의 욕구가 있다. 자아실현을 하면 행복해진다는 말일 것이다. 나에게는 의사가 되는 것이 자아실현의 끝판왕이었다. 의사가 되었는데도 행복하지 않았다. 행복을 좇으면 행복은 찾을 수 없다는 말이 맞았다. 그럴수록 뭔가 부족해서겠지, 하면서 자기 계발에 매달렸다. 뭔가를 하지 않으면 불안하고, 열심히 하지 않으면 시간 낭비를 하는 것 같아 죄책감이 들었다. 뭔가를 계속 배웠다. 그래도 채워질 듯 채워질 듯 채워지지 않는 공허함이 남았다.

하지만 "내가 가진 지식과 경험으로 다른 사람을 위해 무엇을 할 것인가!"라는 한 문장은 나에게 커다란 울림을 주었다. 결국 나라는 사람은 누구인가라는 질문으로 돌아왔다. 나는 환자를 치료하는 것을 잘하고, 좋아하고 보람도 느낀다. 아픈 사람을 치료하는 의사가 나의 정체성이다. 내가 속하지 않은 다른 곳에서가 아니라 나의 정체성 안에서 삶의 고민을 해결할 수 있음을 알게 되었다. 내가 가진 지식과 경험으로 다른 사람을 위해 무엇을 할 것인가를 생각했다. 내가 도움을 줄 수 있는 누군가가 있다고 생각하니 내가 할 수 있는 일들이 생각보다 많았다.

다산 정약용은 높은 이상도 그 바탕은 일상의 작은 실천에 있다고 말했다. 그러면서 매일 새벽마다 마당을 쓸며 나를 찾았다고 한다. 높은 이상을 가져야 하지만 그 시작은 일상의 충실함에서 비롯된다는 말이다. 나는 우선 작은 일 앞에 잠깐 멈추어 서는 것이 필요했다. 이웃을 만나면 잠깐 멈추어 서서 먼저 웃으면서 인사를 건넨다. 나를 찾아온 환자들에게 잠깐 멈추어 서서 먼저 인사한다. 환자들에게 친절하게 설명해 준다. 병에 대한 불안을 달래주거나 함께 고민하면서 최선의 치료를 선택하게 도와준다. 함께 일하는 동료들과 서로 격려하며 따뜻한 분위기를 만드는 것도 내가 할 수 있는 일이었다. 그렇게 생각하자 주어진 일을 마지못해 하는 것이 아니라 다른 사람에게 도움이 되는 일은 무엇인가, 내가 할 수 있는 일은 무엇인가에 대해 적극적으로 생각하고 찾아보게 되었다.

타는 목마름으로 흡수하고자 했던 배움의 의미는 나를 향하는 자기 계발 도구로서뿐만 아니라 내가 도와야 하는 사람을 향하고 있다. 그동안 자기 계발한다고 배워왔던 온라인 도구들이 나의 생활을 편리하게 해주고 내 삶의 의미를 실현하는 데 도움을 주고 있다. 의사를 그만두고 새로 배운 것들로 일인기업을 해보려고 했는데, 일인기업의 길을 가지 않는다고 해도 어느 것도 버릴 필요가 없었다. 몸, 마음, 영의 건강을 꿈꾸는 사람들에게 진료, 책, 상담을 통해 스스로 삶의 의미를 발견하도록 돕는 건강 메신저라는 나의 사명을 위해서는 지금까지 배운 모든 것이 필요하다. 나처럼 인생의 어느 시점에서 삶이 흔들린 사람들에게 책과 독서 모임을 통해 스스로 삶의 의미를 찾도록 돕고 싶다. 진료 현장에서는 몸이 아픈 사람을 치료하고 마음이 아픈 사람을 위로하겠다. 로고테라피를 통해서 스스로 자신 안에 있는 삶의 의미를 찾도록 돕겠다.

내 나이 칠순에는 내 사명대로 사는 멋진 할머니가 되어 있을 것이다. 남을 사랑하는 아름다운 할머니로 살기 위해서는 무엇보다도 먼저 현재 있는 그대로 나 자신을 인정하고 사랑하겠다. 누구의 삶이든, 어떤 삶이든 그럴 수 있지 하고 상황 너머의 사람을 귀하게 바라보겠다. 무엇이든 기꺼이 배우려고 하는 반짝거리는 눈을 가질 것이다. 자식들과 손자들에게 만날 때마다 용돈도 두둑이 주고, 친구들에게 기꺼이 맛있는 밥을 사는 부자인 할머니가 될 것이다.

5
세상에서 가장 행복한 나

최은아

✦

분주한 아침이다. 아이들을 챙기면서 출근 준비를 한다. 시리얼과 우유, 빵이나 과일을 먹는 날은 그래도 낫다. 대부분은 시간에 쫓겨 대충 자른 사과 조각들을 일회용 봉지에 담아 출근길 차 안에서 먹는 날이 많다. 퇴근은 쉼이 아니다. 오후 6시 이후 또 다른 육아의 시작일 뿐이다. 바쁘게 운전하며 아이들을 데리러 간다. 인터폰으로 아이들을 호출하고 시선은 신발장으로 향한다. '몇 명이나 남아 있지?' 신발장에 남아 있는 신발을 세어보며 안도하기도 했고, 미안하기도 했다. 그렇게 아이들을 하원시켜 집에 도착해 문을 열고 들어서면 어질러진 현관과 거실, 내가 정리하고 청소해야 할 공간이 보인다. 한숨이 절로 나온다. 옷도 갈아입지 못하고 바쁘게 저녁 준비를 한다. 저녁을 먹이고 나면 아이들을 씻기고 대충 어질러진 집을 정리한다. 아이들을 재우고 핸드폰을 만지작거리다가 그대로 잠이 든다. 어제도 비슷했다. 아마 내일도 비슷할 테지. 다람

쥐 쳇바퀴가 이 같을까. 돌림 노래처럼 이어지는 반복되는 하루가 버거울 때, 아이는 초등학교에 입학했고 나는 퇴사를 했다.

친정, 시댁이 모두 멀리 있고, 신랑은 회사 일로 바쁘고, 기댈 곳 하나 없는 맞벌이 워킹맘이 해야 할 일은 많고, 시간은 부족하고, 그렇게 지쳐가는 게 당연하다고 생각했다. '퇴사로 월급을 잃었지만, 시간을 얻었으니 이제 지친 일상은 여유롭고 활기차겠지.' 그러나 인생은 그렇게 쉽게 정답을 내주지 않는다는 사실을 간과했다. 여전히 등교와 등원 준비를 하며 아이들에게 '바쁘다. 서둘러라!' 재촉했다. 밀렸던 집안일을 하고 늘 마감 직전에 다녔던 병원도 여유롭게 다니게 되었지만, 왠지 앞으로 나아가지 못하고 제자리를 걷거나 뒷걸음질 치고 있는 느낌이었다. 요리 학원에 다녀볼까, 봉사활동을 주기적으로 해볼까, 운동을 시작할까, 생각은 이어졌고 몇 가지는 시도했지만 꾸준하지 못했다. 문제는 시간이 아니라 '나'였다. '이럴 거면 퇴사하지 말고 돈이나 벌걸!' 하는 후회가 들 때도 있었다. 아이가 늦게까지 어린이집에 남아 있지 않아도 되고, 하교 후 학원 뺑뺑이를 돌리지 않아도 되는 것만으로는 어지러운 마음이 정리되지 않았다. 이것도 저것도 아닌 어중간한 상태, 내가 잘하고 있는 건지 아닌 건지도 모르는 상태로 하루 하루를 보냈다.

오래전에 자신의 선택에 따라 달라지는 두 가지 버전의 인생을 재미있게 보여주는 프로그램이 있었다. 지나고 보면 살면서 하게 될 수많은 선택 중 하나였을 수 있는 퇴사가 후회 버전의 인생이 되길 바라지 않았다. 출근하지 않았지만 출근했다고 생각했다. 아이들을 학교와 어린이집에 보내고 집에 오면 나는 '일'을 했다. 내가 정한 근무 시간은 9시에서 12시였다. 4시간 집중해서 일하고, 그 이후에는 자유 시간으로 계획을 세웠다. 그리고 근무 시간에는 핸드폰을 사용하지 않았다. 이유는 단순하다. 그 시간 핸드폰을 잡기 시작하면 하루가 의미 없이 흘러가 버림을 충분히 경험했기 때문이다.

공부하기 전 책상 정리를 하는 이유는 공부가 하기 싫어 미루고 싶은 것보다, 어질러진 공간에서는 의욕이 생기지 않기 때문이라고 한다. 동의하는 바다. 일을 시작하기 전 환기를 시키고 청소기를 돌렸다. 선반을 닦고, 물건을 정리했다. 바닥까지 닦고 나면 나는 뭐라도 할 수 있을 것 같았다. 청소 하나 했다고 그렇게까지 마음가짐이 달라질까 싶지만, 적어도 나는 그랬다. 깨끗해진 집을 보면 공부도 하고 싶고, 책도 읽고 싶고, 아이들이 집에 오는 시간이 기다려졌다. 한참 뒤에 읽은 책이지만 마쓰다 미쓰히로의 《청소력》이라는 책을 추천한다. 제목만 보면 청소하는 방법에 관련된 책일 것 같은데, 이 책은 '행복한 자장을 만드는 힘', '플러스 에너지'를 끌어들이는 청소의 힘에 관련된 책이다. 예전의 나는 '마이너스 에너지'를 끌어당기고 있었음을, 환경이 단순하고 깨끗해져야 마음이 여유로워지고 할 일에 더 집중할 수 있음을 이 책을 통해서 알게 되었다.

아이들과의 시간은 최우선순위에 넣었다. 비가 오나, 눈이 오나, 바람이 부나 불문하고 엄마가 쉬는 날이 아니면 출석해야 했던 어린이집도 이제는 결석할 수 있었다. 특히 아이들이 아파도 어린이집에 보내야 하는 안쓰러웠던 상황이 더 일어나지 않음에 감사했다. 평일 낮의 놀이동산은 주말의 그것과는 아주 달랐다. 늘 줄을 서서 타던 놀이 기구를 프리패스권을 사용한 것처럼 바로 타고, 내려서 또 바로 타고, 자유이용권이 아깝지 않았다. 일하는 엄마의 고충을 너무나 잘 알아 상황이 되지 않은 아이의 친구들까지 함께 데리고 다양한 행사와 프로그램, 실내 놀이터며 물놀이장을 다녔다. 궁금해하고 있을 엄마들을 위해 사진도 수십 장 찍어 전송했다. 어린이집 교사로 일하면서 아이들과 현장학습을 나갈 때와는 또 다른 즐거움이었다. 도서관도 자주 갔다. 어떤 날은 도서관에서 책은 한 권도 읽지 않고 휴게실에서 가래떡(우리 동네 도서관 커피숍에는 가래떡을 판다.)만 먹고 오기도 했다. 도서관으로 놀러 가는 일은 생각보다 재미있었다. 아이들도 신나 했지만, 엄마로서의 나도 행복했다. 어린이집에서는 다정한 선생님이었지만, 집에 오면 피곤함이 많은 엄마였음을 고백한다. 아쉽고 부족했던 날들을 메꾸기 위한 노력이어서였을까, 몸은 힘들지언정 마음은 뿌듯했다.

하루를 열심히 살았다고 생각했다. 그러나 그런 날들 속에 '나'를 놓치는 날들이 점점 늘어났고, 기분 좋게 넘길 수 있는 일들에도 화를 내거나 한숨을 쉬는 일들이 잦아졌다. 밖에서는 잘 웃다가 집에서는 굳은 표정인 엄마와 아내의 잿빛 감정들은 고스란히 가족에게로 향하며 묵은 감정인 '화'가 되기도 했다. 누구를 탓할 수도 없다. 내가 나를 소홀히 한 탓이다. 누구의 삶도 아닌 내 삶을 예쁘게 가꾸는 것은 오롯이 나의 몫인데, 나는 나를 배려하지 못했던거다. 그렇게 내 일상을 돌보는 것에도 정성을 다하려고 노력하기 시작했다. 어느날은 친구와 만나 나누는 가벼운 차 한 잔이 되기도 했고, 배움을 찾고 이어가는 시간이 되기도 했다. 얼굴에 얹어놓은 마스크 팩이기도 했고, 좋아하는 영화 한 편, 도서관 한 귀퉁이가 되기도 했다. 그냥 흘려버리는 시간이 아니라 나를 위한 투자, 나를 가꾸는 시간으로 의미를 부여하니 일상의 작은 것들이 보석같이 빛났다.

책 속에 '길'이 있다더니, 얼마 전 읽은 책 속에서 내가 찾은 '길'이다. "이 긴 여행을 하기 위해서는 행복한 내가 되어야 한다. 배우자를 행복하게 하는 것이 아니고, 아이들을 행복하게 하는 것이 아니라, 나 자신을 먼저 행복하게 해야 한다." 행복은 내 선택이다. 오늘도 나를 놓치지 않고 행복을 선택하는 하루를 보낸다. 내 행복과 연결되는 고리들을 더 단단하고 따뜻하게 닦아주고 안아주면서 보석처럼 빛나는 오늘을 만들어 간다.

6
인생, 여행하듯이

이지은

　입사 후 처음으로 퇴직금 중간 정산을 받았다. 전 직장에서는 없었던 목돈을 받게 된 것이다. 의미 있는 곳에 쓰고 싶어 버킷리스트였던 '해외여행'으로 정했다. 아빠를 하늘나라로 보내고 2년 동안 휴가를 누리지 못했던 가족들에게 중국 여행을 제안했다. 이렇게 낯설고 먼 타국으로 떠나는 첫 여행을 시작으로 일 년에 한 번씩 휴가는 해외로 나갔다. 패키지 일정을 확정 짓고 짐을 챙기기 시작했다. 각자 입을 옷과 세면도구, 화장품 등 나눠 담으면서 다 같이 설레었다. 캐리어 3개에 각각 먹을 음식, 여분의 옷과 신발을 담았다. 출발 하루 전 새벽까지 뒤척이다 잠이 들었다. 집 앞에서 바로 공항버스를 타고 출발했다. 2시간쯤 달려 도착한 공항의 풍경은 신선함 그 자체였다. 넓은 창문과 높게 트인 천장이 먼저 우리를 반겼고, 여행을 떠나거나 배웅하거나 제각각 다른 사연으로 사람들이 모여 있었다. 3개 여행사 데스크 중 모두투어에서 예약자 명단을 확인했다. 일정표가 담긴 파우치를 들고 먼저 짐을 부치기 위해 줄을 섰다.

수속을 끝내고 출국장으로 향했다. 면세점들을 지나 긴 에스컬레이터를 타고 활주로가 보이는 창 쪽 의자에 앉았다. 여러 대의 대기 중인 비행기와 하늘로 향해 이륙하는 비행기가 보였다. 그리고 언제나 그랬듯 새로운 여행지에 대한 기대와 설렘이 머릿속을 가득 채웠다. 지금 여기 있는 여행자 중에 우리와 같은 패키지 일정으로 왔을 일행들과의 만남도 궁금했다. 출국 시간에 맞춰 줄을 선 차례대로 입장했다. 상냥한 승무원들의 배웅을 받으며 읽지도 않을 영어 신문을 들고 좌석을 찾아 자리 잡고 앉았다.

아시아권보다 유럽 쪽 이동시간은 10시간 가까이 되었다. 처음 장시간 비행시간은 지루했다. 해마다 찾게 되면서 점차 적응되었다. 오래된 영화를 2~3편 돌려보고, 음악을 들으며 잠을 깊이 자고 나면 어느새 착륙하고 있었다. 새로운 것에 대한 거부감 없이 배우는 편에 속한다. 그만큼 싫증도 빨리 느끼지만, 기존에 있던 것과 조합해서 창조하는 것을 즐긴다.

인생도 경험을 바탕으로 내 기준을 잡아가는 과정이라 생각한다. 유치원부터 고등학교까지 정규과정이 끝나고 성인이 되면 어른들의 규제가 완화된다. 자유롭지만 책임도 뒤따른다. 20대에 어른이 된 것처럼 행동했다. 30대가 되고 보니 삶을 조금은 유연하게 바라보게 되었다. 같은 실수를 반복하는 어리석음을 버리기 위한 가치관 형성으로 삶을 주도적으로 살게 되었다. 여행하듯 매일 주어지는 하루가 이벤트 같은 설렘이 된다.

이동하는 버스 안에서 생각들을 정리하는 동안 숙소에 도착했다. 하얀 커버에 푹신한 매트리스로 정돈된 침대에 누우니 잠이 스르르 밀려왔다. 오랜만에 잠을 깊이 잤다.

새벽 모닝콜로 여행의 아침은 시작된다. 평소라면 눈조차 뜨지 못하고 비몽사몽 시간인데 샤워하고 꽃단장에 콧노래가 절로 나왔다. 조식으로 맞이하는 호텔에서의 아침은 계란만 먹어도 배불렀다. 베이컨과 식빵으로 샌드위치를 만들고 야채 샐러드에 오렌지주스로 간단하게 먹은 다음 과일로 마무리했다. 숙소에 올라가 양치를 하고 약속된 시간에 맞춰 버스에 자리를 잡았다.

여름의 무더운 날씨는 한국과 같았지만, 낯선 곳에서의 아침으로 경험한 시간은 더욱 소중하게 느껴졌다. 아침저녁 출퇴근으로 끼니때가 되어서야 마주하며 하루의 안부를 건네던 가족과 길게는 9박 10일 동안 함께 먹고 놀고 웃으며 보낼 수 있었기 때문이다. 여행을 통해서 몰랐던 서로의 취향을 알아가면서 공유하는 추억거리는 사진 폴더에 쌓여갔다.

여행하는 동안 현지인들의 문화를 간접적으로나마 경험하고, 수상시장에서 코코넛도 맛보고, 밤에는 야시장에서 간단한 안줏거리를 쇼핑하는 재미도 있었다. 타지에서 위험한 일 당하지 않으려 서로 챙겨주고 위해 주었다.

그리고 차를 타고 이동하는 동안 이국적인 풍경을 보는 것만으로도 아이처럼 좋아하시는 엄마의 웃는 모습을 보며 여행에 함께 모시고 올 수 있어, 문득 내가 아주 큰 어른이 된 기분이 들었다. 휴무 없이 일하고 돈 버는 삶에만 묶여 자신보다 자식들에게 다 내주는 삶을 살 수밖에 없었던 엄마를 이해할 만큼 성숙해진 기분이 들었다. 자식의 인생은 부모의 젊음과 맞바꾼 거로 생각한다. 우리 부모님은 놀이동산을 일주일에 한 번 방문해서 쉬다 오는 곳이라고 여길 만큼 자식들을 자주 데리고 가셨다. 여름에는 수영장, 겨울에는 눈썰매장 등 꿈과 환상의 나라를 집 앞 놀이터처럼 드나들었다. 그때 부모님이 해줄 수 있으셨던 최고의 시간이 쌓여 추억이 된 것처럼, 앞으로 여행하는 시간을 많이 갖게 해 드리고 싶었다. 가족여행경비 통장으로 다음 여행지에 대한 의견을 나누며 또 하나의 버킷리스트를 만들어갔다. 그리고 하루가 소중해졌다.

태국을 시작으로 대만, 장가계, 백두산 등 아시아권을 끝내고 만난 나라는 튀르키예(터키)의 이스탄불이다. 9박 10일, 내 생애 최고 긴 휴가였다. 당시 상황이 서른셋, 여섯 번 이상 본사 전환이 어긋나면서 '회사'라는 존재에 다시 생각하게 된 계기가 되었다. 누구하나 대답을 해 주지 않았다. 오히려 그 이유를 나만 모르고 있는 것 같은 기분이 들었다. 사직서로 회사와 헤어지고 튀르키예편 비행기에 올랐다.

첫 호텔 입구에서 노신사가 관광객들에게 팔찌를 나눠주고 있었다. 푸른빛이 돌고 가운데는 눈동자 같이 생긴 모양이었는데, 액운을 막아준다고 했다.

오래된 유적지를 탐방하며 원형극장도 보고, 일부만 남아 있는 대형 도서관도 보면서 과거로 잠시 돌아간 기분이 들었다. 현지인이 아직 거주하고 있는 바위 집도 관람했는데, 파란 피부를 가진 스머프 친구들이 숨어 있을 것 같은 동화풍경 같았다. 하이라이트는 열기구 탑승이었다. 동시에 100여 개가 하늘을 날아가는 장면은 지금도 잊을 수 없다. 산과 바다에서만 보던 일출을 하늘에서 직접 바라보았다. 붉은 태양을 바라보며 간절한 소원을 빌었다. 비행을 안전하게 마친 기념으로 샴페인 한 잔씩 마셨다. 언어는 통하지 않더라도 눈빛과 몸짓으로 이야기를 나누고, 현지 문화를 경험하는 일이 즐거웠다. 여행이 주는 특별함이 있다. 온전히 여행에 푹 빠져 지금을 즐기게 된 태도가 한 몫 더해졌다.

편안한 공간을 벗어나 낯선 곳으로 선뜻 발걸음을 향하던 두려운 마음은 새로운 경험에 대한 기대감으로 변했다. 처음이 어렵지 그 뒤로는 익숙해졌다. 여행은 내게 있어 억압에서 해방된 자유시간이고 치유의 시간이 되었다.

인생도 여행과 같다. 내 삶이라는 여행 티켓을 쥐고 태어난 순간부터 마지막까지 경험하고 느끼는 과정이고 누구에게나 처음이다. 의연하게 대하는 태도는 성숙해지는 자연스러움이다. 그 과정에서 만나는 감정도 내가 마주해야 한다. 여행으로 다양한 직군의 사람들을 만나고 보니 세상엔 각각의 삶이 존재한다는 것을 새삼 깨닫게 한다. 똑같은 삶은 없다. 자기만의 색으로 입혀간다. 나는 '이 길이 맞을까, 괜히 갔다가 잘못되면 어떡하지.' 하며 미리 겁먹고 도망가지 않는다. 어차피 내가 걱정하는 일은 일어나지 않는다. 내 문제를 해결하기 위해 타인에게서 답을 찾지도 않는다. 여행하기 위해 준비하는 기간이 있듯 불쑥 마주하는 상황은 그냥 하나의 과정이라 생각한다. 불안과 걱정만으로 하루를 소비하기에 삶이 짧다.

내가 매일 여행하고 있는 나라는 내 삶이다. 특별한 것은 돌아오는 표도 없고, 일정을 채우는 것도, 가이드도 온전히 내 몫이다. 내일 하루는 어떤 이벤트가 있을까? 누구와 점심을 먹으면서 나눈 대화로 행복했나? 하루하루에 나만의 의미를 부여하고, 늘 설레고 기쁜 마음으로 하루를 시작한다. 조금 더 풍부한 경험을 해 보고 싶다. 딱 그 나이에만 할 수 있는 일들이 분명 존재한다. 이렇게 쌓인 하루가 한 달 일 년이 되어 내 삶의 한 조각이 된다. 앞일은 미리 알 수 없다. 인생, 여행하듯 살아보자!

7
사랑하는 사람들과 함께

박선우

2005년 간호사로 입사했고, 중환자실로 발령받았다. 모든 것을 다 걸어서라도 입사하고 싶었던 병원이었고, 어렵게 합격하여 목에 건 간호사 명찰이었다. 당당하게 명찰을 목에 걸고 중환자실로 처음 출근했을 때, 가슴이 터질 듯이 벅차올랐다.

중환자실에서 의료진의 하루는 일 분, 일 초가 헛되이 흐르지 않았다. 몇 분 만에 숨이 멎었던 환자를 살려내기도 하고, 말을 하고 웃기까지 하던 환자의 숨이 몇 분 만에 멎기도 했다. 우리는 거의 매일 환자들의 삶과 죽음의 경계에서 보호자들과 함께 있었고, 거의 매일 가족을 떠나보내야 하는 보호자들의 모습도 지켜보았다. 다시는 함께하지 못하는 행복했던 순간들이 담긴 사진을 보며 한없이 슬퍼하는 그들의 모습을 지켜보아야 했다.

담당했던 환자를 떠나보내는 날에는 퇴근길에 벤치에 앉아 몇 시간을 울다가 집에 들어가기도 했다. 환자의 마지막을 정리하는 일은 간호사를 꿈꾸었던 수많은 시간 동안 단 한 번도 생각해 보지 않았기에 받아들이는 방법을 찾기 까지는 오랜 시간이 걸렸다.

그렇게 거의 매일을 사랑하는 사람들의 힘든 이별을 지켜보다가 문득 깨닫게 되었다. 내일로, 내일로 미루는 행복은 다시 오지 않을 수도 있다는 것과 오늘이 정말 마지막이 될 수도 있다는 것을 말이다. 전 직원 워크숍을 갔을 때 강사님이 '앞으로 3일을 살 수 있다면 무엇을 할 것인가?'를 적어보라고 했다. 조용한 분위기에서 5분의 시간 동안 50명이 넘는 직원들이 숨죽여 끄적이기 시작했다. 각자 적은 것을 발표하는데 내용이 신기할 만큼 비슷했다. 대부분의 답은 가족과 함께 시간을 보내겠다는 내용이었다. 3일의 시간밖에 남지 않은 상태에서 선택하는 것은 평소에 가장 가치 있게 여기는 것이 아닐까? 나는 생각했다. 강사님은 이야기했다. "소중하게 생각하는 것은 나중으로 미루지 말고 매일매일 지키세요. 매일매일을 3일만 남았다고 생각하고 사랑하는 사람들과 시간을 보내세요."

중환자실에서 근무하는 동안 삶을 대하는 태도가 달라졌다. 길을 걷다가도 문득, 운전하다가도 문득 감사한 사람들이 생각나면 바로 휴대전화를 들고 감사 인사를 전한다. 사랑하는 사람이 생각나는 날, 보고 싶은 순간에 즉시 연락한다. 어떤 인연이든 어느 순간에 문득 생각이 난다는 것은 참 고마운 일이다. 지금 표현하지 않으면 기회는 다시 오지 않을 수도 있다는 것을 너무도 잘 알고 있다. 언젠가부터 사랑하는 사람들과의 일상은 기적처럼 느껴졌다. 모든 인연을 소중하게 이어가려고 노력한다.

중·고등학교 때는 상대에게 서운한 마음이 생기거나 실망감이 들면 다시는 보지 말아야겠다고 생각했다. 하지만 한 명, 두 명 거리를 두다 보니 주변에 만날 사람이 없다는 것을 느꼈다. 관계 속에서 오는 행복은 너무도 큰데 그 관계를 유지하는 것이 어려웠다. 어릴 때 친구들과의 문제로 힘들어하면 엄마는 이렇게 이야기 해주셨다. "미정이는 첫째라서 그렇게 생각할 수 있어.", "주은이는 둘째니까 그렇게 행동할 수 있어.", "너는 막내라 그렇게 생각할 수 있어~" 각자의 환경과 상황에 따라 다른 생각과 행동을 할 수 있다고 이해시켜주셨다. 엄마 덕분에 어떤 상황에서든 상대방의 입장에서 공감하며 상황을 다시 되돌아볼 수 있게 되었다.

처음 간호사가 되었을 때 보기만 해도 떨리는 무서운 선배가 있었다. 같이 근무하는 날이 닥치면 며칠 전부터 잠도 안 오고 머리도 아팠다. 출근길마다 병원 안 작은 공원에 있는 성모마리아 상 앞에서 한참을 서성이다가 들어가곤 했다. 방법을 찾고 싶었다. 부서를 옮길 수도 없고, 적응하는 것 말고는 다른 방법은 없었다.

어느 날, 상황을 바꾸지 못한다면 상황을 해석하는 자신을 바꿔야겠다는 다짐을 했다. 가만히 엄마의 가르침을 떠올리며 백프로 선배의 입장에서 생각해 보았다. 선배에게는 환자에게 피해를 줄 것 같은 신입 간호사가 얼마나 두려운 존재일까. 실제로 그 선배는 환자를 내 몸보다 더 아끼며 성심성의껏 돌보는 완벽한 간호사였다. 그만큼 환자를 아끼는 간호사라면 내 부모를 맡겨도 안심이겠다 싶은 마음이었고, 그 후로는 선배를 달리 보기로 마음먹었다. 내 부모를 맡아줄 간호사! 혹시 나의 부모님이 중환자실에 입원한다면 망설임 없이 선배가 담당 간호사이기를 바랄 것 같았다. 그렇게 마음을 정리하고 나니 선배의 엄격함을 존경하며 인정하게 되었다.

남편과 9년을 연애하고 결혼한 지 15년이 되었다. 학생이었던 남자친구가 군인이 되고, 직장인이 되었다. 한 여자의 남편에서 아빠가 되었고, 가장이 되었다. 세월이 변해가는 과정에서 감정도 매번 달랐고, 우리의 역할도 사랑의 방향도 조금씩 바뀌었다. 친구 같은 눈으로 바라보다가, 자식처럼 안쓰럽게도 느껴졌다가, 부모님처럼 기대고 싶어지기도 하니까 말이다. 오랜 연애에 결혼까지 질리지 않느냐고 물어보는 사람도 많았다. 한 사람에게 여러 가지 상황과 역할이 생기고, 그때마다 새로운 모습들을 발견한다. 지루할 틈은 없었다. 또한, 부부관계의 중요성을 알기에 최대한의 노력을 아끼지 않는다.

우리는 사랑한다는 말과 행동을 하루에도 몇 번씩 주고받는다. 주말이 지나면 월요병에도 걸린다. 주말 이틀간 붙어 있다가 각자의 일을 해야 하는 월요일이 되면 월요병 잘 이겨내고 있느냐고 안부를 묻는다. "24년 동안 몰랐는데 당신 코가 너무 이쁘네~", "가을이 너무 이쁘다. 그런데 당신은 더 이쁘다." 서로에게 칭찬을 주고받는다. 철부지 대학생이었던 우리가 언제 이렇게 아이들을 다 키웠냐고 서로를 격려하기도 한다. 서로에게 가장 중요한 존재라는 것을 너무 잘 알고 있으므로 누구보다 먼저 챙기고, 사랑하려고 노력한다. 마음을 표현하는 습관을 억지로라도 지키려고 한다. 미루다 보면 다음은 없을 수도 있다는 생각을 한다.

중환자실에서 지켜보았던 가족을 떠나보내는 사람들은 대부분 비슷한 후회를 했다. 사랑한다는 말을 자주 하지 못한 것에 대해 후회를 했고, 많은 시간을 함께 보내지 않은 것과 추억을 조금 더 쌓지 않은 것을 후회했다. 누구라도 떠나 보내는 날이 온다면 후회가 남겠지만 지금 순간에 조금 더 충실하기 위해서 노력해야겠다는 생각을 한다. 조금 더 예쁜 하루를 만들기 위해 서로를 칭찬하고, 표현을 아끼지 않고 행복한 하루, 하루를 채워 나가야겠다.

8
나의 일, 나의 회사, 나의 꿈

한선영

부모님의 반대로 원하던 고등학교에 진학하지 못하고 방황하였다. 적성에 전혀 맞지 않는 특성화고등학교에 다니려니 학업에 대한 흥미가 생기지 않았다. 공부를 하지 않아 갈수록 성적이 떨어졌고, 미용을 배우고 싶다는 생각이 계속 맴돌아 떨쳐내지 못했다. 부모님을 설득할 계획을 세웠다. "엄마, 메이크업 자격증반 6개월 과정 학원에 다니고 싶어요. 자격증을 취득하면 대학 원서접수에 가산점이 주어져서 도움이 돼요." 이렇게 엄마에게 미용을 배워서 어떻게 할지 얘기를 하며 설득했다. 그리고 고등학교 2학년 때 메이크업 자격증을 취득하기 위해 학원에 등록했다.

6개월 동안 수강하여 자격증을 취득하고 나서 대학교 원서접수에 진짜 도움이 되려면 국가자격증이 필요하다는 사실을 알았다. 그래서 '미용사(일반) 헤어'를 추가로 배웠다. 수업 시간 3시간 동안 가발에 파마 롤을 다섯 번 정도 말았다. 계속 연습하다 보니 실무가 궁금했다. 어린 나이에 아무것도 몰랐던 나는 단순하게 '미용실에서 아르바이트를 해보면 도움이 되지 않을까?' 생각했다. 고등학교 3학년에 올라갈 무렵, 아르바이트에 도전했다. 2011년 1월 15일, 드디어 첫 사회생활이 시작되었다.

선배에게 정식으로 샴푸 방법을 배운 다음 선생님들께 샴푸를 해드리는 시험을 보고 통과되자 고객님에게 해드리기 시작했다. 고객님과 선생님께서 함께 상담할 때마다 뒤에 서서 듣고 시술 과정을 관찰했다. 고객님의 얼굴에 머리카락이 붙으면 얼굴을 털어드리고, 바닥에 쌓인 머리카락을 쓸고 또 쓸었다. 샴푸를 하루에도 수십 명을 했다. 이것이 첫 업무였다.

어느 날 갑자기 선배님과 원장님께서 고객님의 뒷머리 파마를 해보라고 하셨다. 갑작스러웠고, 긴장했다. 기회가 오면 잘 할 수 있을 것 같았던 자신감은 어디로 갔는지, 엄청나게 긴장해서 손이 바들바들 떨렸다. 파마 롤 두 개 마는 것조차 쉽지 않았다. 나머지는 선배님이 도와주셨다. 시간이 지나 후배들이 생기고, 나를 이끌어준 선배와 선생님, 원장님처럼 후배들을 잘 이끌어 주고 싶어졌다. 업무 성장을 위해 전문 교육을 많이 받으며, '교육을 마칠 때까지는 이직하지 않는다!'라는 첫 목표가 생겼다.

회사에 다닌 지 2년이 되었을 무렵, 예상하지 못한 일이 발생했다. 본사와의 문제로 사업체를 변경하게 되고, 진행 중이던 인턴과정 교육도 덜컥 중단되었다. 마침 대학교 1학년 6월, 첫 방학을 앞두고 있어서 오만가지 생각이 들었다. '휴학하고 외부 아카데미를 다니고 인턴과정을 수료 후 디자이너 생활을 할 것인가?', '인턴으로서 경험을 쌓을 수 있는 것은 지금뿐인데, 그대로 일을 계속할까?', '아니면 잠시 쉬어 볼까?', '다른 살롱으로 옮겨볼까?' 별별 생각과 선택지로 고민이 많았다. 그러나 생각만 하고 고민만 할 뿐 누구와도 함께 나누지 못했다. 당시 회사에는 나를 포함한 인턴이 여덟 명으로 제일 많았고, 나 한 명 쉬어도 커버될 수 있다고 생각했기에 섣불리 그만둘 용기가 나지 않았다. 인력 대체는 언제든 가능하다는 것을 알고, 지금 회사에서 쌓아온 경력이 다른 곳에 갔을 때 인정받지 못하는 부분이 생길까 두려운 부분이 컸던 것 같다. 결국, 한 달 내내 고민하다가 조심스럽게 원장님께 말씀드렸다.

"원장님 드릴 말씀이 있는데요….”

"저 한 달만 쉬고 오면 안 될까요?”

"음…. 그래!”

"한 번도 쉬어 본 적이 없으니까, 쉬고 싶으면 쉬다가 와!”

당연히 안 된다고 혼을 낼 줄 알았는데 흔쾌히 허락해 주셨다. 하지만 막상 계획에 없던 휴가다 보니 할 게 없었다. 집에서 그동안 보지 못했던 드라마와 예능 및 애니메이션을 보며 자고 싶을 때 자고, 일어나고 싶을 때 일어나는 생활을 했다. 휴가가 일주일쯤 되었을 때 심심하다는 핑계로 놀러 가서 직원들이랑 얘기도 하고, 바빠 보이면 도와주기도 했다. 처음에는 방황해서 쉬겠다고 했는데, 무계획으로 갑자기 쉬니까 슬럼프보다도 어떻게 하는 게 좋을지 판단할 수가 없었다. 한편으로는 '이대로 손 감각이 떨어지진 않을까?' 불안했다. 결국 한 달을 쉬겠다고 호기롭게 나왔다가 보름 만에 다시 출근했다.

이후 회사는 새로운 브랜드와 가맹점 계약을 맺었고, 새로운 교육장에서 더 좋은 선생님을 만나 다시 교육받을 수 있게 되었다. 다시 일을 시작하면서 '이번에는 꼭 교육 마무리를 잘해야지.'라고 마음을 다잡았다. 꽉 찬 4년을 보내면서 디자이너 승급을 준비했다. 모델도 직접 준비해야 하고, 스타일도 사전에 정해서 제출한 후 제한 시간 안에 연출까지 해야 했다. 시험일이 다가올수록 긴장되고 승급해야 한다는 압박감에 안절부절못했다.

시험은 남성 커트부터 시작했다. 긴장된 탓에 잘못돼도 수정할 수 있도록 조금 길게 자른 게 큰 실수였다. 끝까지 완성했지만, 시안과 달라서 불합격할 것 같았다. 시험이 끝난 후 원장님을 뵈었다. 고생했다고 김치찜을 사주셨다. 푹 익은 김치찜과 돼지고기에 따뜻한 밥 한 공기는 종일 고생한 것에 대한 보상이었다. 하지만 종일 너무 긴장한 탓에 결국 체했고, 많이 먹지 못해서 아쉬웠다. 약 한 달 뒤, 예상과 달리 승급시험에 합격했다는 연락을 받았다. 기쁨을 뒤로한 채 가슴을 쓸어내렸다. 떨어졌다면 재시험은 6개월을 기다렸어야 했다. 두 번 눈물을 흘릴 뻔했다. 승급시험을 마치고, 신입 헤어디자이너로서의 교육까지 받았다. 이렇게 4년 10개월간의 인턴 생활을 마쳤다. 퇴사하고 한 달 동안 교육을 받았다. 원장님께서 디자이너로 활동하기 전에 인턴 생활 마무리 겸 정리의 의미로 받게 해준 것이다. 그동안 배웠던 것을 한 달 동안 집중적으로 총정리 했고, 작업할 때 생긴 안 좋은 습관과 자세를 교정할 수 있었다. 또한 여러 가지 시술하는 데 있어서 좀 더 쉬운 방법과 다양한 살롱에서 서로의 경험을 공유할 수도 있었다. 그런 점에서 적극적으로 추천하는 교육이다. 후배들도 항상 인턴 기간이 끝나는 무렵 보내주고 있다.

2018년 1월 1일, 첫 회사에 재입사를 하게 됐다. 오랫동안 봤던 고객의 연락과 원장님의 요청으로 디자이너로 돌아가게 됐다. 아직 '초보'라는 입지를 떼지 못했다. 더더욱 신경이 곤두서서 엄청 예민했다. 파트너의 작은 실수에도 예민했다. 분명 파트너의 실수를 허용하고 처리해 줄 수 있는 능력이 있음에도 불구하고 스스로 '초보 디자이너'라는 강박에 씌어 불안했다. 완벽주의가 더욱 예민하게 만들었다. 작업은 신중해야 하고 예민하게 반응해야 한다고 생각하는 것은 여전하지만, 파트너의 작은 실수에 하나하나 예민 반응을 보이지 않게 되는데 많은 시간이 걸렸다. 지금도 가끔 예민하게 반응할 때가 있다. 신중하게 작업해야 하니까.

좋은 선생님, 좋은 동료들, 좋은 파트너와 함께하고 있다. 인턴으로 시작해서 디자이너 생활을 시작하는 초반까지는 회사가 가맹점 브랜드의 이름을 걸고서 살롱을 운영했다. 장점은 본사의 교육시스템을 이용할 수 있다는 점이다. 프랜차이즈 본사의 교육 강사나, 교육의 질이 매우 좋았다. 타사 브랜드 부럽지 않을 만큼 후배들에게 추천할 수 있었는데, 대표님이 교체되고 강사진이 바뀌면서 교육의 질이 떨어져서인지 후배들이 교육을 수강하면서 후기가 좋지 않았다. 상황은 점점 원장님께서 비싼 로열티만 부담하는 방향으로 바뀌어 갔다. 결국 계약을 해지하고 개인 살롱으로 변경하게 되었다.

파트너들에게 더 나은 교육을 찾아주기로 했고, 우리 살롱만의 교육시스템을 만들어보기로 했다. 지금은 2달씩 총 4회, 파트너를 정해서 교육을 해주고 자체적으로 시험을 시행하여 통과하면 다음 파트너와 교체하여 교육을 진행하는 방식으로, 살롱 내부 교육을 진행 중이다. 그 외에 다른 전문 교육은 외부 기관으로 보내주고 있다. 어떻게 하면 파트너들이 성장하는 데 도움이 될까 고민한다. 파트너, 개개인에 맞춰 필요한 교육을 찾아 제안하고, 어떻게 하면 그들의 성장을 도울 수 있을지, 나의 경험과 노하우를 함께 나누며, 나아갈 방향을 제시해 주고, 그들의 성장을 돕는다.

나를 믿어주고 힘들 때 이끌어주고, 성장할 수 있도록 도와주는 동료가 있었다. 좋은 파트너를 만나서 지금까지 포기하지 않았고, 앞으로도 발전할 수 있다. 사회 초년생일 때의 경험 덕분에 지금의 내가 존재 한다. 좋은 사람들을 만났고, 좋은 환경에서 일을 할 수 있었다. 때로는 직장이니까 당연히 출근하기 싫을 때도, 일하기 귀찮을 때도 있지만, 좋은 선후배가 함께하고 있어서 현재의 내가 있고, 미래를 바라본다. 나의 경험을 토대로 후배들의 성장을 돕고, 동료들과 함께 개인의 성장을 도모함으로써 나아가 경제적, 시간적 자유를 추구하는 것이 나의 일이고, 나의 꿈이다.

9
더 넓은 세상에서 더 큰 일을 하며

하민정

20년 가까이 가족들과 함께 개포동에서 살다가 결혼하고 경기도 안산에 신혼집을 마련했을 때 동네가 매우 낯설었다. 골목마다 빼곡한 상점들, 지저분한 거리, 밤이면 가로등이 듬성듬성 있어 어두운 주택 골목길…. 출근길은 전철역까지 멀고, 퇴근길은 컴컴하고 무서운 동네였다. 개포동에서 안산까지 차로 고작 한 시간 거리에 불과한 데도 많은 것이 달라진 듯했다. 결혼은 나의 첫 독립이었다.

20대 청춘들이 그러하듯, 나도 해외여행이나 외국에서의 삶에 대한 동경이 있었다. 하지만 현실은 늘 녹록지 않은 것! 아이 셋을 낳을 때까지 특별한 것 없이 일상에 젖어 살아가고 있었다. 남편은 인도로 가서 사업을 하며 구제와 선교를 하고 싶어 했다. 나 또한 언젠가는 갈 수 있지 않겠나 생각했었다. 5년 동안 안산에서 카페를 하며 살았다. 이대로 계속 꿈을 접고 살 수는 없겠다 싶어, 말 그대로 어느 날! 우리는 인도로 가기로 하고 준비하기 시작했다.

큰 집도 아니었는데, 짐 정리는 해도 해도 끝이 없었다. 분리수거부터 만만치 않았다. 버릴 것과 팔 것, 그리고 나눠줄 것 등을 구분했다. 6개월도 채 되지 않은 막내가 있었기 때문에 더 힘겨웠다.

2017년 1월. 부모님과 언니와 지인들의 배웅을 받으며 인도행 비행기에 올랐다. 인도의 첫인상을 잊지 못한다. 공항에서부터 느껴지는 퀴퀴한 냄새와 기분 나쁘게 텁텁한 공기, 그리고 엄청난 모기떼…. 우리가 간 지역은 인도 중남부의 하이데라바드라는 곳이었는데, 겨울인데도 적당히 따뜻해서 모기가 엄청 많았다. 당장 집을 구하기가 힘들었다. 지인의 집 방 한 칸을 빌려 한 달간 다섯 식구가 지내게 됐다. 아이 셋과 함께하다 보니 마음대로 움직이기도 어렵고, 아무거나 먹을 수도 없었다.

우여곡절 끝에 집을 구했다. 인도에서의 삶이 시작되었다. 내가 인도에 와 있다니…. 살아내기에 바빴다. 아이들 먹이고, 씻기고, 공부까지 시켜야 했다. 다른 건 생각할 겨를조차 없었다. 차차 현실을 받아들이고 아이들의 어린 시절을 진하게 함께하자는 마음으로 육아에 집중하기 시작했다. 그러나 아무리 열심히 살아도 뭔가 부족하다는 느낌을 지울 수 없었다. 늘 무언가를 준비해야 한다는 부담감, 아이들을 제대로 돌보지 못한다는 불안함, 아무리 해도 끝나지 않는 집안일에 대한 피로까지. 불만이 쌓여가기 시작했다. 인도까지 와서 이렇게 살아야 할까?

가게를 차릴 계획이었는데, 인도인들의 입맛을 맞춘다는 것이 쉽지 않았다. 그들은 새로운 것을 쉽게 받아들이지 않는 특징이 있기 때문이다. 한인 대상으로 계획을 바꿔 지역을 옮기기로 하고, 인도의 수도인 델리 주변 그레이터 노이다라는 곳으로 이사를 하게 됐다. 일 년 동안 함께했던 이웃들과 헤어지려니 서운했다. 저녁때면 반찬거리를 만들어 보내주고, 때때로 쇼핑도 함께 가주었던 좋은 이웃들이었다. 이제는 새로운 곳에서 다시 새로운 사람들과 인연을 맺어야 했다.

새로 이사하는 곳은 비행기로는 두 시간 반, 차로는 며칠씩이나 걸리는 거리다. 모든 이삿짐을 트럭에 실어 먼저 보내고, 우리는 며칠 후 비행기를 타고 갔다. 도착하던 날도 잊을 수 없다. 1월의 델리 공항은 그야말로 회색빛이었다. 이사하는 집까지 가는 택시 안에서 보이는 인도의 하늘은 어둠의 기운이라도 뿜어내듯 온통 흐려 있었다. 새 동네에는 연기 냄새가 가득했고, 집 안에는 난방시설조차 없었다. 춥고 어두운 기운이 가득했다. 나중에 알고 보니 델리의 1월은 최악이었다. 1년 중 공기가 가장 안 좋은 때. 미세먼지가 심할 때는 5미터 앞도 잘 보이지 않는다고 했다.

여기서 끝이 아니다. 더 심각한 문제는 소통이었다. 힌디어를 모르니 도무지 말을 주고받을 수가 없었다. 인도는 지역에 따라 날씨며 문화, 언어까지 달라서 모든 것을 다시 새롭게 적응해야 했다. 이렇게 한국에서 인도로 한번, 인도 내에서 또 한 번, 두 번의 큰 이사를 경험하고 나니 나도 모르게 모든 걸 내려놓게 되었다. 더 안 좋아질 것도 없었다.

델리에서 한인 식당을 열어 일하던 중에는 좋았던 일도 없지 않았다. 우리가 사는 곳에서 십 분 정도 거리에 위치한 슬럼 지역. 그곳 슬럼 학교에 다니는 아이들을 정기적으로 도울 수 있었다. 아이들을 직접 만나고, 서로 얼굴을 마주하고, 함께 동네를 걸었다. 뭔가 도울 일이 없는지 세심하게 살폈다. 슬럼 학교의 아이들 외에도 도움이 필요한 곳은 쉽게 찾을 수 있었다. 우리 가게에는 일하러 온 10대와 20대 청년들이 있었다. 그들은 한 달 내내 일하고 20만 원을 번다. 그마저도 고향에 있는 가족들에게 보내고 나면 자신들이 쓸 돈은 거의 없다. 매 맞고 사는 여자들, 종교와 성별과 계급의 차이로 차별받는 수많은 가난한 인도 사람들….

부모님 품에서 편히 살던 내가 남편과 함께 향했던 나라. 내게 인도는 넓은 세상이었다. 힘들게 살아가는 이웃을 도울 수 있다는 사실. 내 작은 품을 내어줄 기회가 있다는 것. 누군가를 이해하고 공감하며 손을 내밀어 줄 수 있는 마음. 낯설고 황량한 타지에서 불평과 불만을 터트리던 나는 세상을 다시 보기 시작했다. 아울러 나 자신도 새롭게 볼 수 있게 되었다. 마음 같아서는 그들이 스스로 일어설 수 있도록 돕고 싶었지만, 쉽지 않았다.

코로나19 사태는 인도도 예외가 아니었다. 어쩔 수 없이 한국으로 돌아오기로 했을 때, 나는 급하게 생각에 빠지기 시작했다. 인도까지 와서 아무것도 이룬 것 없이 한국으로 돌아가야 한다니. 아쉬웠고 조급했다. 5년 전 모든 것을 정리하고 인도에 왔을 때 원대한 꿈이 있었다. 제대로 시작조차 못 해 보고 한국으로 돌아가려니 찝찝하고 아쉬운 마음이 든 것이다. 하지만 이내 내가 어디 있든지 돕고자 하는 마음만 있으면 얼마든지 봉사하고 헌신할 수 있다는 생각이 들었다. 인도에 와서 '베푸는 삶'을 배웠듯이. 한국으로 다시 돌아간다고 해도 중요한 것 한 가지는 변하지 않을 것이다.

많은 이들이 꿈을 이루기 위해서는 넓은 세상으로 나아가야 한다고 생각한다. 나도 그랬다. 하지만 내가 인도에 있든, 한국에 있든 꿈은 얼마든지 크게 꾸고 펼칠 수 있다는 사실을 배웠다.

한국으로 돌아와 새로운 시작을 준비할 때 책을 읽기 시작했다. 구체적으로 꿈을 이루어 가야 한다는 생각에 삶의 지혜와 방법을 찾고자 했다. 지칠 때는 마음을 잡아주는 책을 읽고, 막막할 때는 구체적인 방법을 알려주는 책을 읽었다. 글도 쓰고 싶어졌다. 블로그에 일상을 쓰고, 다이어리에 하루를 담기 시작했다.

자신을 돌아보고 사명을 찾는 일이 필요했다. 큰 이상과 꿈도 좋지만, 지금 내가 있는 이 자리에서 할 수 있는 일을 찾아 최선을 다하는 것. 인도에서 만난 넓은 세상 못지않게 소중하고 가치 있는 깨달음이다. 나는 오늘도 더 넓은 세상을 향해 더 큰 꿈을 꾼다.

10
지금 여기에서 행복할 수 있기를

강 희

고난의 시절은 잊고 싶다. 그런데 불쑥 떠오른다. 지금은 '힘든 시절이었지!'라고 회상할 수 있지만, 그 당시엔 죽고 싶을 만큼 고통스러웠다. 딸이 중학교 입학을 앞두고 있을 즈음 남편이 하던 사업이 어려워졌다. 대기업의 하청업체로 참여했던 프로젝트가 갑자기 무산되었다. 남편은 회사 자금이 더 이상 없다며 집을 팔자고 했다. 급하게 아파트를 매각하고 전세로 이사했다. 얼마 후 남편은 사채업자에게 빌린 돈이 있는데 이자 대신 자동차라도 줘야 한다고 했다. 상황은 계속 안 좋아졌다. 그다음 달에는 남편이 전세금마저 달라고 해서 살림을 다 정리했다. 쓸 만한 짐은 친정으로 보내고, 가방 3개 분량만 챙기고 나서 나머지는 다 버렸다. 남편은 어디론가 사라졌고, 나는 딸과 아들을 데리고 둘째 동생네 작은 방으로 들어갔다.

눈앞이 캄캄했다. 그때 흘린 눈물의 양을 잰다면 얼마나 될까?

화가 치밀어 오는 날은 잠이 오지 않았다. 뜬눈으로 밤을 지새우고 새벽 4시 50분이 되면 가까운 교회 새벽기도에 참석했다. 설교가 귀에 들어오지 않았다. 멍하니 앉았다가 기도 시간이 되면 숨죽여 울었다. 처량한 내 신세를 한탄했다. 눈이 퉁퉁 부었다. 사람들이 의아한 눈초리로 나를 쳐다보며 수군거렸다. 교인이 아닌 사람이 매일 새벽에 와서 울고 있으니 궁금했으리라. 새벽에 서러움을 토하고 나면 하루를 버틸 수 있었다. 비참한 상황을 알리고 싶지 않아서 친구들과 모두 연락을 끊었다. 전화번호를 바꿨다. 어느 날 머리가 아프고 몸이 으슬으슬 추워서 거실에 누워있었다. 독감이 걸린 거 같아 병원에 가려고 지갑을 열어보니 천 원짜리 한 장과 동전 몇 개만 들어있었다. 한숨이 나왔다. 끙끙 앓으며 버텼다. 아이들 과자를 사줄 돈이 없었다. 그걸 아는지 딸도 아들도 뭘 사달라고 조르지 않았다. 의기소침하여 밖에 나가 놀지 않고 방 안에 덩그러니 앉아있는 아이들을 보다가 정신이 번쩍 들었다. 어떻게든 돈을 벌어야 했다. 급하게 후배에게 부탁해서 수학 과외를 시작했다. 길음동에서 용인 죽전까지 과외를 하러 다녔다. 오가는 길에 버스 안에서, 지하철 안에서 수학 문제를 풀었다. 버스가 흔들릴 때마다 멀미가 났지만, 1분 1초가 아까웠다. 어서 빨리 돈을 벌어야 했다.

둘째 동생네로 들어갔을 때는 제부가 지방에 있었다. 한 달 후 제부가 서울로 올라오면서 한집에서 살다 보니 갈등이 생겼다. 고

지식하고 남존여비 사상이 강했던 제부는 내가 새벽기도 가는 거와 주일에 교회 가는 걸 싫어했다. 어른들의 미묘한 갈등 분위기를 알아차렸는지 아이들은 방에서 나오지 않고 제부를 피했다. 제부는 처가에 인색했다. 명절에 빈손으로 처가에 왔다. 남동생과 문제가 생겼을 때, 제부가 윗사람이라고 남동생에게 폭력을 행사하는 바람에 부모님이 노발대발했다. 제부와 둘째 동생 사이도 그리 썩 좋지 않았다. 지금은 생각나지 않는 일로 제부와 큰소리로 다투었고, 너무 화가 나서 둘째 동생 집을 나와 원룸을 얻었다. 지하 원룸은 네 식구가 누우면 빈틈이 없을 정도로 비좁았다. 변변한 살림 도구 하나 없이, 겨우 라면을 끓여 먹을 수 있는 정도의 식기만 있었다. 잠만 원룸에서 자고, 제부가 출근한 뒤에 아이들을 데리고 둘째 동생 집으로 갔다. 조카들 등교시키고 집안일을 마치면 다시 저녁엔 원룸으로 돌아왔다. 아이들을 원룸에 남기고 과외를 하러 갔다. 이모네서 눈치를 보던 아이들은 열악한 환경이었지만 가족끼리 비좁은 원룸에서 지내는 게 더 좋다고 말했다.

과외를 마치고 집으로 돌아가는 길에 지하철을 탔다. 열차가 동작대교를 지난다. 차창 밖으로 한강이 보인다. 강변북로와 올림픽대교를 달리는 차량 불빛이 길게 늘어서 있다. 눈물이 흐른다. 언제쯤 이 시간을 떠올리면서 미소를 지을 수 있을까? 가능할까? 흐르는 눈물을 손으로 훔친다. 유리를 통해 열차 안의 사람들이 보인다.

다행이다. 다들 핸드폰을 보느라 우는 내 모습을 못 본 거 같다. 지하철역에서 집까지 길게 난 둑길을 가로등 불빛을 밟으며 터벅터벅 걷는다. 동네 어귀 슈퍼 할아버지께서 부른다. "아니, 왜 이렇게 늦게 다녀요? 밤길 위험해요. 조심해야지." 진심으로 나를 걱정해 주는 말 한마디에 집으로 향하는 발걸음이 가벼워진다.

과외 수입이 일정치 않아서 생활이 쉽지 않았다. 허리띠를 꽉 졸라매고 살았다. 한 해의 마지막 12월 31일이었다. 갑자기 과외 일자리가 한꺼번에 사라졌다. 이런 일이 생기다니 믿기지 않았다. 당장 원룸 월세는 어떻게 하지? 내일 애들은 뭘 먹이지? 화장실에 들어가서 숨죽여 울었다. 절망감이 엄습하니 머리가 멍했다. 대책을 세워야 하는데 정신이 자꾸 흐리멍덩해졌다. 그때 전화벨이 울렸다. 수학과 선배가 학원을 개원했는데 일손이 필요하다며 내일부터 출근할 수 있는지 물었다. 한 줄기 빛이 비쳤다. 내 형편을 안 선배는 급여를 먼저 주었다. 새해 첫날 1월 1일, 학원 강사로서 첫발을 내디뎠다. 생계형 강사지만, 잘 가르치는 강사가 되기 전에 좋은 선생님이 되고 싶었다. 친절한 선생님, 마음이 좋은 사람, 얼굴에서 미소가 떠나지 않는 사람이 되고 싶었다. 내가 스스로 선택해서 시작한 일은 아니지만, 아이들을 가르치면서 행복했다.

몸이 힘들고 경제적으로 압박을 받으면 슬그머니 나쁜 생각이 들기도 했다. 동작대교를 건너다가 중간에 멈추어 서서 한참 동안 다리 밑을 내려다보았다. 그럴 때면 아이들 얼굴이 떠올랐다. '엄마!"라고 부르는 목소리가 들렸다. 며칠 전 일이 생각났다. 고단한 몸을 이끌고 계단을 올라왔다. 현관문을 힘겹게 열고 들어서니 벽에 붙어 있는 편지가 보였다. '엄마~ 힘드시죠? 새벽에 들어오셔서 얼굴 보기가 힘드네요. 잊지 마세요. 엄마를 위해 매일 기도하고 있어요. 사랑해요. 엄마! 밥 꼭 먹고, 잠 더 자고, 건강하세요. 아들이' 눈물이 핑 돌면서 가슴이 찡했다. 힘들고 지칠 때마다 아들의 편지를 꺼내 읽는다. 내게 행복을 주는 비타민이다.

작년 가을, 몸이 아프면서 미래에 대한 불안으로 우울했다. 나를 위로해 주고 마음의 안정을 찾게 해준 게 독서였다. 전날 읽다 덮어놓았던 책이 궁금해서 아침 일찍 눈이 번쩍 떠졌다. 추천받은 책 중에 절판된 책이 있으면 어떻게든 구해서 읽으려고 인터넷을 샅샅이 뒤졌다. 중고가가 턱없이 비쌌다. 절판된 도서를 대출하려고 찾게 된 구립도서관이 이제 아주 친근해졌다. 4km 걷기를 위해 그 정도 떨어진 거리의 도서관을 찾아 이곳저곳 다양한 도서관에서 새로운 책을 만나고 있다. 필요한 책을 빌리려고 도서관까지 걸으면 일거양득 효과를 누린다.

같은 현상을 바라보는 시각이 긍정적인지, 부정적인지는 사람마다 다르다. 컵에 물이 반쯤 차 있다. 누군가는 '반밖에 남지 않았다.'라고 부정적으로 말하고, 다른 누군가는 '반이나 남았네.'라고 긍정적으로 말한다. 그 어렵던 시절, 절망감에 빠져 허우적거리고만 있었다면 나는 지금 이 자리에 존재하지 않을 수도 있다. 힘들게 사는 딸이 걱정되어 '사랑한다!'라고 전화해 주는 친정엄마의 응원과 생계를 꾸리느라 지친 엄마를 염려하는 아들의 격려 편지가 흔들리는 나를 붙잡아 준다.

살아가면서 무슨 일이 생길지 예측할 수 없다. 우리가 집중해야 할 것은 '지금 여기(here and now)'다. 인생을 있는 그대로 받아들이고 좋은 면을 바라본다. 남과 비교하며 불행을 자초하지 않는다. 어제보다 나아진 오늘을 감사하며, 지금 여기에서 나를 조금 더 멋지게 만들려고 노력한다. 아침에 눈 뜨면서 오늘 하루의 행복을 상상하고, 자기 전에 하루를 돌아보며 소소한 행복을 찾아 감사한다. 과거는 달라지지 않는다. 오늘을 어떻게 살아가느냐에 따라 내일이 달라진다. 미래에 나는 대단한 일을 하리라 자신한다. 인생의 파도를 만났을 때, 밀려오는 파도를 멈추려고 애쓰는 것이 아니라 그 파도 위에 올라타는 지혜를 배우리라. 지금 여기에서 이 순간의 행복을 누리리라.

11
소중한 내 인생에 대한 예의

최서연

나는 아웃사이더였다. 사진을 보면 눈은 웃고 있어도 입은 못난이 인형처럼 삐죽거렸다. 내향성이라 사람들 사이에 있어도 나만의 세상에 빠지기도 한다. 누구나 비밀은 있다. 문제없는 가정은 없다. 딸 다섯 중에 막내로 태어났다. "어머! 가족들 사랑 많이 받았겠다."라는 말을 자주 듣지만, 반대다.

아들은 낳지 못하고 딸만 있는 집에서 막내는 언니들에게도 환영받지 못한 존재였다. 오죽하면 18살인 첫째 언니가 엄마 배 속에 있는 나를 미워했다고 했을까? "친구들이 너희 엄마 또 임신했냐고 묻는데, 너무 싫더라." 언니는 임신한 엄마가 창피했다고 한다. 플라스틱으로 된 장난감 말에 나를 태워 충장로에 떼어놓고 온 적도 있다고 한다.

그뿐인가? 엄마는 배 속에 있는 나를 지우려고 산부인과에 갔다.

죽을힘을 다해 살다 보니 시기를 놓쳐서 낙태를 못하고 다시 수술 침대에서 내려왔다는 이야기를 들었다. 첫째 언니와는 18년, 넷째 언니와는 6년 차이가 난다. 언니들이 학교에 다닐 때 나는 집에 있었고, 내가 학교에 다닐 때 언니들은 사회생활을 했다. 함께한 시간이 많지 않았다. 나는 가족의 따뜻함을 모른다. 가정의 편안함을 느껴본 적이 없다. 그래서 결혼을 회피하고 있는 건지도 모르겠다.

우물 안 개구리였다. 족쇄 찬 코끼리처럼 신세 한탄만 했을 뿐, 스스로 돌보지 못했다. 내 나이 때 엄마는 딸 4명을 키웠다. 무능력한 남편을 대신해서 가장 역할을 했다. 어린 나는 알지 못했다. 그저 소리 지르고 무서운 엄마였을 뿐이다. 언니들은 학교에서 오면 책상에 앉았다. 나는 뭘 했더라? 그들의 뒷모습만 기억에 남는다. 대학교 입학 전까지 내 기억은 지저분하게 잘려 나갔다. 지워버리고 싶었던 걸까?

아이들은 어른을 모방하며 자란다고 했다. 나의 분노는 엄마에게서 왔다. 엄마는 대화하는 법을 몰랐다. 말을 듣지 않으면 소리부터 질렀다. 그 모습이 싫었지만 보고 배운 게 도둑질이라더니, 나도 짜증을 쉽게 냈다. 아이답게 보내지 못했다. 무슨 말을 해도 엄마에게 혼나니까 입을 다물어버렸다. 튀어나오는 말을 더 깊숙이 누르다 보니 입꼬리가 아래로 처져 버렸다. 그렇게 유년 시절이 흘러갔다.

가정은 인간이 보호받고 사랑받을 첫 번째 울타리다. 허물어진 울타리로 세상을 향한 미움이 퍼져나갔다. 그 마음은 무섭게도 부메랑처럼 내게 돌아왔다. '화'의 감정은 독이 돼서 나를 갉아먹기 시작했다. 건드리기만 해도 터지는 폭탄이 돼버렸다. 차라리 혼자 있기를 선택하고 자발적 아웃사이더가 된 것이다.

'내가 원래 그렇지 뭐.'
'누가 나 같은 사람을 알기나 하겠어?'

이런 생각을 하며 대학교에 입학했다. 간호학과 3학년 때 실습을 나가면서 변하기 시작했다. 누군가에게 도움이 되는 사람이 됐다. 나도 필요한 존재였다. "간호학생!"이라고 간호사 선생님이 부르면 "네!"하고 달려간다. 병실에 가서 수액을 보고 오라든지, 주사 바늘을 빼주고 오라고 했다. 발에 모터를 달고 병실로 걸어간다. 환자의 이름을 부르면서 처치를 한다. "고마워요."라는 말 한마디에 힘이 났다. 맞다. 나는 고마운 사람이다. 더 고마운 사람이 되고 싶었다. 계속 이 말을 듣고 싶어졌다.

스테디셀러 《5가지 사랑의 언어》를 읽고 나에 대해 알게 됐다. 사랑의 언어는 인정하는 말, 함께하는 시간, 선물, 봉사, 스킨십 총

5가지로 구분한다. 나는 인정욕구가 넘쳤다. "너 대단하다.", "어떻게 그걸 해냈어?", "너 아니면 못 해."라는 말을 통해 내 존재를 증명하고 싶었다. 욕심이 넘쳐 모든 일을 떠맡기도 했다. 인정받고 싶어서 말이다.

나에 대해 몰랐을 때 가장 상처받은 사람은 나다. 제일 힘든 사람도 나다. 그러니 성장하려면 나부터 알아야 했다. 그 후로도 버크만 검사, MBTI, 애니어그램, 컬러테라피를 통해 〈나 찾기〉를 했다. 강점을 찾아내고, 약점을 보완할 수 있는 방법도 공부했다. 한국코칭협회에서 KAC 공부를 하면서 자격증을 땄다. 나를 알아가는 시간을 가지면서 그제야 스스로 사랑하게 됐다. 책 제목처럼 알게 되니 보이기 시작한 것이다.

이제는 누구에게나 인정을 바라지 않는다. 세상을 향한 분노 에너지를 동력으로 만들어 문제를 해결하는 사람이 되려고 한다. 관련 책을 읽고 수강생들과 독서모임을 한다. 해결할 불편함이 있으면 프로젝트를 진행한다. 황무지에서 시작했지만, 숨을 거둘 때는 새가 지저귀는 아름다운 정원을 만들어 세상에 선물하고 싶다.

소중한 내 인생을 위해 나는 나부터 존경하려고 한다. 매일 "나는 나를 사랑한다. 나는 내가 참 좋다." 확언한다. 바쁘게 보낼 때도 많지만, 쉬는 시간도 시간표에 넣어둔다. 활력 있는 삶을 위해 매일 줌바댄스도 한다. 사람들과 식사할 때는 웬만하면 밥값은 내가 내려고 한다. 조금 손해 보더라도 더 주려고 한다. 오늘 내가 여기에 있는 것은 얼굴도 모르는 사람들의 응원과 내가 진심으로 잘되기를 바라는 모든 사람의 염원 덕분이다. 그러니 나도 그렇게 살아내려고 한다. 더 사랑하고, 많이 주면서 말이다.

책 추천
《자기신뢰》랄프 왈도 에머슨. 현대지성. 2021
《자기사랑》로렌스 크레인, 가디언, 2019

PART 03
여자는 무엇으로 성장하는가?

1
독서, 끝없는 지혜의 탐구

한명욱

　나이가 주는 압박감을 느낄 때가 있다. IT 강국답게 다양한 앱이 나오고, 새로운 기능이 추가되고, SNS로 소통을 시작하니 머리에 버퍼링이 일어난다. 처음 온라인 수업이 시작되었을 때 줌에 입장하고 오디오를 연결하는 것도 낯설었다. 정신을 차리지 않으면 낙오자가 될까 두려웠다. 그러나 모든 지식은 책의 손바닥 안에 있음을 알기에, 답이 필요한 순간에 책을 펼쳤다. 종이책이 주는 기쁨이며 지혜다. 좋았던 책을 반복해서 되새김할 때 오디오북을 이용하지만, 역시 종이책이 좋다. 책의 무게, 종이의 질감과 특유의 향이 좋다. 툭 하나 가슴에 꽂히는 단어를 만날 땐 가슴이 뭉클하다.

　큰 파도에 휩쓸린 적은 없으나 어려움의 순간마다 책은 친구였고 스승이었다. 2007년 5월, 멍하니 아이들이 노는 모습을 지켜보는데 눈물이 났다. 건물이라고는 군 관사와 군 마트만 보이는 허허

벌판에 아이들의 웃음만 가득했다. 버려진 느낌이었다. 간호장교라는 어깨의 뽕은 사라진 지 오래였다. 아무렇게나 걸친 옷과 치렁치렁한 머리가 마음을 대신했다. 간혹 친정 부모님이 계신 서울로 나오면 서점을 찾았다. 현실을 잊고 탈출하는 유일한 즐거움이었다. 그때 《꿈이 있는 아내는 늙지 않는다》로 김미경 작가를 처음 알았다. 2020년 7월, 코로나 팬데믹 후 급변하는 세상이 고민이던 시점에 떡하니 만난 《김미경의 리부트》는 우연이 아니다. 김미경 작가의 새 책이 나올 때마다 찾아 읽었고, 필요한 순간 멘토가 되어준 것이다.

코로나가 전 세계를 잠식한 것처럼, 변화가 필요하다는 생각으로 가득 찼다. 아이의 자립을 지켜보며 다시 태어나고 싶었다. 꿈 리스트를 바인더에 적어 내려갔다. 하나씩 이루려니 루틴이 필요했다. 3P 바인더를 통해 시간의 견적을 내면서 자투리 시간이 버려지는 것을 알았다. 조각난 시간에 하고 싶은 일을 넣으니 이뤄지지 않았다. 마음만으로는 부족했다. 동기도 중요하지만, 실행할 장치가 필요했다.

《아주 작은 습관의 힘》, 《실행이 답이다》, 《5초의 법칙》, 《습관의 디테일》, 《습관의 재발견》 같은 책을 찾아 읽었다. 생각하고 행동하지 않으면, 행동한 대로 생각하게 된다. 행동 대부분은 습관이다. 습관으로 반복된 행동이 나아가 성품이 된다고 한다. 특별한 지점에 루틴을 만들어 인지시키는 과정이 필요하다. 그리고 그것을 반복하도록 도와줘야 한다. 《습관의 디테일》이 알려준 대로 습관 사이에 하고 싶은 루틴을 넣었다. 아침에 눈을 뜨면 긍정 확언을 외친다. "나는 나를 사랑한다. 나는 몸과 마음이 건강한 사람이다. 나는 모든 면에서 점점 나아지고 있다." 확언 후에 화장실에서 거울을 보며 활짝 웃는다. 양치 후 물 한 잔을 마시고, 가벼운 아침을 먹고 나서 영양제를 먹는다. 기상과 화장실 사용, 물 마시기 습관 사이에 루틴을 넣은 것이다. 3P 바인더를 쓰면서 잘게 쪼갰던 시간을 덩어리로 만들었다. 아침, 점심, 저녁 5분씩 피드백으로 하루 일정을 관리한다. 《성과를 지배하는 바인더의 힘》을 읽고 피드백 습관과 함께 시간 관리를 하니 배우고 싶은 것을 하나씩 배울 수 있었다. 독서 시간을 따로 뺄 수 있었다. 꿈 리스트도 하나씩 이루고 있다.

한 분야의 전문가가 되려면 전략독서가 중요하다. 자기 계발서 저자들도 관련 분야의 책을 집중해서 읽으면 전문가가 된다고 말한다. 책을 잘 읽고 싶어 독서 관련 분야의 책을 십여 권 샀다. 그때 만난 유근용 작가의 《1독 1행 독서법》에 꽂혔다. 작가가 '어떻게 하면 원하는 삶을 살 수 있을까?'라는 절박한 질문으로 찾은 지혜는 실행력이었다. 책을 읽고, 꼭 1가지씩 책에서 얻은 것을 실천하기.

최근 자청의 《역행자》를 읽고 무릎을 쳤다. 책을 좋아했지만 20대는 책과 멀었던 시간이다. 30대에 접어들면서 다시 독서를 시작했을 때 월 1권도 버거웠다. 40대의 워킹맘에게 핑계는 더 많았다. 일하니까, 아이 넷을 키우고 있으니까, 하루 10분 독서도 잘했다고 위안했다. 그러나 읽기 시작하니 속도가 붙었다. 같은 분야의 책이 열 권, 스무 권을 넘어가니 공통점을 발견하며 필요한 부분을 발췌해서 읽을 수 있었다. 속독도 가능했다. 드라마를 몰아보던 주말에 두 시간 집중하면, 책 한 권 너끈히 읽을 수 있다. 이해가 빨라졌다. 자청이 《역행자》에 언급한 대로 뇌세포가 증가하고, 뇌 신경망이 촘촘해짐을 인정한다. 한동안 냉장고 문을 열고 무엇을 하려고 했는지, 이러다 치매가 오는 것은 아닐까 걱정했던 때가 있다. 자존감이 낮고, 너무 바쁜 하루에 허둥댔던 시기의 일이다. 인지 능력에 물이 올랐다. 다양한 배움을 시도하면서 빠르게 따라갈 자신도 생겼다. 뇌의 최적화에 독서가 최고다.

자기 계발의 시작은 독서다. 원하는 답은 다 책에 있다. 답을 얻었으니 실행만 하면 된다.

처음 시작은 무조건 읽는 것이다. 다독이 전부는 아니지만, 다독을 통해 공통점을 발견하는 작업을 하고 싶었다. 독서를 강조하는 사람들은 어떻게 책을 읽는지 알고 싶었다. 가장 밑바닥에서 올라온 사람들이 역경을 이겨낸 방법과 그들이 읽은 책은 무엇인지 나눠 갖고 싶었다. 책의 저자가 추천하는 책을 샀다. 책 편식이 심했고, 생소한 분야는 어려워 독서 모임에 참여했다. 어떤 책은 한 달

동안 나눠서 읽고, 어떤 책은 하루에 읽으면서 매주 서너 권의 책을 읽고 있다.

2022년의 목표는 '백책백서'다. 2021년은 무조건 많이 읽은 한 해를 보냈다. 올해는 깊이 읽기가 목표다. 한 번 읽어 온전히 내 것으로 소화하기는 쉽지 않다. 재독으로 100권의 책을 읽고, 100권의 책을 기록으로 남기기가 목표다. 다시 읽으며 새로운 내용을 발견하는 기쁨이 크다. 읽을 때마다 새롭고, 감동을 주는 책에 감사하다. 역대급 저자들이 자신들의 책을 총망라한 신간을 내고 있다. 이전의 책을 읽을 시간이 없다면 건너뛰고 신간을 찾아 읽는 것도 한 방법이다. 한 번 읽고, 두 번 읽을 때마다 저자들의 메시지가 깊게 다가온다. 다수의 책을 쓴 저자들의 연륜이 정리되어 나온 신간의 깊이는 또 얼마나 다른가. 그래서 많은 책을 쓴 유명한 저자의 신간은 꼭 읽어보고 싶다. 절판되었던 책이 다시 재편집되어 세상에 나올 때는 또 그만큼 정리가 되었기에 반갑다.

독서를 통해 저자들의 지혜를 손쉽게 배울 수 있다. 가장 적은 금액으로 많은 것을 얻을 수 있는 자기 계발의 한 방법이다. 아이디어를 얻을 수 있는 손쉬운 방법이다. 최근 독서 모임이 활발해지고, 책 읽는 사람들이 늘었다고 하지만, 한국인의 하루 평균 독서 시간은 '6분', 독서를 위해 지출하는 월 비용은 '16,000원'이라고 한다.

그중 60%는 학습용 도서라고 하니 독서량이 얼마나 부족한지 알 수 있다.

현명한 엄마들은 안다. 아이들 교육을 고민하며 책 육아를 선택한다. 그러나 정작 엄마는 책을 읽고 있을까? 꼭 강조하고 싶다. 아이에게 바라는 것은 엄마가 먼저 실천해야 한다는 것이다. 내가 할 수 있을 때 자녀에게도 떳떳하게 이야기할 수 있다.

먼저 나부터 잘하리라. 책을 읽고 얻은 지혜를 실천하여 어제보다 오늘, 1% 변화하고 성장하리라. 기대되는 오늘이다. 일 년 후, 십년 후 또 얼마나 멋진 나일지, 성품이 바로 선 내 모습을 상상하며 책을 읽는다.

2
시간 관리, 소중한 내 인생을 위하여

강 희

삶의 균형이 중요하다. 그러나 버거운 삶을 살아내느라 균형을 살피지 못했다. '바쁘다. 바빠!', 늘 입에 달고 살다 보니 친구들이 묻는다. '왜 맨날 바빠?', '무슨 일을 너 혼자서 다 하는 거야?' 친구들의 질문에 바로 대답할 수는 없었지만, 나는 육아와 가사를 병행하며 생계를 책임진 가장으로서 눈코 뜰 새 없이 분주하다. 모든 인간에게 평등하게 주어진 게 하루 24시간이고, 내게도 똑같이 24시간이 주어진다. 이 24시간을 어떻게 활용하는지는 내 몫이다.

고1 여름방학 때였다. 주변 아이들이 수학 진도를 꽤 많이 예습하고 고등학교에 진학했다는 걸 알았다. 충격을 받은 나는 방학 내내 새벽 6시에 자고 정오에 기상했다. 깨어 있는 시간에는 수학책과 씨름했고, 결국 방학 동안 목표로 삼은 수학의 정석 책을 다 끝냈다. 엄마는 정오와 오후 여섯 시, 자정에 밥상을 차려 내 방 앞에 놓고 가셨다. 이런 방학 생활의 리듬이 내게 잘 맞았다. 그래서 학기 중에는 달라진 생활 리듬과 싸우느라 힘겨웠다. 나의 올빼미 생활은 현재진행형이다. 학원 근무는 오후 2시부터 밤 10시까지다. 퇴근해서 집에 가면 11시가 훌쩍 넘는다. 학원에서는 저녁을 먹기가 쉽지 않다. 5분이라는 짧은 시간에 허겁지겁 식사를 하게 되면 체할 때도 있다. 두유나 미숫가루를 먹고 허기를 달랜다. 바쁜 날에는 때를 놓치기 다반사다. 밤에 늦은 저녁을 먹고 나면 자정이 넘는다. 어느덧 잠을 자려고 시계를 보면 2시가 넘어 있다.

정체된 삶에서 벗어나고 싶어서 작년 10월부터 독서에 집중했다. 책 읽기 루틴이 추가되면서 이제까지의 시간 활용에 변화가 필요했다. 오전에는 집안일과 운동, 오후에는 학원 업무가 대부분인 나의 매일 86,400초를 효율적으로 재분배해야 했다. 책 읽는 시간을 확보하려고 새벽 기상을 시도했다. 혼자 하다가 실패해서 김미경 대학의 미라클 514 챌린지에 참여했다. 2022년 1월부터 3월까지 새벽 5시에 기상해서 독서를 했다. 야행성 인간이 새벽형 인간으로 살려고 하니 부작용이 생겼다. 보통 새벽 2~3시경에 자고 아침 8시쯤에 일어났던 리듬이 깨졌다. 새벽 5시 기상을 위해 밤 10시부터 취침 준비를 하라고 하는데 난 그 시간이면 학원에 있다. 아무리 서둘러 준비하고 잠자리에 들어도 새벽 1시가 넘는다. 그때 자서 4시 50분에 일어나면 수면시간이 4시간에 미치지 못한다. 그 후유증으로 오후가 되면 피곤하고 졸음이 쏟아진다. 출퇴근 때 운전하는 동안 어느 순간 눈꺼풀이 내려앉아서 당황하고 뺨을 내리치기도 한다. 남들이 추천하는 새벽 기상이 내겐 맞지 않았다. 수면 부족에 따른 부작용 때문에 4월이 되면서 514 미라클 챌린지를 그만두었다. 나만의 리듬 찾기가 필요했다. 내겐 새벽 2시 취침, 아침 7시 기상이 더 맞다. 책 읽을 시간을 확보하려면 이 정도의 수면시간은 감수해야 한다.

해마다 연말이 되면 예쁜 다이어리를 샀지만, 거의 손도 안 댄 다이어리는 장식품처럼 책상 한 귀퉁이에 먼지가 덮인 채 놓여 있다. 다이어리 대신 주로 탁상형 캘린더에 일정을 빼곡히 적어서 관리하다 보니 가끔 놓치는 일정이 생겼다. 좀 더 현명하게 시간을 쪼개고 분석해서 기필코 시간 경영을 짱짱하게 해야겠다고 마음먹고 마땅한 프로그램을 찾았다. 비비엠 방에서 최서연 작가님이 코치하는 3P 바인더 수업을 발견했다. 3P 바인더 첫 시간에 최서연 코치가 미션(사명), 역할 기술, 비전, 핵심 가치를 작성하라고 했다. 평소에 막연한 생각만 했지, 구체적으로 표현해 본 적이 없어서 순간 당황했다. 헨리에트 앤 클라우저는 《종이 위의 기적, 쓰면 이루어진다》에서 종이에 이루고 싶은 소원을 쓰면 인생을 바꾸는 마법이 실제로 일어난다고 한다. 《성과를 지배하는 바인더의 힘》에서 사명 선언서와 비전은 인생의 내비게이션과 같다고 한다.

수업이 끝난 후 막내동생에게 전화를 했다. 바인더 수업 시간에 사명과 비전을 적으라고 하는데 뭘 적어야 할지 막연하고 답답하다고 하소연하니, 의외의 답을 주었다. 막내동생은 예전부터 목표를 종이에 적었다고 한다. 힘든 유학 시절엔 목표를 종이에 써서 잘 보이는 곳에 붙여놓고, 지치고 낙심할 때마다 읽으면서 마음을 다잡았다고 한다. 지금 보니 종이에 기록한 목표들이 다 실현되었다고 한다. 막내동생은 40이 넘어서 유학을 갔다. 호주에서 학사학위를 받고, 캐나다에서 언어학 박사학위를 받았다. 쉽지 않은 유학 생활을 하면서 꿈을 종이에 적고 고군분투해서 목표를 달성했다. 막내동생의 경험을 들은 후 의욕이 생겼다. 꿈은 꾸었지만 기록하지 않았고, 세부적인 목표를 나열하지 않았던 과거를 반성했다. 이제라도 꿈과 목표를 종이에 적어서 실행에 옮기려고 1주일 내내 삶의 목표와 비전을 고민했다. 지금도 수정하면서 하나씩 완성해 가고 있다.

바인더를 사용하면서 월요일에서 수요일까지 3일, 목요일부터 토요일까지 3일씩 다음 주 계획을 세운다. 매일 일과가 끝나면 형광펜으로 영역별로 구분하여 색칠하고, 한 주 동안 했던 활동을 평가하고 관리한다. 일주일을 보내고 나서 바인더를 살펴보니 가사를 어떻게 효율적으로 하는 게 좋을지 고민되었다. 식사 준비, 설거지, 청소, 세탁, 장보기 등등. 시간 견적을 보니 출퇴근 전후로 집안일을 하루 2시간이나 3시간 정도 한다. 체력소모가 큰 집안일을 어떻게 관리하는 게 좋을까? 요일별로 일을 분배했다. 월요일은 화장실, 화요일은 부엌, 수요일은 안방, 목요일은 작은 방, 금요일은 다용도실, 토요일은 베란다. 이런 식으로 살림의 영역을 나누고 시간을 30분 정도로 지정해서, 그 시간 안에 집중적으로 청소한다. 때로는 아침, 저녁 시간에 짬짬이 집안일을 한다. 해당 요일에 지정되지 않은 구역은 전체적으로 지저분하지 않을 정도로만 정리한다. 그리고 시간이 될 때 옷 정리, 책 정리를 한다. 시간 확보를 위한 보다 더 현명한 방법은 가족들과 가사를 분담하는 거다. 청소, 분리수거와 음식물 쓰레기는 남편이, 빨래는 딸이, 강아지 목욕은 아들이 맡았다. 설거지는 각자가 먹고 나서 곧바로 한다.

바인더를 사용하면서 분석한 나의 일과는 다음과 같다. 학원 업무가 월요일부터 토요일까지 매일 최소 8시간 이상이다. 주 업무를 보완하는 보조 업무는 주3일 이상 하루 2~3시간 정도 한다. 또 하나 특징은 주 업무, 보조 업무, 개인 업무와 비교해서 자기 계발, 휴먼네트워크 영역이 심하게 빈약하다는 거다. 균형이 아니라 편중된 일상이 한눈에 일목요연하게 들어왔다. 무엇보다도 놀라운 건 나를 위한 쉼이 거의 없다는 점이다. 문제점을 알았으니 먼저 하루의 삶을 균형 잡힌 비율로 살아보려고 계획한다. 하루가 모여 일주일이 되고, 일주일이 모여 한 달이 되면서 삶의 질이 조금씩 향상되어 간다. '왜 내가 이걸 하지?' 매일 묻고 답한다. 바인더를 소지하고 다니면서 자주 꺼내 읽어본다. 내 계획을 스스로 인지시킨다. 혼자 계획을 세우고 흐지부지되지 않도록 가족에게, 친구에게, 직장 동료에게 필요한 것은 공유한다. 바쁘게 할 일은 많고 시간에 쫓겼던 내가 시간을 경영한다. 낮에 틈틈이 바인더를 기록한다. 밤에 짧은 시간이라도 내게 집중하는 시간을 갖는다. 자기 전에 바인더에 짧게 하루의 감사를 기록하고, 하루의 시간 사용을 돌아보고 '나'를 챙긴다.

바인더를 사용하면서 좋은 점은 세 가지다. 첫째는 블루 타임(Blue Time)이다. 일요일 오후에 2~3시간을 정한다. 온전히 나만의 시간으로 사용한다. 혼자 카페에 가서 일주일의 바인더 기록을 보면서 피드백하고 다음 주를 계획한다. 두 번째로 좋은 것은 역산스케줄링이다. 월말에 다음 달의 계획을 작성하면서 디데이가 필요한 업무를 파악한다. 마감일을 기준으로 80%는 언제까지 할지, 50% 달성을 목표로 하는 날은 언제인지 정한다. 역으로 산출하여 그 업무를 시작할 날을 정할 수 있다. 목표 달성을 위하여 지금 당장 어떤 행동을 할지 생각하고 정한다. 세 번째는 바인더를 사용하면서 매일 루틴을 체크할 수 있어서 좋다. 나만의 습관을 정하고 리스트로 작성해서 바인더 왼쪽에 붙인다. 매일 자기 전 하루 일정을 확인하면서 루틴을 잘 수행했는지 체크한다. 꾸준히 해야 삶의 균형이 잡혀간다. 바인더 사용 전에는 일에만 매몰되었던 일상이었다. 이제는 일의 중압감에서 벗어나 쉼도 있고, 만남도 있고, 자기 계발의 시간이 있는 균형이 잡힌 삶으로 변하고 있다.

소중한 내 인생을 위하여 자기 계발은 꾸준히 계속해야 한다. 작심삼일이라고 했다. 잠시 느슨해지면 루틴은 흐트러진다. 그럴 땐 다시 마음을 다잡고 작심삼일 한다. 내 삶은 내가 만드는 것이다. 성장을 꿈꾸며 시간을 경영하고 있다. 하루에 두 번, 아침 기상 후와 잠자리에 들기 전, 내가 온전히 쓸 수 있는 시간을 구분하고 그 시간을 위한 공간을 마련한다. 내 삶의 과거와 현재를 분석하여 미래에 무엇을 할지 피드백하자! 시간 관리는 중요하다.

3

글쓰기, 나의 역사를 남기다

김화자

✦

수능 국어 50점 만점을 받았다. 듣기, 말하기, 읽기, 쓰기 영역을 모두 배우고 학교를 졸업했다. 네 영역을 잘했기 때문에 사람들 사이의 의사소통 정도는 문제가 없으리라 생각했다. 듣기를 잘한다고 생각했다. 듣고 말하는 방법이 따로 있으리라 생각하지 않았다. 충고하지 않는다. 판단하지 않는다. 평가하지 않는다. 여기 없는 사람 이야기는 하지 않는다는 정도가 말하고 듣기에 필요한 최소한의 예의라고 생각했다. 그것만 지키면 되는 줄 알았다.

하루는 딸이 직장에서 속상한 일로 전화를 했다. 사회생활에서 우리가 겪는 힘든 상황은 대부분 사람 사이의 갈등이다. 실질적인 업무 문제는 별로 없다. 통화를 하면서 '역시 사람 관계에 대한 문제군, 그럴 줄 알았어.'라고 생각했다. 들으면서 "응응." 대답하고 "그랬어?" "속상했겠네."라고 잘 공감해 주었다고 생각했는데 느닷

없이 딸이 화를 냈다. 진정성 없이 듣는다는 거였다. 영혼이 없다고 한다. 나보고 공감 능력이 떨어진다는 거였다. 속사포처럼 퍼부어 대는 말을 듣다 보니 은근히 부아가 치밀어 올랐다. 어디에서 뺨 맞고 어디에서 화풀이하냐고 말하려다가 더 큰 분란이 일어날까 봐 꿀꺽 삼켰다. "아니야, 잘 듣고 있어."라고 말해도 누그러질 기세가 없다. "그럼 원하는 게 뭐냐?" 이렇게 말하는 순간 폭발하는 걸 여러 번 보았기 때문에 그 말도 참는다. "엄마랑 말 안 해."하고 전화를 끊는다. 듣기를 잘한다고 생각한 것도 나의 착각이었나 보다.

그럼 말하기는 어떤가? 외향적인 것 같지만 실은 내향적인 나는 말하면서도 속을 완전히 드러내지 못한다. 그러면서도 답답해한다. 대화를 따라가는 속도도 느리다. 말을 하려고 보면 그 주제는 저만치 달아나고 없다. 뒤늦게 봉창 두드리는 소리 하기 싫어서 입을 다물고 있다 보니 신중하다는 말을 듣곤 한다. 결코 신중해서가 아닌데 말이다. 당장 이야기 너머의 속뜻을 알아차리기도 어렵다. 시간이 한참 지난 후 곰곰이 생각해 본 다음에 본래의 뜻을 알아차리기도 한다. 뒤늦게 그 말에 대응하고 싶지만, 버스 지나간 후 손들기나 다름없다. 나를 변명하려고 그 이야기를 다시 꺼내는 건 어쩐지 소인배 같기도 하고, 가만히 있자니 억울하기도 하다. 그래서 본인의 생각이나 말을 적재적소에 조리 있게 표현하는 사람을 보면 부러움을 넘어 존경스럽다. 마음에 맞는 친구들과 이야기하고 왔어도 집에 오면 지친다. 일단 입 밖에 내뱉은 말은 되돌아보며 곱씹고 후회하지 않으려고 지나치게 조심하기 때문이다. 그렇게 조심하지만 듣는 사람이 내 뜻과 사뭇 다르게 받아들이는 일도 생긴다. 참 어렵다. 사회생활이 상대적으로 많은 남편은 "내가 그 말을 안 해야 했는데 너는 어떻게 생각하느냐?" 하면서 내 의견을 묻는 일이 종종 있다. 사교적이라고 평가 받는 남편도 의사소통에 어려움을 겪는가 보다. 이렇듯 의사소통 도구로서 말은 불완전하다. 말은 완전하지만, 사용자가 서툰 것일까?

그래서 대면 대화가 아닌 독서를 좋아한다. 모르는 것이 있으면 책부터 산다. 그래도 사람이 그리워 독서 모임에 참가한다. 이 사람 말 전하고 저 사람 말 전해지면서 오해가 시작된다고 믿기 때문에 주로 목적이 있는 모임에 참여한다. 목적이 있지 않으면 가십에 열중하게 되기 때문이다. 촉이 느리고 말의 속뜻을 이해하는 데 어려움을 겪으며 살아와서 말하는 것을 아끼고 주저하며 살아왔다. 오해하고 오해받기 싫어서인데 이제는 마스크라는 물리적 장벽이 하나 더 생겼다. 마스크를 끼고 이야기를 하니까 말을 서로 알아듣지 못하여 답답해한다. 소리도 질러본다. 발음의 문제인가 싶어 또박또박 말하려고 애쓴다. 마스크를 쓰기 전에도 말하기는 나에게 의사소통의 완전한 수단은 아니었다.

그럼 글쓰기는 나에게 어떤 의미가 있는가? 나의 시어머님은 수년 전에 작고하셨다. 불교 신자셨다. 어머님은 돌아가시기 전에 1년 정도 치매를 앓으셨다. 치매를 앓으시면서 병문안 온 다른 사람이 하느님께 기도하면 같이 기도하셨지만, 내가 기억하는 어머님은 불심이 깊으셨다. 본인의 안위보다 자식들의 앞날을 위해 불경을 읽으시고 기도하셨다. 꼭두새벽에 목욕재계하시고 늘 불경을 읽으시는 모습은 어머님의 상징이었다. 그런 어머님을 존경했다. 작고하시고 몇 년의 세월이 흐르다 보니 이제는 어머님의 종교가 기독교였다고 주장하는 사람이 생겼다.

자신이 믿는 종교로 어머님을 기리는 것은 있을 수 있다. 그러나 이러한 주장은 어머님의 인생을 송두리째 부정하는 느낌이어서 속상했다. 어머님이 믿었던 종교조차 자신들의 입맛에 맞게 각색하고 왜곡하다니, 다음 세대로 어머님의 이야기가 전달될 즈음에는 내가 기억하는 어머님 모습과는 완전히 다르게 기억될 듯하다. 사실을 근거로 한 기록이 필요하겠다는 생각이 들었다. 나라의 역사 왜곡도 이런 식으로 이루어질 수 있다. 글은 개인이나 민족의 정체성도 바꿀 힘이 있다. 소소한 일부터 중대한 일까지 글로, 기록으로 남기는 것이 얼마나 중요하고 책임감이 막중한지 어깨가 무거워진다. 사실을 기록하고 싶어 글쓰기에 도전해 본다. 글을 써보니 내 안에 말하고 싶어 하는 수다스러운 내가 있음을 발견한다.

글은 말과는 달라서 내 생각을 나의 속도로 찬찬히 정리할 수가 있다. 말은 주워 담을 수 없지만, 글은 지울 기회가 있다. 내가 품은 독을 말로써 뿜어내면 다치는 사람이 생긴다. 혼자 조용히 종이에 독을 떨어뜨려 본다. 기록하면서 계속해서 그 감정의 끝을 따라가 본다. 그러다 보니 과거의 상처가 보인다. 그것이 나로 하여금 독을 품게 했다는 것을 알아차린다. 자연스럽게 나 자신도 이해되고 남도 이해하게 된다. 나하고 거리두기가 되어 객관적으로 바라보게 되므로 저절로 치유된다. 그래서 나는 글쓰기를 "아하 치유"라고 부르고 싶다.

글쓰기를 하면서 내면의 심연으로 더 내려가 본다. 일상에서 항상 그렇게 살지는 못했지만, 나의 자아 속에 가장 크게 자리 잡고 있는 것은 절대자에 대한 믿음과 가족에 대한 사랑이다. 감사하고 인내하고 성찰하려고 애쓰고, 작더라도 베풀려고 하는 마음도 있음을 알았다. 남에게 증명하려고 살 필요도 없다. 내 안에 있는 불꽃 그대로 살아내면 되는 것이다. 때로는 흔들리지만 지금처럼 살아도 '괜찮아!' 하는 위로의 마음도 생긴다. 아! 글을 쓴다는 것은 나의 과거를 정리하여 역사서로 남기는 일임과 동시에 새로운 출발을 할 수 있게 해주는 힘이 있구나! 내가 알고 있고 경험한 것을 미숙하나마 글을 통해 나누고 싶다. 그러려면 잘 소통하게끔 글을 써야 한다. 듣기, 말하기, 읽기는 결국 글쓰기로 통합되는 듯하다. 이 능력은 학교 국어가 가르쳐 주는 것이 아니다. 끊임없이 듣고, 말하고, 읽고, 쓰기를 하면서 배우고 실행해야 하는 기술이다. 내가 떠난 후에도 글은 남게 되기 때문에 사실을 제대로 전달하는 것뿐만 아니라 책임감을 가지고 인생을 살아야 한다. 나는 글을 쓰면서 인생을, 역사를 기록하는 사람이기 때문이다.

4
마음을 비우는 시간, 그림의 힘

한선영

　중학교 시절, 미술 수업 시간에 '점묘화'를 처음 그려봤다. 고흐의 '해바라기'였는데 어제의 일처럼 기억이 선명하다. 사인펜이 망가질 정도로 점을 수없이 찍어댔다. '이런 작품을 만들 수 있다니!' 완성했을 때의 뿌듯함은 말로 다 형용할 수 없을 만큼 기뻤고, 온몸에 전율이 흘렀다. 이때부터 미술에 관심을 가졌다. 고등학교에 진학했을 때는 특성화고등학교이다 보니 미술 수업이 없었다. 필수과목으로 국, 영, 수 외에 예체능은 체육과 음악만 있었고, 그마저도 3학년 때는 공부에 치중하여 과목만 존재할 뿐이었다. 나머지는 전공수업을 들어야 했다.

　20대 초반 시간적 여유가 생기기 전까지는 미술을 잊고 살았다. 다시 미술에 발을 들이게 된 계기는 '마음의 휴식을 찾고 싶어서'였다. 성인이 되고 나서 취미로 미술을 하는 경우가 많다고 들어서 관심을 갖게 됐다. 휴무일에 취미로 미술을 배울 수 있는 곳을 알아보게 되었고, 처음 배운 것이 '인물 소묘'였다. 스케치북, 지우개, 4B연필, 세 가지만 있으면 그림을 그릴 수 있고 작품을 완성할 수 있었다. 초보자도 조금만 연습하면 금방 그림을 따라 그려 작품을 표현할 수 있었기에, 흑과 백의 명암으로만 이루어진 아름다운 작품세계를 내 손으로 그려 볼 수 있었다. 스케치하고 연필로 입체감을 조금씩 표현하면서 그림이 완성되어 가는 것을 봤을 때 조금씩 욕심이 생겨났다. '아, 조금만 더 여길 표현해 볼까?', '아, 여기 더 섬세하게 표현해야 할 것 같아!', '다 된 것 같은데, 선생님께 여쭤볼까? 아니야, 분명 좀 더 잘 그릴 수 있을 거야.' 계속 그림을 관찰하고 끝까지 그렸다. 완성할 때까지 완성한 것이 아니었다.

수업을 신청할 때는 3개월이 기본 과정이었다. 3개월 동안 흑백 연필로만 그림을 그렸다. 함께 수업을 들을 때 인물 소묘만 그리는 분들이 계시는 것이 아니었다. 유화, 아크릴, 목탄 등 다양한 미술 도구를 활용한 작품을 그리고 계신 분들이 있었다. 간혹 수업을 마치고 정리 후 지나갈 때 보면 시선을 사로잡았다. 색감이 풍부하고 질감이 들어가 그림이 입체적으로 보이게 하는 채색 방법이 궁금하게 만들었고, 그러한 작품들이 발걸음을 멈춰 서게 했다. 그리고 나를 상담실로 이끌었다. 색채가 풍부하고 다양한 미술 도구를 사용해 보고 싶었다. 하지만 다녔던 학원의 커리큘럼에는 유화 수업뿐이라 고민되었으나 선택지가 없었다. 처음에는 경험해 보지 않았던 세계라서 즐거운 마음으로 시작했다. 다양한 채색 방법을 배울 때까지도 좋았다. 붓으로 색을 칠하는 방법, 나이프로 색을 칠하여 입체적으로 표현하는 방법 등을 배웠다. 이때까지는 마음이 들뜬 상태였다. '멋진 작품을 표현해 봐야지!'라는 생각이었다. 그러나 즐거움과 흥미도 잠시, 유화로 한 작품을 완성하는 데 기본적으로 걸리는 시간은 사람마다 차이가 있겠지만, 최소 일주일 이상 걸린다. 작품의 크기에 따라 몇 달이 걸리기도 한다. 물감을 바르면 말리고 다시 칠하고 또 말리고 다시 바르고, 이 과정을 반복해서 작품을 완성해 나가는 것이다. 성미가 급한 나와는 맞지 않았다. 좀 더 나와 맞는 커리큘럼의 미술 수업이 있는 다른 학원을 찾아보았다. 상담을 먼저 진행했다. '해보고 싶은 것'이 어떤 것인가를 잘 들어주셨고, 나에게 맞게 커리큘럼을 맞춰주셨다. 소묘를 배우면서 연필로 그림을 그리는 작업은 해봤으니까 다양한 미술 도구를 사용한 작품 활동을 해보고 싶었다.

선생님께서 원하는 방향의 수업을 구성해 주셨다. 수업은 주 1회였지만, 매주 그림을 그리러 가는 시간이 기대되었다. '오늘은 어떤 도구를 사용하여 어떤 작품을 표현해 볼 수 있을까?' 기대됐다. 색연필, 오일파스텔, 목탄 등 여러 가지 재료를 사용하여 다양한 소재로 표현하는 방법을 배웠다. 어디서 배우든 3개월이 기본 과정이다. 3개월이라는 시간이 긴 것 같지만, 막상 시작하니 금방 지나갔다. 정말 다양한 것을 배웠다. 유화는 오래 걸렸는데, 오일파스텔을 이용하여 유화처럼 표현하는 방법, 색연필을 이용한 일러스트, 목탄을 이용한 드로잉, 잡지를 이용한 콜라주 기법 등 다양한 재료와 수업 방식이 도움이 많이 됐고, 미술에 대한 흥미를 더욱 깊어지게 만들었다.

하지만 더 이상 학원에 다니고 싶진 않았다. 그러나 그림은 그리고 싶었다. 그림을 그리려면 도구가 필요하다. 스케치북, 연필, 붓, 물감 등 각종 미술용품이 필요하다. 언제든지 그림을 그리고 싶을 때마다 많은 도구를 챙기려면 힘들어서 계속 고민했다. 우연히 디지털 드로잉에 대해 알게 됐다. 2018년 12월쯤 처음으로 큰마음 먹고 아이패드를 구매했다. 디지털 드로잉하면 '프로크리에이트'라는 앱이 가장 널리 사용되고 있다. 유료이지만 한 번 구매하면 평생 사용 가능하고, 지속적인 업그레이드도 해준다. 연필로 그린 소묘부터, 수채화, 유화 등 다양한 느낌을 모두 디지털 드로잉으로 표현이 가능하고, 아이패드만 휴대하면 언제 어디서든 그림을 그릴 수 있다는 것이 장점이다. 디지털 드로잉도 처음에는 어떻게 해야 하는지 잘 몰라서 〈클래스101〉이나 〈숨고 클래스〉, 〈클래스유〉 같은 플랫폼에서 온라인 강의를 들었다. 하나씩 강의를 들으면서 작품을 따라 그리고, 완성할 때마다 재미있고, 그림을 그리는 동안 다른 생각하지 않아도 되고 오로지 그림에만 집중할 수 있어서 좋았다. 이런저런 수업을 다양하게 들어보고 그림을 따라 그리면서 나의 그림

취향도 알아보았다. 캐릭터 일러스트, 팝아트, 민화, 동양화, 인물화 등 다양했다. 디지털 드로잉을 하면서 간단한 일러스트부터 수묵화, 유화, 수채화 등 다양한 작품을 모두 경험해 봤다. 아이패드 하나로 수많은 미술 도구 없이 다양한 미술작품을 표현할 수 있다. 심지어 도화지 재질까지 만들어서 표현하니, 실제로 까슬거리는 느낌의 재질을 살려서 표현한 것처럼 디지털 드로잉으로도 그려낼 수 있다. 아이패드를 잘 활용할 수 있는 필수 어플 추천 영상은 유튜브를 검색하면 많이 나온다. 공통으로 '프로크리에이트'라는 앱을 반드시 추천해 주는데, 이 외에도 'Clip Studio', 'Tayasui Sketches', 'Sketchbook' 등 그림을 그릴 수 있고 활용도가 좋은 앱이 몇 개 있다. 추천하는 모든 사람이 태블릿 PC가 비싼 만큼 구매 가치가 있는 앱이라고 적극적으로 추천하는데 그에 매우 동의하는 바다. 그림을 그리면 집중하게 되고, 잘 그리고 싶은 마음이 생긴다.

처음부터 잘 그릴 수는 없겠지만 어떻게든 잘 그리고 싶은 욕심 때문에 한 작품을 그리는데 분명 수강 시간에는 30분 이내로 따라서 완성이 되어야 함에도, 한 시간이 지나고 두 시간이 지나서야 겨우 완성할 때가 많았다. 어떻게든 잘 그려보겠다고 완벽함을 추구했다. 특히 인물 그림을 그릴 때는 최대한 똑같이 따라서 그리기 위해 그리고, 지우고 다시 그리고, 반복에 반복 작업을 더 했다. 처음으로 그렸던 팝아트 성향이 강한 '뭉작가의 아이패드 인물화 첫걸음'을 듣고 따라 그렸을 때는 똑같이 그려보겠다고 기를 쓰고 무한 반복으로 그림을 그렸다. 몇 날 며칠이 걸려서 완성했다. 원본과 내 작품을 나란히 바라보니 심장이 두근거렸고, 스스로 매우 자화자찬 했다. 첫 완성작에 뿌듯했다. 처음 그리는 디지털 드로잉이고, 무엇보다 따라 그리는 것이다 보니 욕심이 생겨 오래 걸리지 않았나 생각했는데, 계속해서 그림을 그리다 보니 어떤 작품을 그리든 오래 걸렸고, 똑같이 그리려고 하는 습성이 있었다. 예전에 행동 유형 검사를 한 결과 완벽주의 성향이 있다고 했는데, 그림을 그릴 때 그특성이 드러난다. 잘 그리고 싶다는 욕심 때문에 작품을 완성하는 데 오래 걸리지만, 그림을 그리다 힘들면 '그래, 오늘은 여기까지만 하자.'며 여유로운 마음가짐과 자세로 마주했다.

지치고 힘든 일상에서 마음을 치유해 줄 수 있는 활동을 찾았다. 그림을 그리는 시간은 마음을 차분하게 진정시키고 몰입하게 해준다. 그림을 그릴 때만큼은 세상과 단절되어 집중할 수 있고, 완전히 작품 활동에 빠져 몰두할 수 있어서 좋다. 다른 생각을 하지 않는다. 급한 성격에 불같이 화를 내고 부딪치며 살아온 인생을 그림을 그리며 조금씩 가다듬기 시작했다. 다음은 어떤 활동을 통해 마음을 치유할 수 있을지 새로운 취미 활동을 찾아보려 한다.

5

새벽 기상, 오늘 나는 인생을 시작한다

최유화

　새벽 4시 30분, 평균 기상 시간이다. 주말, 공휴일 예외 없고, 여행지에서도 마찬가지다. 이렇게 실천한 것이 358일째, 다음 주면 1년이다. 새벽 기상을 하는 사람들은 이유가 있다. 건강 때문에 운동이 필요하거나, 중요한 시험을 치러야 할 수험생이거나, 멀리까지 출근해야 하는 직장인 등 간절한 무엇인가가 있는 사람이다.

　그동안 나는 일찍 일어날 이유가 없었다. 수험생이던 시절 평일 아침, 엄마의 목소리가 들린다. 세 명을 동시에 깨워야 하는 엄마의 목소리에는 이미 '바로 안 일어나면 한 소리 들을 각오해.'라는 메시지가 있었기에 눈이 번쩍 뜨였다. 지금 일어나면 밥을 먹고 씻는다고 해도 시간이 넉넉하다. 한 번씩 엄마의 큰 목소리에도 다시 잠이 들 때가 있다. 그때는 잔소리 폭탄을 가방에 넣은 채 택시를 탔다.

　대학생이 되고 나서는 자가 알람 시스템을 도입했다. 강의 시작

2시간 전으로 맞춰둔다. 첫 알람은 무조건 못 들은 것이고 두 번째, 세 번째 알람쯤 되었을까? 갑자기 강의 시작 1시간 전이다. 벌떡 일어나 머리도 덜 말린 채 뛰쳐나간다.

기상 시간이 수시로 변했고, 씻고 이동하는 데 필요한 시간을 치밀하게 역산했다. 학교에 지각하지 않기 위해, 회사에 제일 늦게 도착하지 않기 위해서 일어났다. 시간의 중심은 내가 아니었고, 늘 사건과 일이 중심을 차지하고 있었다.

매일 3시간이 간절한 때가 있었다. 새벽 기상을 하게 된 첫 번째 사건이다. 지금이야 웃으며 얘기하지만, 그 시점을 기준으로 흰머리가 뽑지 못할 수준으로 늘어나게 되었다. 실로 고통의 시간이 있다.

6년 전 승진 시험을 준비할 때였다. 마지막 한 과목이 내 발목을 잡았다. 도대체 같은 시험을 몇 번째 보는지 모르겠다. 퇴근하고 아파트 독서실에 앉았다. '지난해 고사장에는 대부분이 후배던데...'라는 생각은 심장을 조여왔다. 남편의 '괜찮아. 승진 안 해도 돼' 시험을 포기하라는 듯한 말들이 머릿속을 맴돌았다. 전화가 왔다.

"규희가 계속 울어."

도대체 어쩌란 말인지. 화가 나면서도 어쩔 수 없는 상황에 책을 덮고 집으로 돌아갔다. 우는 아이를 보며 나도 울고 싶었다. '다른 직장맘들은 공부도 잘만 하던데. 다른 가족들은 애만 잘 봐주던데. 나는 왜...'

공부법을 뒤지기 시작했다. 짧은 시간에도 효율을 올릴 방법이 없을까? 그때 눈에 띄었던 책이《강성태 66일 공부법》이었다. '일어 나자마자 명상하고, 가장 중요한 일을 먼저 하라.' 그래! 아침 시간을 이용해 보자. 가장 머리가 잘 돌아가는 시간이라고 하니 잠깐이 라도 보고 출근하면 더 기억에 남겠지. 6시에 일어나 1시간 공부했는데 꽤 괜찮았다. 잡생각이 들지 않았고, 제일 좋았던 점은 남편과 아이가 방해하지 않았다는 거다. 5시로 당겨보고, 4시까지 일어나 게 되었다. 불과 일주일만의 일이었다. 급하긴 급했나 보다. 책 제목 대로 66일을 넘겼고, 승진 시험의 마지막 과목에서 드디어 합격하게 되었다.

물론 합격과 함께 새벽 기상은 물보라처럼 사라졌다.

온갖 불안감과 답답함으로 꽉 찼던 시기가 있었다. 매일 아침 명상으로 겨우 달래고 있을 때였다. 그러나 처음의 간절했던 마음과는 달리 100일이 넘으니 지지부진했다. 그때쯤 감사일기 아이템을 발견했다. 제발 내 인생에서 감사한 일 좀 발견해 보자는 생각이었다.

일어나자마자 감사일기 책을 폈다. 눈을 몇 번을 비벼도 반밖에 뜨이진 않았지만, 그 상태로 떠오르는 생각을 노트에 적었다. 나중에 적은 것을 보니 지렁이 반 글씨 반이다. 도대체 무슨 말인지 알수가 없었다. 졸려서 그냥 넘어간 날도 많았다. 같은 책으로 매일 꾸준히 적고 있는 사람들과 2달 이상의 차이가 날 때쯤 정신이 들었다. 안 되겠다. 그들 틈에 끼여보자. 감사일기 커뮤니티에 발을 담그게 되었다.

다른 사람들이 보는데 '글씨도 좀 신경을 써야겠지?', '컬러 펜으로 좀 예쁘게 적어볼까?' 하다 보니 기상 시간이 5분씩 앞당겨지게 되었다. 30분이 당겨질 때쯤 알람은 10분 단위로 계속 울어댔다. 남편은 시끄러운지 돌아서 눕는다. 나도 일어나고 싶다고. 그 모습을 보니 바로 정신이 들었다.

30분의 여유시간이 생기니 운동도 하고 싶었다. 아파트 단지 내를 딱 5분 뛰고 들어왔다. 그러다 10분은 뛰어야지 하면서 또 기상 시간을 당겼다. 막상 시간이 1시간 정도 생기니 '책을 좀 읽어 봐?'라는 생각이 들었고, 두 달에 걸쳐서 4시 반까지 시간이 당겨졌다. 1일 1 포스팅도 가능하게 만들었고 전자책 쓰기, 독서 모임 꾸리기, 내 강의 만들기, 책 쓰기 등 하고 싶은 일이 생겼을 땐 무조건 할 수 있게 되었다. 새벽 시간은 더 이상 시간의 개념이 아니었다. 시간과 공간을 초월한 상태다. 10분도 공부하기 힘들어하던 내가 2시간 반을 내리 집중한다는 것은 기적이었다.

"새벽 기상해요!"라는 말을 하게 되면 꼭 대단하다는 말을 듣는다. 이것이 1년 동안 유지해 올 수 있었던 비결 중 첫 번째이다. 네이버 포스팅에 그렇게 글을 적으면 이웃들의 응원을 받는다. 안 할 수가 없는 상황이 되는 것이다. "아니에요. 누구나 다 하실 수 있어요." 하면서 더 열심히 하게 되는 것이 사람의 심리다.

두 번째 비결은 끊임없이 '동기부여해 주는 것'이다. 듣고 싶은 강의와 참여하고 싶은 프로젝트를 계속 제공했다. 한 강의가 채 끝나기도 전에 다음 강의를 결정해 멈추지 않고 기회를 제공했다.

한참을 달리다 보니 '대단하다'라는 말이 한 가지 의미가 아니라는 것을 알게 되었다. '왜 저렇게 힘들게 살지?', '좀 어려운가?', '유별나네' 등등. 물론 자격지심이겠거니 하면서 거울을 보는데, 충혈된 눈과 다소 지친 내 얼굴이 행복해 보이지만은 않았다. 나는 그들과 달랐다. 해결하지 못한 숙제가 있었고, 결핍을 채우기 위해 애쓰는 사람이다. 충혈된 눈을 통해 보이는 그들의 편안함과 안전함이 아름다웠다. 진정으로 부러웠다.

그래! 부러우니까 또 열심히 해보자. 세 번째 비결은 늘 부러운 사람들이 있다는 것이다. 애플의 최고 경영자 팀쿡, 스타벅스 CEO 하워드 슐츠가 대표적인 새벽형 인간이다.

난 부지런하고 빠릿빠릿한 사람이 아니다. 일을 미루는 데 선수이고, 계획 없이 무식하게 일찍 일어나는 사람이다. 그 시간이 내 미래를 바꿔주겠지 하는 얄팍한 믿음을 가진 사람이다. 그래서 새벽 기상을 할 수 있었는지도 모르겠다. 성과에 상관없이 오로지 나만 생각하고 나를 위한 시공간을 사랑했다.

"4시 30분? 대단하긴 한데, 너무 힘들게 사는 거 아니야?"

새벽 기상 1년 차가 듣는 말이다. 직장을 다니고 있고, 육아도 해야 하기에, 방법은 더 일찍 일어날 수밖에 없다는 부연설명을 꼭 한다.

시작은 평소보다 딱 5분 먼저 일어난 것이다. 감사 일기를 줄지 않고 매일 쓰는 것이 목표였다. '무엇이든 하고만 싶었던 나'를 '무엇이든 하는 나'로 바꾼 소중한 시간이다. 운동도 하고 싶고, 책도 읽고 싶고, 글도 쓰고 싶어졌다. 놀라운 점은 그것이 다 가능하게 되었다는 것이다.

원래 부지런해서가 아니다. 지금도 여전히 마감 시간을 겨우 지키고, 할 때마다 '하고 싶지 않다.'라는 나와 늘 싸운다.

새벽 기상을 하면 내가 '내 미래'를 보게 된다. 아름다운 내 미래를 보며 설레는 시간. 그 시간을 만나러 나는 다시 알람을 확인한다.

6

공부, 나를 강하게 만드는 습관

이자람

✦

블로그나 인스타그램 같은 SNS에서 소통하는 것을 좋아한다. 나와 관심사가 비슷한 사람들과 소통하다 보면 공감대도 형성되고, 서로 자극도 되고, 그 안에서 느끼는 즐거움이 있기 때문이다. 우리가 함께 모여서 하는 우스갯소리가 있다. "지금처럼 고등학교 때 공부했으면 서울대학교에 진학했을 것 같아요."라는 이야기이다. 나 역시 자기 계발에 관해 공부하면서 '고등학교 때 이렇게 공부를 안 했을까?'라는 안타까움이 있었다. 직업이 학생이었던 시절에는 공부가 힘들었지만, 지금은 공부를 생각하면 신나고 의욕이 불타오르기 때문이다. 학창 시절에도 매일 수학 문제를 연습장에 꽉 채워 적어서 내고, 영어단어도 하루에 몇십 개씩 외우고, 모의고사도 자주 풀고, 오답 노트도 썼다.

할 수 있는 노력은 열심히 했는데 왜 이런 생각이 들었을까? 나뿐 아니라 다른 사람도 이렇게 느끼는 것을 보니, 고등학교 때의 공부와 성인이 돼서 하는 공부는 차이가 있음이 분명하다. 그 이유에 대해 생각해 보았고, 지금은 공부가 재미있는 몇 가지 이유를 찾았다.

첫 번째 이유는 바로 확실한 동기와 목표가 있어서다. 고등학교 때는 명확한 목표가 없었다. 물론 대학교에 가야 하는 목표가 있었지만, 그 목표는 그저 성적과 숫자를 위한 목표일 뿐 공부 자체의 흥미와 재미를 이끄는 것도, 나의 심장을 뛰게 만들기도 부족했다. 반면 지금의 나는 경제적, 시간적 자유를 얻겠다는 목표가 분명하다. 또한 내가 공부해서 얻은 것을 나눔으로써 더 많은 사람이 행복하고, 재미있게 일하며 삶을 즐겼으면 하는 바람이 있다. 이 바람들이 지금 내가 공부하는 원동력이다. 두 번째 이유는 공부로 인한 성과가 눈에 띄기 때문이었다. 대학교에 진학한 후 공부하면서 다양한 자료를 모았고, 자료들을 나만의 언어로 정리했다. 이런 자료들은 내가 이후 학생들 수업을 진행하면서 예상치 못한 벽에 부딪히거나, 해결해야 할 사항이 생기게 되면 큰 도움을 주었다. 공부한 자료들로 내가 도움을 얻다 보니 지인들에게도 정리한 것들을 나눠주게 되었고, 그들에게 수업의 질과 삶을 바라보는 시각이 변했다는 이야기를 들었다. 내 노력의 열매가 타인에게서 맺어지니 뿌듯했다. 공부한 보람이 느껴졌다.

새로운 분야를 알아가는 것을 좋아한다. 특히 한 분야에 대해 알고 싶으면 그것에 관련된 모든 지식을 알고 싶은 마음이 생긴다. 학창 시절 좋아하던 과목인 언어와 사회영역은 즐겁게 공부했고, 관심이 없던 수학은 재미가 없었다. 그래서 빨리 대학교에 진학하고 싶었다. 대학교는 원하는 수업만 들을 수 있고, 하고 싶은 공부만 할 수 있기 때문이었다. 바라던 대학교에 진학했고, 원하는 공부만 있는 건 아니었지만, 전공 분야와 관련된 다양한 공부를 하면서 공부하는 나만의 방법을 깨우치게 되었고, 내가 공부하고 싶은 분야의 정보를 모으는 방법도 알게 되었다. 방법을 찾아가다 보니 공부가 재미있어졌다.

독서와 공부는 하는 행동은 비슷해 보이지만 실질적인 결은 다르다. 독서는 누군가가 정리해 놓은 생각과 글을 읽고 내 것으로 만드는 것이라면, 공부는 어떤 분야에 대해서 객관적인 사실을 펼쳐 놓은 것을 나만의 언어로 정리하고, 각자 분류체계에 따라 나눠서 머릿속에 저장하는 과정이다. 공부는 태어나면서 누구나 하는 것이고, 모두가 자기만의 공부 방법이 있는데, 그냥 해야 해서 공부하기보단 목적을 어디에 두고 공부하냐에 따라, 공부라는 것은 자기를 키울 수 있는 엄청난 무기가 된다.

처음 나에게 공부는 호기심을 채우기 위한 수단이었다. 대학교 수업시간에 교수님이 언급했던 하나의 단어에 꽂히면 수업을 마친 후 도서관에 가서 관련 있는 책과 자료를 찾아서 공부하곤 했다. 상대적으로 늦게 시작했지만, 대부분의 이론 과목들을 이렇게 공부해서 부족한 지식을 자발적인 공부로 넓혀갔다. 공부라는 것은 한번 시작하면 연쇄적으로 호기심이 생긴다. 하나를 알게 되니, 관련 있는 다른 분야도 점점 궁금해졌다. 예를 들면, 처음에는 음악의 역사나 피아노 문헌에 관해 공부를 시작했고, 음악의 배경 지식을 어느 정도 알고 나니까 연주를 잘하는 방법에 대해서 궁금해졌다. 이것을 테크닉이라고 하는데, 테크닉적인 관점에서 보면 얼마나 신체를 잘 사용하느냐에 따라서 연습의 효율성과 연주의 질이 달라진다.

테크닉에 관해 공부하다 보니 신체의 구조를 알고 싶어졌다. 근육과 뼈의 해부학적인 구조에 대해 알고 싶어졌다. 이처럼 공부에 대한 호기심은 커다란 케이크를 한쪽 구석에서부터 조금씩 먹는 느낌이다. 내가 얼마나 큰 케이크를 골랐는지는 모르면서 조금씩 나의 것으로 만드는 것이다. 이렇게 나를 위한 공부로 조금씩 채워가다 보니 모든 것이 재미있었다. 공부로 얻은 지식을 바탕으로 수업하며 실습해 보고, 이 경험은 나의 지식으로 쌓여갔다. 학생들의 실력이 늘어 대회에 입상하고, 좋은 학교에 진학하면서 내가 쌓아온 성과가 눈에 보이기 시작했다. 공부와 경험의 힘이 쌓여서 '피아노 교육 전문가 이자람'이라는 성이 쌓아진 것이다. 이렇게 나를 키울 수 있는 좋은 도구가 가까이에 있는데 소중한 지식을 더 많은 사람이 알면 좋겠다고 생각했다.

나를 위한 공부가 아니라 타인을 위한 공부가 필요하다고 느낀

시점이다. 앞서 말했듯 공부한 내용을 주변 사람들에게 나눠주었다. 그들이 변화하는 모습이 느껴졌다. 앞서 말했던 것보다 더 큰 뿌듯함이 느껴졌다. 더 많은 사람에게 내가 공부한 것을 나눠 주고 싶었다. 그래서 시작한 것이 블로그다. 초창기 나의 블로그는 맛집을 올리거나, 협찬받은 제품들을 사용해 보고 올리는 용도로만 사용했다. 익명성이 있는 온라인에 나의 이름을 걸고 공부한 내용을 올릴 수 있을 거라곤 상상도 못했었다. 무려 지금으로부터 10여 년 전의 일이니 말이다.

굳게 마음은 먹었지만, 실행에 옮기는 것이 어려웠다. '나와 다른 생각을 하는 사람이 태클을 걸면 어떻게 하지?', '내가 혹시 잘못된 정보를 올리면 어쩌나?', '누가 내가 올린 것을 가져가서 본인이 했다고 도용하는 건 너무 싫은데...' 등등 다양한 두려움과 걱정이 앞섰다. 하지만 용기를 내서 하나하나 올렸다. 작품을 레슨하는 방법을 소개하고, 학생들을 콩쿠르에 내보내면서 연주할 곡을 고르거나, 점수를 잘 받게 만드는 글도 썼다. 나이대별로 적합한 곡을 정하는 법도 소개하고, 작품을 연주하는 방법들도 올렸다. 하나둘씩 나를 추가하는 이웃들이 늘어나기 시작했다. 처음엔 겁이 났다.

좀 더 좋은 내용을 올려야 할 부담감도 생기고, 갑자기 받는 관심에 이상한 기분이었다. 하지만 꾸준히 올렸고, 댓글들로 많은 피드백을 받았다. 자료들을 받고 고맙다는 말도 듣고, 학생이 큰 상을 받았다는 이야기도 들었다. 내가 직접 성과를 얻은 것만큼 뿌듯하고 기뻤다. 그리고 나의 블로그를 보고 찾아온 전국 각지의 사람들을 도와줄 수 있게 되었다. 간절하게 대학원 진학을 바라는 분들에게는 다양한 교육철학과 피아노 교육에 대해 코칭을 해주고 꿈을 이루게 도와줬다. 학생을 늘리고 싶거나, 가르치는 능력을 높이고 싶은 사람들에게 노하우를 전수해 줌으로써 부가수익도 창출하고 있다.

목표와 방향이 있는 공부는 이처럼 강력한 무기가 된다. 시작은 호기심이었지만, 시간이 흘러 나만의 것으로 쌓여가며 경쟁력이 되고 나만이 가진 도구가 되었다. 그리고 그것은 '이자람'이라는 브랜드를 만들어 주었다. 오프라인에서, 내가 활동하는 지역에서 유명한 사람만으로 만족하지 않고, 공부한 것을 나눔으로써 검색하면 나오는 전문가가 된 것이다. 퍼스널 브랜딩, 심리학, 코칭까지 끊임없이 공부하고 있다. 음악이라는 틀을 벗어나서 사람들과 행복하고 가치 있는 삶을 함께 만들어가고 싶다. 공부로 인해 나의 삶은 이렇게 변했다. 아직도 성장하고 싶다. 또 다른 책을 펼쳐야겠다. 더 빛날 나의 미래를 위해서.

7

습관 만들기, 좋은 습관이 좋은 인생을 만든다

최은아

◆

나는 아침잠이 많다. 아침밥을 먹는 것보다 5분이라도 더 자는 게 중요하고, 아침에 머리를 감고 말리려면 일찍 일어나야 하니까 저녁에 머리를 감고 잔다. 그런데 이렇게 잠이 많은 내가 꼭 하고 싶은 게 새벽 기상이다. 알람을 맞췄다. 5시, 망설임 없이 알람을 끈다.

5시 반, 일어나고는 싶은데 눈이 떠지지 않는다. 다시 알람을 끈다. 6시, 6시 반 크게 달라지지 않는다. 비몽사몽 알람 끄기를 반복하니 옆에 있던 남편이 일어나지도 않을 거면서 왜 그렇게 알람을 맞춰놓냐며 삭제하라고 핀잔을 준다. '흥, 내일은 꼭 일어나고 말 거야.' 다음 날 새벽 6시쯤 알람을 끄고 눈을 떴다.

정신 차려야겠다고 생각하면서 간신히 눈만 뜬 채로 침대에 누워 있으니 옆에 있던 남편이 또 한소리를 한다. "일어났으면 좀 움직여라. 그렇게 눈만 뜨고 있을 거면 그냥 다시 자라." 맞는 말이어서 마땅히 받아칠 말도 생각나지 않아 그냥 옹알이처럼 구시렁구시렁 싫은 티를 낸다. 그래도 가끔은 일찍 일어나서 책도 읽고 스트레칭을 하기도 한다. 문득 일찍 일어나는 새가 벌레를 잡는다는 말이 생각났다. 그건 잠이 많은 새에게는 해당하지 않을 테다.

일찍 일어난 새는 벌레를 잡으러 다녀야 하는데, 벌레를 잡기도 전에 피곤해져서 먹이도 못 구하고 잠들 수 있다. 새벽 5시에 일어난 날은 유난히 더 피곤해서 일의 능률도 떨어지는 것 같고, 저녁도 먹지 못하고 꾸벅꾸벅 졸다가 다음 날 더 늦게 일어나는 나는 아침잠이 많은 일찍 일어난 새였다.

왜 새벽 기상을 하고 싶었는지 생각해 보았다. '새벽 기상을 하며 삶이 변화되었다는 작가의 책을 읽고, 내 삶도 저렇게 멋진 변화가 생기지 않을까 하는 기대감이었나. 즐겨보고 좋아하는 자기 계발 전문가들과 강연가들이 하나같이 모두 새벽 기상을 추천했기 때문인가.' 모두가 이유였다. 새벽 기상을 하지 않으면 인생이 망할 것 같은 기분이 들 정도였으니까. 그러나 내가 새벽 기상을 위해 노력했던 궁극적인 이유는 단순히 어제보다 조금 더 여유로운 아침이었으면 좋겠다는 바람에서였다. 조용한 새벽에 책을 읽으며 차 한 잔을 마시는 모습을 상상했었다. 새벽 운동을 하며 하루를 시작하는 나. 아침마다 촉박한 시간에 일어나라, 챙겨라, 서둘러라 말하지 않고 여유롭게 아침을 먹고 기분 좋게 집을 나서는 모습을 그려서 였다. 세상살이 수학 문제처럼 완벽한 정답은 없을 테지만, 누군가에게 쫓기는 것처럼 정신없는 아침을 보내지 않으려면 조금 더 일찍 일어나야 함은 반박하지 못할 정답이었다.

새벽 기상은 새벽 5시에 일어나는 것이 목표가 아니라, 새벽에 일어나 여유로운 시간을 찾는 것을 목표로 의미를 재설정했다. 내가 포기하지 않고 시작할 수 있는 수준의 루틴을 만들기 위해 주 2회 아침 요가를 등록했다. 6시 30분에 시작하니 적어도 6시에는 일어나야 했고, 나의 새벽은 그렇게 6시에 시작되었다. 그 시간에는 신랑이 집에 있으니 빼먹지도 못하고 무조건 기상을 해야 했다. 처음엔 요가 수업이 있는 날에만 6시에 일어났는데, 이제는 다른 날도 같은 시간에 일어나려고 노력한다. 일어나서 책을 읽기도 하고 일정 정리를 하기도 한다.

요즘은 공저 작가로 참여하게 되어 글을 쓰며 아침을 맞이한다. 새벽, 나를 돌보는 시간을 갖고 난 뒤에는 아침을 준비하고 아이들을 깨운다. 간단한 아침을 먹고 각자 등교와 출근 준비를 한다. 그렇게 적당히 여유로운 아침은 내가 원하는 하루의 시작이었고, 설레는 아침을 덤으로 선물해 주었다. 이렇게 설레는 선물을 받았음에도 아직 6시에 일어나는 일이 쉽지 않다. '좀 더 잘까?'라는 생각을 어제도 했고 오늘도 했다. 그래도 계속 노력하고 있다. 새벽 기상이 습관이 되어 알람 없이 일어나는 날을 고대하며.

　단정하고 단순한 미니멀리스트 살림을 동경한다. 정리 정돈이 습관으로 자리 잡아야 하는 일인데, 도통 그건 혼자 하기가 어려워 정리 정돈 리추얼 모임에서 정리 습관 만들기 도움을 받았다. 책 읽기를 좋아하면서도 항상 다른 일들에 밀리는 책 읽는 습관을 잡기 위해 매일 꾸준히 책을 읽어야 하는 독서 모임에도 들어갔다. 이렇게 나 혼자 만들기 어려운 습관은 도움을 받을 수 있는 모임을 적극적으로 활용했다. 할 수 있다. 긍정적인 피드백과 열심히 하는 다른 멤버들이 나에게는 좋은 자극이 되어 주었다.

　습관도 전략이다. 쌓아가는 노력도 중요하지만, 비워내는 노력이 먼저였다. 일찍 일어나려면 늦게 자는 습관을 버려야 했고, 정리 정돈을 잘하려면 물건을 아무렇게나 놓는 습관을 버리고, 꼭 필요한 물건만 구매해야 했다. 나는 습관 채우기에 급급해, 버리는 것은 소홀하게 생각했다. 왜 자꾸 실패 기록만 늘어나는 걸까. 나는 왜 이렇게 의지가 부족할까. 어차피 해도 안되는 건가? 나쁜 습관을 유지한 채로 좋은 습관을 만들려고 애쓰다 보니 두 배, 세 배로 힘들었다. 좋은 습관을 만들고 싶다면, 갖고 싶은 습관들을 목록화하고 작은 단계부터 연습하기, 버리는 습관은 플러스알파가 아니라 기본 전제 사항임을 기억해야 한다. 그리고 내 습관 리스트는 달라졌다.

<채우기 습관>

6시 기상, 1일 1 정리, 텀블러에 있는 물 다 마시기, 하루 30분 책 읽기, 아이들과 있을 때는 핸드폰 하지 않기

<비우기 습관>

12시 전 취침, 사용한 물건 제자리 두기, 사고 싶다고 바로 사지 않기(일주일 뒤 다시 생각하기), 아이들과 있을 때 핸드폰 다른 방에 두기

부족하지만 갖고 싶은 이런 것들이 오랫동안 나도 모르게 내 몸이 지속하기를 바라는 마음에 하루 루틴처럼 적고 실행하고 있다. 여전히 어렵고 지켰다 못지켰다를 반복하고 있다. 완벽하게 되면 좋을테지만 알맞게 채워지고, 알맞게 비워지면서 나에게 맞는 습관이 만들어지는 과정을 즐겨보려 한다. 실패가 아니라 나만의 습관이 만들어지는 과정이라 생각하니 나는 왜 이렇게 의지가 약할까하며 탓하던 날들이 그럼에도 불구하고 내일 또 도전하는 마음이 단단한 행복루티너로 거듭났다고나 할까.

'좋은 습관'이 '좋은 인생'을 만든다.

'나의 습관'이 '나의 인생'을 만든다.

누구나 할 수 있는 말이지만 누구나 실천하기는 힘든 일이다.

나는 내일 더 좋은 인생을 살고 있을 테다.

가랑비에 옷 젖듯이 조금씩 쌓이는 '좋은 습관'이 '좋은 인생'을 만들어 줌을 절대 의심하지 않는다.

8
모임, 함께라서 가능하다

하민정

✦

    나의 관심사는 자녀 양육과 교육이었다. 코로나 사태로 인도의 모든 학교는 2년 가까이 온라인 수업을 했다. 외부 활동을 거의 할 수 없어서 모든 시간을 아이들과 함께 집에서 지냈다. 학교 수업이 온라인으로 있었지만, 아이들이 어려서 엄마의 도움이 필요했기에 매 순간 함께 있다 보니 스트레스가 쌓여갔다. '어차피 학교도 못 다니는 거 차라리 홈스쿨을 할까?'라는 생각에 정보를 찾다가 홈스쿨을 돕는 교육을 하는 센터를 알게 되었다. 당시 인도에 있었기 때문에 미국 홈스쿨을 알아봤고, 부모의 준비가 필요하기에 정보를 얻으려는 마음이었다.

    엄마 생활은 수년이지만 교육까지 하려니 막막했다. 그래서 찾게 된 곳이 비전 이룸 센터라는 곳이다. 그곳에서 부모 성장 교육에 참여하게 됐다. 일곱 명의 엄마들이 각자의 고민과 자녀교육에 대한 궁금증을 가지고 모였다. 매주 주제에 맞춰 강의를 듣고, 추천

책을 읽었다. 첫 번째 강의주제는 부모의 정체성이었다. 강의 내용을 듣다 보니 엄마의 정체성을 배우기 전에 한 인간으로서의 정체성과 자존감을 다루고 있었다. 매주 책을 읽고, 나를 돌아보는 시간을 갖게 됐다. 또한 자녀 양육의 기초 및 미래 역량을 키우는 교육 방법을 배우는 시간을 가졌다.

자녀교육에 관련된 강의를 들으려고 했는데, 나의 어린 시절을 돌아보고 내면을 들여다보는 시간을 갖게 됐다. 함께 강의를 듣는 엄마들은 자녀교육뿐만 아니라 좀 더 나은 삶을 살고 싶어 했다. 그래서 배우고, 책을 읽고, 성장하고 싶었다. 16주간의 긴 여정이 끝나고 재독 모임을 시작하기로 했다. 재독은 강의 중 읽었던 책을 다시 정독하거나, 미쳐 못 읽었던 추천 책을 읽고 줌으로 나누는 방식이었다.

그때쯤 나는 한국으로 돌아와서 새로운 지역에 집을 구해 인테리어를 마치고, 필요한 가구와 가전제품들을 구입하는 시기였다. 새로운 삶을 시작하고 있었다. 분주한 시간이었지만 독서 모임을 멈추지는 않았다. 이제는 자녀 양육을 넘어 나의 성장이 간절했기 때문이다.

독서 모임, 이 모임을 통해 두 달 동안 우리는 여덟 권의 책을 읽으면서 한 해를 시작했다. 예전 같았으면 1월은 연초라 바쁘고, 2월은 아이들 새 학기 준비하느라 바쁘다는 핑계로 책 한 권도 읽지 못했을 것이다. 그러나 함께 성장하기를 원하는 엄마들의 마음이 모여서 책을 읽을 수 있었다. 한 사람씩 발표를 하고, 나눔과 적용을 하는 시간을 통해 지금까지 올해 들어서 세 번째 독서 모임을 이어가고 있다.

책을 읽으면서 매번 '이런 책을 왜 아직도 모르고 있었을까?', '이런 주옥같은 이야기들을 왜 나만 몰랐을까?'라고 생각한다. 지금껏 독서를 제대로 하지 않았던 것이 아쉬웠다. 삶의 지혜와 방향을 제시해 주는 책을 안 읽고 나는 뭐 했나 싶었다. 혼자서 책을 읽을 때는 제대로 적용하며 읽지 못했다. 그러나 함께 읽다 보니 완독은 물론, 한 가지 이상씩 적용할 것을 적어 볼 수 있었다. 그리고 실천하고 있는지 서로 체크하는 시간을 통해 배운 것을 행동으로 옮기는 것을 경험하고 있다.

자기 계발이나 자녀교육 책을 읽다 보면 자주 나오는 말이 있다. 독서는 물론 독후감을 쓰거나, 일상 기록이나 감사일기 같은 글을 쓰라고 권한다. 글을 쓰다 말다 하다 보니 성취감이 없고 흥미도 크지 않았다. 글을 쓴다는 것은 결국 누군가가 읽어주고 공감될 때 더 큰 영향력이 생기는 것 같다. '하지만 누가 내가 쓴 글을 읽어줄까?' 나의 글을 읽어줄 공간이 없었다. 그러다 블로그에 글을 써야겠다고 생각했다. 거의 활동하고 있지 않던 블로그를 재정비하기 시작했다. 막상 글을 쓰려니 뒤죽박죽 섞여 있는 생각들을 어떻게 글로 풀어서 써야 할지 막막했다.

그 무렵 BBM(book, binder, mindmap) 커뮤니티에서 진행하는 배돈기(배움을 돈으로 바꾸는 기술) 강의를 듣게 됐다. 배움을 돈으로 바꾸는 기술 중에 글쓰기에 대한 내용이 나왔다. 강의 후 나는 블로그에 어떻게든지 글을 써야겠다고 다짐했다. 강의가 끝나고 그날로 바로 한 달간 블로그에 매일 글쓰기를 이끌어 보겠다고 했다. 처음으로 매일 글을 쓰는 시간이 시작되었다. 혼자서가 아닌 함께하는 블로그 글쓰기를 시작해서 하루도 빠짐없이 글을 써서 올렸다.

혼자였다면 할 수 없을 이유가 많았다. 글을 쓰려면 우선은 앉아 있어야 하고, 혼자만의 시간이 필요하다. 그 시간을 확보하려면 새벽이나 아이들을 다 재우고 난 후 늦은 밤이었다. 처음이라 잘 쓰고는 싶고, 속도는 느리니 시간이 오래 걸렸다. 하루에 한 가지 주제의 글을 쓰는 것이 뭐 대단한 일인가 싶겠지만, 시간 확보가 어려운 엄마로서는 쉽지 않았다. 하지만 모임을 이끌어 가는 사람으로서 소홀하게 할 수 없었다. 이렇게 30일간 매일 블로그에 다양한 글을 썼다.

그 이후로 BBM에서 함께 글을 쓰는 글벗을 시작했다. 글벗은 21일 동안 매일 다른 제목으로 다섯 줄 이상의 글을 쓰는 과정이다. 블로그 글쓰기에 이어서 바로 시작했던 터라 어렵지 않게 느껴졌다. 블로그는 사진도 넣고 다양한 주제를 찾아야 해서 쓰다 보면 길어지곤 했는데, 글벗은 제목을 정해주고 다섯 줄 이상만 쓰면 되니 부담이 적었다. 글을 쓰면서 주제에 따라 하고 싶은 말이 많아지기도 하고, 어떤 주제는 다섯 줄을 겨우 넘기기도 했다. 더불어서 글쓰기의 기초를 알려주고, 반복되는 글과 매끄럽지 않은 글을 찾아 고치는 것을 배워 갔다.

21일간 글을 쓰는 과정은 혼자가 아니라 함께 같은 주제로 쓰는 글이었다. 같은 제목으로 각자의 이야기를 자유롭게 쓰고 댓글로 소통했다. 글쓰기에 조금 더 가까이 가는 시간이 되었다. 그리고 이어진 공저 4기를 쓰는 과정 역시 글벗 사람들과 함께하고 있다.

공저를 써가는 몇 개월 동안 내 삶에 변화가 있었다. 앞서 책을 통해 시작한 블로그를 나 혼자서 벅차게 할 것이 아니라 나와 같은 초보들과 함께 해보자는 생각이 들었다. 그래서 배움을 위해 참여했던 퍼스널브랜딩위드미카페에서 블로그습관챌린지 리더로 지원했다. 이제는 참여자가 아닌 리더로 말이다. 시작은 그야말로 초보가 왕초보를 이끄는 챌린지였다. 그 습관챌린지가 벌써 4개월째 진행중이다. 리더가 되니 마음자세가 달랐다. 배움을 돈으로 바꾸는 경험이 시작된 것이다. 이 모임은 각자 자신의 블로그에 글을 쓰는 것을 체크하는 것이지만, 함께 모여 자신의 이야기를 나누고, 서로의 글들을 통해 소통을 하며 진행되기에 글쓰는 것이 점점 쉬워지는 것들을 경험 중이다. 이렇게 나의 도전은 혼자서 시작한 것 같으나 그 과정은 항상 '함께'라 가능하다.

이전과는 다른 도전을 해보려는 당신에게, 혼자서의 다짐으로는 쉽게 무너지는 당신에게, 같은 곳을 바라보는 좋은 사람들과 함께하라고 권하고 싶다. 이미 이 책을 읽고 있는 여러분은 새로운 자기 모습을 기대하고 있을 것이다. 그래서 무엇이라도 해보려고 하고, 이미 시작했을 수도 있다. 이 여정이 길게 느껴지고 벅찰 때, 나는 함께 성장할 수 있는 곳과 사람을 찾았다. 어떻게 시작해야 하는지조차 알지 못해서 도움이 필요했었기 때문이다. 시간이 지나면서 참여만 하는 사람이 아니라, 작은 모임이라도 이끌어 보는 경험을 통해 중도 포기하지 않고 성장하고 있다. 혁신적인 성장을 경험하고 있다.

이렇게 모임, 함께라서 가능하다.

9

배움, 끝없는 성장을 추구하다

박선우

    2018년 창업을 하고 생각했던 것보다 빠르게 자리를 잡았다. 1년도 되지 않아 이용자는 두 배, 세 배로 늘어났다. 그러나 바로 그 시기에 코로나19가 시작되었다. 방문하여 신생아와 산모를 돌보는 일이 주 업무였던 터라 코로나19는 우리와 고객의 사이에 큰 벽을 만들었다. 모든 예약의 80%가 취소되었다. 서비스를 진행한다고 해도 서로가 서로에게 전염병의 위험을 주지 않을까, 신뢰하지 못한 상황이었다. 곧 끝이 날 것으로 보였던 코로나19는 끝이 보이지 않았다. 한두 달쯤 지났을 때 정신을 차리고 혼자만의 시간을 가졌다. 머리가 복잡한 이 상황을 지금 당장 정리하지 않으면 나는 물론 50명이 넘는 직원들도 더는 버티지 못할 것 같았다.

    생각을 모두 정리하고 당분간은 세 가지만 생각하기로 했다. 첫 번째, 직원들에게 감염관리 교육을 비대면으로 진행하자. 둘째, 모든 일에는 이유가 있는 법! 환경을 위한 휴식을 준 것으로 생각하자. (더 큰 일을 막아주는 것이라 마음먹기!) 셋째, 쉬는 동안 그동안 멈춰둔 학업을 마무리하자. 사실 팬데믹은 감염관리에 대한 간호교육을 하면서 세계적인 환경문제로 인해 언젠가는 오리라고 예상한 일이긴 했다.

직원들에게 비대면 교육을 진행하려면 온라인 강사로서의 역량이 필요함을 느꼈다. 오프라인 강사 경력만 가지고는 어디서부터 어떻게 시작하고 진행해야 하는지 눈앞이 캄캄했다. 그때 마침 최서연 1인 기업 강사가 '줌미팅'하는 방법에 대한 강의를 진행한다는 인스타 글을 보고 바로 신청했다. 한 시간 조금 넘는 강의였는데, 비대면 교육에 대해 전혀 접근해 본 적이 없는 나로서는 그야말로 신세계였다. 컴퓨터가 처음 생겼을 때, 인터넷이 처음 생겼을 때, 처음으로 원격 a/s를 받았을 때의 충격과 비슷한 경험이었다. 코로나로 막혀있는 사람들과의 소통에서 엄청나게 큰 장벽을 뛰어넘은 듯한 느낌이었다.

비대면이니 진심으로 소통하기에는 힘들 것 같았다. 하지만 강의 시작 5분 후, 내 생각이 틀렸다는 것을 알게 되었다. 5분 만에 화면이 아닌, 강사의 눈을 보면서 공감하고 깊이 빠져들 수 있었다. 그 후에 온 강사 5기로 등록해서 수업을 들었고, 그 계기를 통해 온라인에서 강의를 열었다.

비대면 감염관리 강의를 시작으로 신생아 케어, 수면 관리, 중년 이상의 관리사님들을 위한 치매 교육까지 진행했다. 코로나 이전보다 더 많은 교육이 이루어졌다. 장소 섭외부터 거리, 길 안내까지 복잡하기만 했던 대면교육과는 달리 휴대전화로 링크만 터치하면 어디서든 편하게 수업을 들을 수 있는 비대면 교육을 60대 이상인 직원들도 선호하기 시작했다. 코로나 이후 유일하게 비대면 교육과 모임을 수시로 진행했던 우리 업체는 2020년 연 매출 150%, 2021년 200%를 달성했다.

평균연령 50대 후반인 50명이 넘는 직원들을 휴대전화 작은 화면 안으로(비대면) 모으기까지는 정말 많은 우여곡절이 있었다. "소리가 나지 않아요.", "주소가 어디인가요?"부터 집 주소를 단톡방에 올려주시는 분도 계셨다. 화면을 켜두고 옷을 갈아입으시거나, 음소거가 안된 상태에서 텔레비전 소리가 30초 이상 크게 들리기도 했다. 몇 번의 시행착오가 있고 나서 이제는 '그쯤은 일도 아닌' 쉬운 온라인 교육이 되었다. 대학생들만 가능할 것 같았던 비대면 교육을 경험한 직원들은 '능력 있는 중년'을 만들어 줘서 감사하다는 문자메시지를 보내기도 했다.

배움을 위해 투자한 시간 대비 열 배, 백 배의 효과를 본 셈이다. 시작하기 전에는 투자할 시간이 더 크게 느껴진다. 매번 그렇다. 그런 이유에서 자격 과정 또한 짧을수록 학생 모집은 수월하다. 그 이유는 투자 대비 이득을 더 얻고 싶은 사람의 심리 때문이라 생각한다. 간호조무사자격 과정에 상담받으러 오는 학생들은 열 명 중 아홉 명이 자격 과정이 일 년이라는 것 때문에 고민한다. 일 년간의 시간을 투자해 십 년, 이십 년, 길게는 삼십 년 이상 다른 삶을 살 수 있다는 생각은 하지 않는 것 같다.

무언가를 시작할 때 나 또한 몇 번을 망설이곤 했다. 언젠가는 해야 하는 것으로 생각하고 지내다가도 막상 선택의 시간이 되면 고민하고 주저했다. 그럼 나만의 방법으로 일을 저지르곤 한다. 날짜를 먼저 잡거나 돈을 먼저 지급한다. 그리고 과정이 끝난 후만 생각한다. 끝내고 난 후 뿌듯해하는 내 모습만 떠올려 본다.

최근에 가장 망설였던 것을 생각해 보니 응급처치 교직원 교육이다. 15년 전부터 심폐소생술 강사과정을 수료하고 싶었다. 한 번에 연결되는 과정이 없어 초기, 중기, 강사과정 세 가지를 진행해야 하는데 날짜와 시간, 거리가 맞지 않고 직장에 다니고 있으니 주간 과정에 걸려 중단해 둔 목표였다. 코로나로 모든 교육이 중단되었을 때 대한적십자사에서는 단기간에 강사 자격이 주어지는 의료인 코스를 오픈했다. 신이 내린 선물같이 느껴졌다. 1기 과정에 신청하고 합격했다. 강사 자격이 주어졌으니 교직원 응급처치 법정 의무교육을 시행해야 했다. 초, 중, 고등학교 선생님들을 교육한다고?

눈앞이 캄캄했다. 교육 인원 70명, '이제라도 다음으로 미뤄야 할까?', '준비가 조금 더 되면 그때 시작할까?' 이런저런 평계를 찾다가 문득 한번 미루면 기회는 다시 오지 않을 수도 있다는 생각이 들었다. 아무것도 생각하지 말고 강의가 끝난 후의 내 모습만 그려보기로 마음먹었다. 결정을 하고 나니 온 우주가 내 목표를 향해 움직이는 것처럼 느껴졌다. 시작 전 걱정의 크기보다 실제에서의 어려움은 반의반도 되지 않았다.

시작하면 걱정의 크기가 작아진다는 것을 깨닫고 나니 미뤄뒀던 과정들을 마무리 하고 싶어졌다. 코로나19 덕에 대학원과 자격 과정도 비대면으로 변경되었다. 일주일에 두 번씩 가야 해서 미뤄두었던 대학원 졸업 과정도 집에서 컴퓨터 앞에 앉아 조금 더 수월하게 마무리했다. 사회복지사 자격 과정 또한 16일간의 실습이 필요했으나, 10일 실습 중 8일은 리포트로 대체되는 과정으로 진행되었다. 아이들을 돌보고, 회사를 운영하면서 실습을 진행한다는 게 쉬운 일이 아니었는데 주말 5주, 10일의 실습으로 마무리되니 코로나19는 모든 면에 있어 기회인 듯 느껴졌다.

코로나19는 전 세계의 위기였지만 나는 그 위기를 기회로 바꾸었다. 위기 안에서 기회를 찾아 하루라도 빨리 시작하면 된다. 시작하고 수정해도 늦지 않다.

아무것도 하지 않아도, 무언가를 해도 시간은 흘러간다. 1년 후 무언가를 했던 나와 아무것도 하지 않는 나! 어떤 나를 만나고 싶은가?

10

성찰, 나를 돌아보는 시간

이지은

2020년 8월 13일, 회사에서 요구하는 〈해고 예정 통보서〉에 서명했다. 한 달 후면 사회 구성원으로 소속집단이 없다. 병원을 그만두고 수입에 조급해하며 직장을 알아보던 9년 전보다 마음이 훨씬 가벼웠다. 회사를 졸업하는 마음을 가지게 된 건 3년 전 S 본부 스페셜에서 다뤘던 〈퇴사하겠습니다〉편을 시청하고부터였다. 사회에서 나를 책임져 주는 회사는 없다. 회사를 너무 사랑하지 않고 적당히 거리를 두는 것이 좋다는 부분이 기억에 남았다. 회사와 웃으며 헤어질 날을 그리며 홀로서기에 필요한 준비를 했다. 미리 졸업 준비를 해둔 것이 다행이었다. 무덤덤한 나의 태도와 달리 주변 지인들은 세상이 무너진 듯 내게 위로를 전해왔다. 실업급여를 받는 기간은 꽉 채워서 쉴 계획이었다.

열심히 14년간 사회생활을 하면서 쉼 없이 달려온 내게 1년쯤 일하지 않아도 되는 자유를 주고 싶었다. 그렇게 나에 대해 집중하고 평생 업으로 삼을 방향으로 집중했다. 코로나 시국으로 회사 업무도 온라인으로 빠르게 변화하고 있었다. 시대에 뒤처지지 않으려고 인터넷에 1인기업, 프리랜서 등 키워드를 검색했다. 처음 접한 책은 구본형의 《그대 스스로를 고용하라》다. 20년 전에 발행하고 현재까지 50쇄 재발행이 될 만큼 1인 기업을 시작하는 사람들에게 입문서로 꼽히고 있다. 회사와 불안정한 고용시대에 대한 새로운 개념으로 다가왔다. 지금까지는 회사원으로 남을 위한 스케줄대로 살아왔다. 변화가 필요한 시점이다.

나를 위해 일할 때가 된 것이다. 자신을 고용해서 연봉을 주는 회사가 되기로 했다. 직원은 한 명, 나를 위해 일하면 된다. 회사의 수익과 상관없던 월급을 내가 하는 만큼 변동 가능성이 있는 수입으로 관리하는 것이다. 조직 생활에서 익혔던 업무분배와 스케줄 작성 형식을 개인으로 적용하기 시작했다. '책 속에 길이 있다.'는 말을 긍정적으로 생각하고, 지금까지도 독서를 통해 적용할 점은 실천했다.

그동안은 자기 계발과 업무에 관련된 독서를 했다. 본격적으로 수입과 지출을 관리하기 위해서는 경제적인 공부가 필요했다. 수입을 만들고 관리하기 위해 '돈' 공부를 책 4권으로 시작했다. 먼저 엠제이 드마코 저서 《부의 추월차선》을 통해 자신의 사업을 효과적으로 운영하기 위한 자동화 시스템 부분에서 아이디어를 얻었다. 로

버트 기요사키의 《부자 아빠 가난한 아빠》를 통해 부모의 경제 공부에 대한 영향력이 아이에게 가져다줄 수 있는 효과도 깊이 생각하게 되었다. 하브 에커의 《백만장자 시크릿》으로 돈에 대한 청사진을 그려보면서 그동안 부정적으로 알고 있던 부자 마인드에 대해 새롭게 알게 되었다. 마지막으로 김성호 회장의 저서 《돈의 속성》에서 돈을 다루는 방법에 대해 공부했다. 평소 돈에 대해 직접적으로 언급하는 것을 부끄러워했다. 부자는 나쁘다는 인식에 더 가까웠던 개념을 완전히 바꾸어 놓았다. 부자가 되려면 돈을 더 잘 알고, 쓰임새에 대해서도 정확하게 다뤄야 한다. 습관적으로 하고 있던 소비 습관을 다시 돌아보게 되면서 조금씩 돈 공부에 재미가 붙었다.

대부분의 시간을 독서로 보내면서 문득 이런 생각이 들었다. '그래서 나 이제 뭐로 돈 벌지?'

아이패드로 필기하면서 유튜브를 검색했는데 드로잉 세계를 발견했다. 디지털드로잉에 빠져들었다. 어릴적 동경하던 〈그림〉을 시작하기로 했다. 좋아하는 일로 수익을 내보자는 도전의식이 생겼고 미술재료를 구경하며 화방 주변을 맴돌기도 했다. 그런데 스케치북도, 여러 크기의 브러시도, 다양한 색깔의 물감도 필요가 없다. 아이패드로 이모티콘 만들기, 블로그에 쓰는 스티커 만들기 등 활용도가 엄청 넓다. 그림을 그리고 수정하고 보완하는 데 유용한 프로그

램을 알게 되면서 내일배움카드를 신청하고, 시각디자인 포토샵&
일러스트 자격증 과정도 등록했다.

4개월 수료 과정 동안 기본 툴을 포함하여 타이포그래피, 화장품
패키지 디자인, 로고 및 명함 디자인, 광고 포스터 디자인, 엽서 제
작 등 다양한 결과물을 제작했다. 마침내 포토샵과 일러스트 각 1
급 자격증을 취득했다. 두 번째 직업과 전혀 관련 없지 않았다. 행
사 마케팅에 쓰이는 DM 쿠폰 페이지 디자인을 직접 담당했다. 상
품 배치와 문구 기획 등 백화점 측 시안 제작팀과 매월 머리를 맞대
며 작업한 경험이 있다.

2021년 9월, 본격적으로 사업자 등록을 하고 스마트스토어를 시
작했다. 호기롭던 포부와 달리 시간이 흘러가고 마음먹은 것처럼
잘되지 않아 불안해졌다. 효율적인 시간 관리를 위해 사용하던 3P
바인더는 다이어리처럼 활용하고 있었고, 제대로 사용할 필요성을
느껴 오래전 알고 있던 최서연 작가 블로그를 방문했다. 독서 모임
과 바인더 강좌 등 다양한 활동을 이어가고 있었다. 얼마 전 퇴사를
하신 듯 1인기업 책을 출간하고, 유튜브 영상 작업도 활발히 하는
느낌을 받았다. 현재 이 시점에서 성장을 위해서는 이미 그 길을 걷
고 있는 사람과 함께하고 싶어졌고, 그 환경에 스스로 들어갔다.

운영하는 자기 계발 오픈채팅방에 입장하고 보니 블로그, 스마
트스토어 등 다양한 프로그램들이 많았다. 그중 먼저 〈배.돈.기: 배
움을 돈으로 바꾸는 기술〉 강의를 신청해서 들었다. 수익 파이프라

인 구축 방법을 50가지 정도 수업으로 듣고 마지막은 강의료 원금 회수에 대한 기간을 언제까지 잡을 것이냐는 질문과 함께 마무리했다. 모든 촉이 아이디어와 수익화에 맞춰 있었다. 강의 내내 눈빛과 미소는 유지하는 모습이 인상적이었다.

자기 계발을 주제로 모인 채팅방의 오전은 일찍부터 시작했다. 현재 읽고 있는 책 구절 나눔을 통해 동기부여도 받는다. 스마트스토어 상품등록을 시작으로 쉬고 있던 블로그 포스팅 습관부터 BBM과 함께했다. 시간 관리를 통한 성과를 위해 3P 바인더로 모든 일정을 관리하고 있다. 단순 일정관리뿐 아니라 주간, 월간계획을 통해 좋았던 점과 개선할 점을 적으면서 구체적으로 체크하고 있다.

어느덧 7개월째 접어든 현재 11명의 작가들과 공저로 책 쓰기까지 하고 있다.

타인의 조언대로 경력을 살려서 받아주는 회사를 찾아 헤맸다면 이루지 못했을 이 순간들이 항상 감사하다. 《타이탄의 도구들》이라는 책에서 '감사'에 대한 내용이 나온다. 내가 감사하게 여기는 것들에 대해 생각하는 부분이 나온다. 돌이켜 보면 항상 불평과 불만을 입에 달고 살았다. 한탄한들 당장 해결되는 것도 아닌데 말이다. 마인드에 관한 책에서도 빠지지 않고 나오는 부분은 항상 감사하는 마음을 가지라고 한다. 성공한 타이탄들의 습관대로 적용했다. 100

일 챌린지를 넘기고 이제는 습관처럼 감사일기로 아침을 시작한다. 오늘을 있게 한 과거에 감사하고, 미래를 기획하며 현재를 사는 것에 감사하고, 시원한 물 한 잔 마실 수 있음에도 감사하게 되었다. 매일 꿈 리스트를 작성하며 이미 살고 싶은 그곳에 나를 데려다 놓는다.

〈해고 통보 예정서〉가 아니었다면 몰랐을 성찰의 시간이었다. 첫 직장에서 이직할 때의 마음보다 훨씬 후련했던 해방감은 말로 표현할 수 없다. 한 달간의 유예기간 동안 삶의 방향을 잡으면서 책을 읽었다. 당시 베스트셀러였던 김미경 작가의 《리부트》에서 디지털노마드를 알게 되었다. 노트북 하나로 어디서든 자유롭게 일하는 유목민 같은 직군이 내가 걸어야 할 길로 보였다. 9년 전 이직할 때의 다짐이 떠올랐다. 하루 주어진 시간의 주인이 되어 컨트롤하는 삶을 살기로 했던 미래에 한 발 가까이 온 것이다.

매 순간 선택의 갈림길에 섰다. 과거에 대해 후회하지 않기 위해 결정했다. 책임은 온전히 내 몫이라는 전제로 소중한 경험을 발판 삼았다. 타인의 경험으로 깨달은 것도 간접적인 체험이 되었다.

오랫동안 품고 있던 기준이 있었기에 오늘을 있게 한 것으로 생각한다. 정년이 되어 은퇴 후 늙어버린 육신으로 도전하지 못한 것에 미련을 두고 싶지 않았다. 조금은 앞당긴 선택을 발판 삼아 시작되는 과정에서 당장 눈에 보이는 결과가 없다고 좌절하지 않는다.

지금까지 선택한 삶에 만족하며 살았다.

누가 대신 살아주는 삶이 아니라 내가 만들어가는 여정은 현재 진행형이다. 선택의 끝에 이룬 성취감으로 미래에 내가 더 열심히 살 수 있도록 현재 할 수 있는 것에 최선을 다한다.

과거를 바탕으로 미래에 어떻게 적응할지 자신을 돌아보는 시간을 가질 수 있음에 감사하다. 남들의 기준이 아닌 내가 원하는 것을 찾는 귀한 시간이 되어 주었다.

11
1인 기업으로의 성장

최서연

✦

《오늘부터 1인 기업》이란 책을 썼다. 인스타그램에 독자가 리뷰를 올렸다. "왜? 너 회사 그만두려고?"라는 댓글이 달렸다. '1인 기업'이라는 말에 사람들은 퇴사, 창업, 개인 사업을 떠올린다. 수강생에게 "퇴사하고 1인 기업하려고요."라는 말도 종종 듣는다.

내가 생각하는 1인 기업은 〈자신의 이름을 걸고 나를 대표해서 일하는 것, 나의 성장이 타인에게 모범이 돼서 그들을 돕고 수익을 창출하는 것〉이다. 직장인은 몸담은 회사에서, 주부는 가정에서, 학생은 학교에서 자신이 해야 할 일부터 제대로 해내야 한다. 퇴사를 꿈꾸며 회사 일은 대충 하는 것이 옳을까? 평상시 내가 사람을 대하는 태도, 일을 처리했던 습관은 어디서든 드러나기 마련이다.

'내가 나를 고용했다'라는 마음으로 매일 해야 할 일을 하는 것이 1인 기업의 시작이다.

나는 생각이 많고 분석적인 사람이다. 관찰하기를 좋아한다. 남들과는 다르게 일 처리를 해서 특이하다는 말도 듣는 편이다. 직장 생활에서 듣기 좋은 말은 아니었다. 튀지 않으려고 상사가 하란 대로 했다. 내 생각을 이야기해 봤자 피식 웃으며 네가 뭘 아냐는 반응만 있을 뿐이었다. 그 분노를 이용했다. 무시당하기 싫어서 미친 듯이 책을 봤다. 직장에서 말해 봤자 들어주는 사람도 없으니, 혼자라도 말해야겠다 싶어서 유튜브를 시작했다. 현관문을 열고 신발을 벗자마자 휴대폰을 켜고 영상을 촬영했다. 안에 있는 것을 쏟아내니 숨통이 트였다.

책을 읽고 마음에 드는 구절을 소개하는 영상을 찍었다. 그랬더니 출판사에서 책 소개 의뢰가 왔다. 처음에는 공짜로 촬영했다가 몇 년 후에는 30만 원 정도 사례비를 받았다. 촬영 스킬은 별로 없었지만, 꾸준히 하다 보니 구독자가 늘었다. 나처럼 유튜브를 촬영하고 싶다는 사람들이 강의 요청을 했다. 휴대폰 하나만 들고 전국을 돌아다니며 유튜브 수업을 했다. 강의계획서 작성법이나, 말은 어떻게 해야 하는지 수업을 받아본 적도 없다. 그저 내가 아는 만큼만 알려줬을 뿐인데 통장에 돈이 들어왔다. 자연스럽게 1인 기업이 됐다.

본업은 보험설계사였다. 내가 택한 일이었지만 돈이 안 됐다. 퇴근 후 내가 즐겁게 할 수 있는 책 소개 유튜브를 찍었다. 온라인 세계에서 '책 먹는 여자'라는 브랜딩으로 씨앗을 뿌렸다. 보험설계사로 급여가 100만 원도 안 될 때 강의로 500만 원씩 벌기 시작했다. 내가 선택한 보험설계사 직업으로 사람들을 돕고 싶은데 어찌 된 일인지 성과가 없었다. 보험설계사 최서연은 벽에 대고 소리를 지르고 있었다. 보험에 대해 알려주는 것은 선수였지만, 계약체결은 아마추어였다. 그래서 '알려주는 사람'이 됐다. 강사 최서연은 사람들이 부족하고 채우고 싶어 하는 부분을 딱 짚어냈다. 보험설계사를 5년 동안 하면서 돈은 모으지 못했지만, 실패의 시간이 오히려 나를 알아가는 기회가 됐다.

2018년 보험설계사 시절부터 강사를 겸업으로 했으니 벌써 5년 차다. 시간이 지나 하나의 공식을 발견했다. 나와 너의 교차점에서 불꽃이 튀어야 한다는 것이다. 내가 잘하고 좋아하는 것이 너(시장)도 원하는 상품이어야 고객의 지갑(불꽃)이 열린다. 마케팅 책을 파헤쳤다. 《핑크 펭귄》에서 말하는 '고객의 최상이득'이란 단어를 곱씹었다. 수강생들은 왜 나에게 수강료를 내고 강의를 들을까? 퇴근 후 피곤한 밤에, 졸린 눈을 비비며 주말 아침에도 그들은 수업을 듣는다. 무엇을 위해서일까? '자기 계발', '제2의 인생'이란 무난한 포장지를 벗겨내고 보니, 그들의 꿈이 빛나고 있었다.

수강생들은 나를 디딤돌, 다리, 페이스메이커로 생각하고 있었다. 그들이 원하는 모습을 이룰 수 있도록 도와줄 수 있는 사람으로 말이다. 그렇게 되기 위해 나부터 진정한 1인 기업이 되기로 했다. 시간을 쪼개서 자격증을 땄다. 먼저 공부해 보고 도움 될 분들에게 수업을 소개했다. 보석 같은 책을 발견하면 신나서 책 추천을 했다. 블로그에 기록하고, 정보를 공유했다. 내 삶 자체가 1인 기업이 됐다.

작가 친구 100명을 만들고 싶다는 꿈을 꾼 건 2019년부터다. 방법도 몰랐고 이유도 없었다. 뭉게구름처럼 그저 마음속에서 솟아오르는 생각을 꿈 리스트에 적었다. 시간이 흘러, 나는 이제 그들과 함께 책을 쓰고 있다. 나의 꿈과 수강생의 꿈이 이어진 결과물이다. 설령 딱 100명을 채우지 못한다고 해도 괜찮다. 공저 작업을 하면서 배웠다. 누군가는 수강생을 보고 꿈을 키운다. 부족한 부분은 그들이 채워줄 것이다. 영향력의 위대함이다.

성장의 한자는 〈成 이룰 성 / 長 길 장, 어른 장〉을 쓴다. 사전적 의미는 점점 커진다는 것인데, 나는 어른이 되어가는 과정이라고 해석하고 싶다. 거기에는 멈춤도 없고 완료도 없다.

일신우일신, 매일 조금씩 나아지는 과정 자체가 1인 기업이었다. 스스로 성장을 맛보는 곳!

책 추천
《오늘부터 1인 기업》최서연, 스타북스, 2021
《그대 스스로를 고용하라》구본형, 김영사, 2005

PART 04

더 나은 삶을 위해
가져야 할 태도

1
장벽을 무너뜨려라

김화자

     지난 2년여간 가장 타격을 받은 진료과는 소아청소년과다. 아이들이 열심히 손 씻기를 하고 마스크를 쓰고 다니니 병에 걸리지 않는다. 서로에게 병을 옮겨주는 일도 드물다. 개인의 건강을 위해서는 바람직하다. 아이들이 놀이터에서조차 마스크를 쓰고 노는 것을 보면 안쓰럽다. 그러나 병을 옮기는 확률은 확실히 줄었다. 그러니 소아청소년과에 아픈 아이들이 없는 것은 당연한 결과였다. 환자가 없어도 진료시간에 대한 약속은 지켜야 했다. 남는 시간이 너무 많았다.

    읽고 싶은 책을 마음껏 읽었다. 책을 읽을수록 읽고 싶은 책이 더 많아졌다. 그러나 혼자만 읽다 보니 좋아하고 수월하게 읽히는 책만 읽게 되었다. 다양한 분야의 어려운 책들은 독서 모임에 가입하여 함께 읽었다. 책 읽기에 가속이 붙었다. 독서 모임에 참여했다가 씽크와이즈로 진행하는 것을 보고 신세계를 경험했다. 저렇게 사용하는 것을 배우면 나도 할 수 있을 것 같았다. 독서 모임 리더가 되는 법을 배우고 독서 모임을 꾸렸다. 내가 가장 자신 있어 하는 건강에 관한 책과 삶의 의미를 스스로 찾게끔 도와주는 책들을 선정하여 함께 낭독하고 의견을 나누고 있다. 관심사가 같지만 다양한 분야에 종사하고 다양한 생각을 하는 사람들과 함께 책을 읽다 보니, 책을 통해서 배우는 것도 많지만 함께하는 사람을 통해 지식과 지혜의 폭도 넓어진다. 다양한 분야의 다양한 생각을 하는 사람들을 만나는 것이 좋다. 모르는 것을 물어봐도, 그런 경우에는 이렇게 하라 하고 자세하게 알려준다. 어디에 가서 이렇게 배려받으며 배울 수 있을 것인가를 생각하면 감사하지 않을 수 없다.

온라인 세상에서 젊고 아름답고 배움의 속도가 빠른 사람들과 모임을 같이 하다 보니 나도 저렇게 젊고 예쁘다고 생각하자고 자기암시를 할 수 있었지만, 배움의 진척은 도저히 따라갈 수가 없었다. 속도가 느렸다. 성취도도 낮았다. 자고 일어나면 새로운 것이 나오는 세상에서 열린 마음을 가지고 받아들여야 한다고 매 순간 각오를 다져야 했다. 따라가지 못해도 포기하지 않는 마음이 필요했다. 어딜 가나 왕언니라는 소리를 들으며 나는 왜 배우려고 하느냐는 갈등도 생겼다. 새삼스레 배우는 것들이 당장 나에게 필요하기도 하지만, 나이 때문에 주저하는 사람들에게 당신 같은 초보도 무엇이든 마음만 먹으면 해 낼 수 있다는 메시지를 줄 수 있을 것 같았다. 나의 발자국이 다른 한 사람에게 이정표가 된다면, 그것 또한 도전하는 의미가 있다고 생각했다. 실제로 나에게 전화로 '제 나이에 배워도 될까요?' 하면서 상담하는 분도 있었다. 나보다 수년 어린 후배였는데, 온라인 과정에 등록하고 배우더니 이제는 오프라인과 접목하여 강사로 잘해나가고 있다. 실제로 해낸 건 그 후배였지만 내 마음은 엄청 뿌듯했다.

나는 내 속도대로 다양한 SNS 도구들과 친해졌다. 온강사(온라인 강사) 과정을 통해 씽크와이즈, PPT, 줌 사용법도 익혔다. 읽은 책을 기록으로 남기고 싶어 블로그도 시작했다. 서툴지만 기록을 남기려고 애쓰고 있다. 유튜브도 하고 인스타도 하고 있다. 독서 모임을 통해 부자가 되는 마인드 책도 읽었다. 주식, p2p, 아트테크, 뮤직카우라는 생소한 분야도 알게 되었다. 주식 하면 망한다는 말도 안 되는 편견을 가지고 있었고, 이런 내 생각이 옳다고 여기며 살았다. 책을 읽고 공부를 하면서 수십 년 동안 길든 나의 편협한 생각들이 서서히 금가기 시작했다. 공부 안 하면 망한다가 맞는 말이다.

오래전부터 하고 싶었지만 허황한 꿈이라 여겼던 강의와 글쓰기에 도전하고 있다. 배우고 익히다 보니 불가능이라 여겨졌던 강의 기회도 주어졌다. '내가 무슨 강의를 해. 너무 부족하잖아!' 하는 마음은 지금도 나의 발목을 붙잡는다. 자격도 없는 부족한 사람이라고 비난받을까 봐 항상 두렵다. 너무 떨려서 안 한다고 말할까도 생각했다. 강의를 안 하면 편안하겠지 싶었다. 그러나 주어진 기회를 거절하지 않았다. 포기하지 않았다. 강의를 한다는 것은 마음의 불편함을 감수하고 안전지대에서 나오는 것이다. 시도를 한다는 것은 실패할 위험을 감수하는 것이다. 두려움을 극복하는 것이다. 가장 최악을 생각해 보았다. 강의를 망치는 것 이외에 나빠질 것도 없다는 마음이었다. 다른 사람의 귀한 시간을 낭비하게 하는 게 미안하기는 하지만, 최선을 다해 준비하여 보여주는 수밖에 없었다. 처음 강의할 때는 무척 떨렸다. 글자를 거의 읽는 수준이었다. 눈도 똑바로 뜨지 못했다. 어디선가 염소 소리가 나는 것 같았다. 그래도 끝은 있었다. 뜻하지 않게 베스트 스피치상도 받았다. 무엇보다 해냈다는 자부심으로 마음이 뿌듯했다. 두 번째 강의할 때는 조금 덜 떨렸다. 반복의 힘이다. 그래도 발표하고 나면 항상 아쉬움이 남는다. 아쉬웠던 것, 실수했던 것을 토대로 다시 도전한다.

포르투갈, 대서양이 보이는 땅끝에 있는 마을에 가면 깎아지르는 듯 서 있는 절벽이 관광 명소다. 발을 삐끗하면 바로 바다로 빠져 뼈도 못 추릴 곳이다. 건널 수 없는 장벽이 시작되는 곳이다. 그런데 이상하게 이곳이 희망이 시작되는 곳이라고 말하는 사람들이 있다. 앞으로 나아갈 수 없는 절벽이 희망이 시작되는 곳이라니, 참으로 아이러니하다.

코로나로 인해 환자 절벽을 만났다. 장벽 앞에 멈추었을 때 브렌든 버처드의 《백만장자 메신저》 책을 읽었다. '나는 정말 인생을 만족스럽게 살았는가? 주변 사람들을 충분히 사랑하고 그들에게 감사했는가? 내 마음속 깊은 곳에는 삶의 목적이 있는가?'라는 질문을 깊이 생각하게 되었다. 인생을 돌아보았다. 평범하고 편안하게 살아온 것에 대해 감사한다. 그러나 편안함에 안주하고 있는 것이 아닌지 살펴보았다. 열정과 목적이 있는 미래를 다시 그려보았다. 건강 메신저로 충만한 삶을 살고자 한다. 발전하고 도약하기 위해 새로운 것을 배우는 것은 불편하고 두렵다. 그러나 편안한 곳을 뚫고 나와 불편한 일까지 할 수 있어야 한다. 그때 느껴지는 두려움까지 기꺼이 껴안아야 한다. 그렇게 해보니 진정 사는 것 같다. 장벽 앞에 섰을 때 어떤 태도로 나아가느냐는 나한테 달린 일이다. 무너뜨리는 방법도 있지만, 돌아서 길을 찾는 방법도 있고 땅을 박차고 날아오르는 방법도 있음을 알았다. 미리 포기하고 뒤돌아서지 않으면 나아가는 방법을 발견하게 된다. 선한 영향력을 미치고자 배움을 계속하고 있는 나는 진행형 메신저다. 나는 바위로 이루어져 있는 절벽에도 기꺼이 뿌리를 내리고 불어오는 강풍에도 꿋꿋하게 버티는 살아있는 나무가 될 것이고, 나무 위에서 기꺼이 비상하는 새가 될 것이다. 나는 백만장자 건강 메신저다.

2
자신의 강점에 집중하라

최은아

유치원과 어린이집 교사로만 16년 정도를 근무하다 국공립 어린이집 원장이 되었다. 얼마나 큰 포부와 의지가 있었겠는가. 원장 경험이 없었기에 어쩔 수 없는 어려움이 있겠지만, 잘 해내고 싶었다. 개원 준비를 하며 몸은 힘들었지만, 하고 싶은 일을 할 수 있다는 기쁨에 마음은 설레었다.

어린이집 개원을 하고 첫 1년은 정신없이 지나갔다. 교사일 때는 우리 반 아이들과 우리 반 학부모가 전부였다. 퇴근 후에는 퇴근 후의 삶이 있었다. 그런데 초보 원장은 퇴근 후에도 어린이집, 출근 전에도 어린이집, 일과 중에는 당연히 어린이집, 하루 종일 어린이집, 어린이집. 감당하고 살펴야 할 일들과 책임의 무게로 대부분의 신경이 어린이집에 집중되어 있었다. 그래도 하루가 무난히 지나가는 날들은 즐겁고 좋았다. 괜찮았다. 그러다 가끔 교직원들 간의 관계가 힘겨웠던 날이나, 학부모와의 관계가 원만하지 않았던 날은 잠을 이루지 못했다. 모두 내 탓, 화살은 늘 나를 향했다. 내가 관계 유지를 위한 힘이 부족해서라고 생각했다. 다정하고 온화한 원장의 모습보다 카리스마가 있고, 리더십이 있는 원장이 되지 못함을 탓했다. 친절함이 만만함이 되어 돌아올 때는 자존감이 바닥으로 떨어졌다. 말의 무게로 인해서 하고 싶은 말을 다 전하지 못할 때는 능력의 한계인 것 같아 스스로를 탓하며 밤새 해결되지 않을 문제를 끌어안고 마음을 쓰는 날이 여러 날이었다.

그렇게 유독 힘든 날들은 투덜거리며 가까운 사람들에게 넋두리하곤 했는데, 그럴 때면 잘하고 있다고 힘내라며 건네주는 말들은 따뜻했으나 나를 바닥으로부터 끌어올려 주지는 못했다. 한 온라인 모임에서 관계의 고민을 나눌 기회가 생겼다. 도움을 받고자 늘 무겁게 나를 누르고 있던 어려움을 이야기하니, 교수님이 "그건 당신의 잘못이 아닙니다. 당신의 잘못은 지난 일을 계속 끌어안고 있고, 앞으로 발생하지 않을 일을 미리 걱정하고 있는 것입니다. 그 일이 당신과 맞는 일인지, 당신이 그 일을 할 수 있는 사람인지 한 번 더 생각해 보십시오."라며 직설적이고 날카로운 조언을 해주셨다. 다 맞는 말이었고 이해가 되는 조언이지만 그 당시 몸과 마음이 모두 예민하고 약해져 있던 나에게 그 말은 비수가 되어 날아왔다. '나는 이 일을 하면 안 되나, 앞으로도 이렇게 힘들 거면 다른 일을 찾아

봐야 하는 건가.' 눈물이 핑 돌았지만 아무렇지도 않은 척 좋은 말씀해주셔서 감사하다고 예의바른 인사를 했다. 지금은 진심으로 그런 조언을 해주셔서 감사하다고 말할 수 있을 것 같은데 솔직히 그때는 함께 있던 멤버들에게조차 나약한 내 모습이 부끄러워 쥐구멍이라도 찾아 숨어 들어가고 싶은 심정이었다. 모임이 끝나고 눈치빠른 동생이 괜찮냐고 묻는 걱정스러운 말에 결국 눈물이 터졌다. 혼자서 조용히 자신을 탓하던 불안하고 불만스러운 모습이 진짜가 되어 드러난 상처가 되었다. 무기력해지고 말 한마디 한마디가 더욱더 조심스러워졌다. 이런 내 상처를 치료해 준 것은 바로 '강점'이었다.

우연한 기회에 '강점 특강'을 듣게 되었다. '장점'이 아니라 '강점?' 궁금했다. 특강 속에서 만난 대표님이 자신의 약점으로 인해 힘들었던 날들, 자존감이 바닥을 치던 시기, 강점으로 극복 후 달라진 모습과 함께 강의에 참석한 한 사람 한 사람의 좋은 점들을 이야기 해주시는데.. 잘 모르겠지만 진짜 나를 알아봐주는 사람을 만난 것 같아 울컥했다. 강점 특강 후 정규과정을 듣기 시작했고, 강의 두 번째 시간 나는 펑펑 울었다. '아, 그랬구나. 내가 그래서 그렇게 힘들었구나.' 줌으로 만난 그 날, 그 시간은 무너져있던 나를 살리는 시간이었다. 내가 나를 몰랐구나. 나는 이런 사람인데, 내가 스스로를 못난 사람으로 생각하고 있었구나.

강점은 남과 비교해서 그들보다 잘하는 것이 아니고 나다움, 내 안의 숨겨진 보물이었다. 내가 편하고 잘하는 것, 하면서 즐거운 것, 꾸준한 것들이 강점이다. 내가 속한 곳에 갈등과 충돌이 생기는 것을 싫어해 그것을 최소한으로 줄이려고 노력하는 '화합'이 나의 강점이었다. 공감과 긍정 또한 나의 강점들이었다. 사람들과의 관계를 중요하게 생각하고, 주변 사람들을 살피느라 내 생각을 강하게 말하는 것을 불편해 하는 것은 우유부단함이 아니었다. 타인을 배려하고 그룹 내에 갈등이 일어나길 바라지 않는 나의 강점 때문이었다. 내가 가지고 있는 감성적인 사고는 공감을 잘하고 타인의 마음 상태도 잘 어루만지는 좋은 능력이었다. 나는 사람들과 쉽게 친해지고 새로운 모임 속에 잘 스며든다. 그렇게 그동안 나를 탓하며 부족하다고 생각했던 것이 사실은 나의 강점이 되자, 나는 약하고 만만한 사람이 아니라 타인을 배려하는 따뜻하고 좋은 사람이었다. 어쩌면 날카로운 비수를 꽂아 주었던 그때 그 교수님은 모든 게 내 탓인 것처럼 문제를 만들어서 끌어안고 있는 한심함이 눈에 보여 더 강하게 질책한 것이 아니었을까 하는 생각도 든다.

약점이 강점이 될 수도 있고, 강점이 약점이 될 수도 있는 것은 내가 어디에 중점을 두느냐 하는 관점의 차이였다. 부족한 점을 찾아 그것을 만회하기 위해 노력하느라, 나의 강점을 놓치는 실수는 나의 부족함만 더 크게 보이게 할 뿐이었다. 강점을 아는 사람들은 공통으로 말한다. '약점'이 아닌 '강점'에 집중해라. 부족한 점을 채우느라 애쓰기보다는 자신의 고유한 강점을 더 개발시키면 성공하는 인생을 살 수 있다. '강점'이라는 것을 알고 그것을 삶에 접목하여 바닥을 치던 자존감을 끌어올리는 경험을 하고부터는 나도 성공하는 인생을 살기 위해 달라지기로 했다.

내가 만족스럽지 않았다. 더 단단했으면, 어느 자리에서든 자신 있게 나를 나타낼 수 있었으면…. 나는 내가 가지지 못한 것들이 나의 전부인 것처럼 생각했다. 그리고 타인을 부러워했다. 부정적인 감정으로 나를 깎아내리며 자책했던 순간들 속에서 삶을 변화시키기 위해 약점이 아닌 강점을 찾아 활용하면 빛나는 인생을 만들 수 있음을 알았다. 무엇에 집중해야 하는지 알게 되었다. 유아교육을 하며 내가 좋아하는 말이 있다. "나는 세상에서 하나뿐인 사람이다. 나는 무엇이든 할 수 있다. 될 수 있다. 꿈꿀 수 있다. 나는 나를 사랑한다." 나다움의 보물을 찾는 일에 소홀하지 말자. 땅굴 파고 들어가는 일을 더는 하지 않을 것이다. 나는 나 자체로 충분히 빛나는 사람이다.

3
꿈과 목표를 명확히 설정하라

한명욱

　자신의 방을 가질 수 있다는 것을 처음 알았다. 침대와 책상, 책장이 자리를 차지하고도 함께 놀 공간이 있는 넓은 방을 말이다. 쟁반에 담겨온 유리잔 안의 찰랑대던 오렌지 주스가 아직 생생하다. 군인이던 아빠의 직업 덕분에 어디를 가든 살 수 있는 집이 있었다. 단, 관사는 작았고, 한 살 어린 남동생과 이층침대를 두고 같이 지내는 것은 당연했다. 내가 가진 세상이 작다는 것을 친구가 초대하기 전까지는 깨닫지 못했다. 방 하나가 던져준 메시지는 실로 컸다. '내가 사는 세상이 전부가 아니구나!'

　다른 세상에서 살 수 있다는 것을 깨닫는 것은 중요하다. 내가 가진 세상을 전부로 알면 그 이상의 꿈을 꾸기가 쉽지 않다. 큰아이가 18개월 될 무렵, 서부 사하라 파병 때 세상이 넓다는 것을 다시 한번 느꼈다.

27살 중위라는 계급은 안정적이지 않았다. 잦은 이동, 3교대, 비상과 훈련까지 아이를 키울 수 있는 환경이 아니었다. 어린 군인을 엄마로 둔 죄로 아이는 할머니에게로, 외할머니에게로, 때로는 엄마 아빠와 함께 떠돌이 생활이 시작되었다. 곁에 두고 싶은 마음이 욕심임을 깨닫고 생후 10개월 된 아이를 시댁으로 보낸 밤, 방 한가운데 덩그러니 놓여있는 삑삑이 장난감을 안고 밤새 울었다. 한 달에 한 번 또는 두 번 쉬는 날 아이를 보고 올 때면 가슴 아팠다. 걷는 순간을, 말하는 순간을, 소중한 순간순간을 놓치고 있었다. 아이가 크는 것이 아까웠다. 꼭 데리고 오겠다며 파병을 신청했다. 원하는 곳으로의 이동을 위해 파병이 최선이라 생각했지만, 떨어진 거리만큼 아이의 소중함을 더 느꼈고 결국 전역을 결심하게 해줬다.

6개월, 아이를 보지 못하는 슬픔은 컸으나 개인적으로는 성장하는 기회가 되었다. 광활한 사하라 사막 주둔지 사이를 모래바람에 흔들리는 헬리콥터로 이동하며 기도하는 마음이었다. 죽음의 두려움 앞에서 너무나 작은 나와 마주할 수 있었다. 추락한다면 그 순간, 오직 가족만을 생각할 것임을 깨달았다. 팀 사이트(UN군 주둔지)에서 다국적군의 치료를 돕고, 때로는 주민(유목민)들의 건강을 살피러 갔다. 낙타젖으로 손님을 환대하는 그들의 의복은 남루하고 꾀죄죄했으나 표정만큼은 세상을 다 가진 부자의 모습이었다. 세상에서 가장 가난한 이들을 만났고, 술 한 잔 없이 춤추고 즐길 수 있는 사람들을 만났다.

휴가 때는 가까운 유럽을 여행했다. 기차를 타고 국경을 넘는 경험은 생소했다. 교과서에서나 본 명작들을 직접 눈으로 보다니 황홀했다. 영화 〈로마의 휴일〉에 나온 유명한 장소, 스페인 광장에 서서 오드리 헵번을 떠올리며 설레었던 마음이 또렷하다. 바티칸에서 성체를 모셨던 신비함은 아직도 꿈만 같다. 넓은 세상을 마주했던 기회였고, 아이들이 크면 꼭 세상 밖으로 보내리란 꿈을 꿨다. 열여덟 살 미성년인 큰아이를 홀로 도쿄로 보낼 수 있었던 용기도 이때의 꿈 덕분이라 생각한다.

아이와 함께 여행을 다니고 싶다는 꿈이 생겼다. 우리나라 문화와 역사를 같이 공유하고, 매년 해외로 나가서 넓은 세상을 보여주겠다는 꿈 리스트가 가슴에 쓰인 해였다. 올해 3P 바인더 코치과정을 하면서 100세까지의 라이프플랜을 적었다. 적고 보니 움직이게 된다. 알겠다. 지금까지는 희미한 꿈과 목표로 갈망은 하나 행동하지 못했다. "왜 나는 세상에 태어났을까? 내 삶의 목적은 무엇인가?", "어떻게 살고 싶은가?", "무엇을 하고 싶은가?"를 알지 못했다. 라이프플랜을 적으며 희미했던 꿈과 목표에 키워드로 이름을 지어주었다. 언제까지 이루고 싶은지 기간을 설정했다. 생각을 비우고 꿈 리스트를 적었다. 찰랑대던 유리잔의 오렌지 주스처럼 선명하게 적어나갔다. 갖고 싶다고, 가고 싶다고, 하고 싶다고 적었다. 삶의 의미를 찾고 사명과 비전을 찾고 나니 내가 살아갈 방향과 길이 보였다. 100세까지 나, 일, 자기 계발, 가정, 재정, 건강, 봉사(신앙)의 영역을 채우니 꿈 리스트와 연결이 되었다.

될까 안 될까 고민하는 순간은 꿈이 아니다. 믿고 적는 순간 꿈이 된다. 그리고 구체적으로 언제까지 이루고 싶은지 적으면 그 꿈은 목표가 된다. 꿈은 미래이나 목표와 연결하여 오늘 행동으로 옮기면 현실이 된다. 그렇다. 찰랑대던 유리잔의 오렌지 주스와 친구의 방은 부러움이었다. 아이와의 여행, 넓은 세상으로의 발걸음은 소망이었다. 그때는 막연했고, 지금은 또렷한 목표로 세워진 꿈이 있다. 그 꿈이 있기에 목표를 이루고 싶어 시간 경영을 시작했고, 흔들리던 내가 중심을 잡았다.

살다 보면 방향을 잃을 때가 있다. 그 순간 무기력해지고, 밑바닥에서 허우적대는 나를 본다. 자존감이 무너져 일어설 수 없을 것 같다. 그런 사람에게 힘내라는 주변의 말은 더 힘들게 들릴 뿐이다. 힘내라는 말은 하지 않겠다. 나를 일으킬 사람은 나 자신이기에, 생각을 비우고 끄적이길 권해본다. 될까 안 될까 고민하지 말고 적어보자. 모든 역할에서 벗어나 홀로 있을 시간을 상상하며 떠나고 싶은 곳, 가고 싶은 곳을 적어보자. 그곳에서 무엇을 하고 싶은지를 적어보자. 어떤 옷을 입고, 어떤 맛있는 것을 먹을지, 무엇을 타고 갈지 그냥 적어보자. 마음대로 끄적이다 보면, 잊었던 꿈이 떠오른다. 하나씩 꺼내 펼쳐보면, 하고 싶다는 열망도 생긴다. 꼭 지금이 아니면 어떤가. 언제 이룰지 같이 적어보자. 꿈이 말하는 인생, 거창하게 삶의 의미까지는 아니어도 내가 살고 싶은 인생의 방향이 보인다. 다시 찾았다. 방향을 알았으니 하나씩 해나가면 된다. 그것이 '라이프플랜'이라고 생각한다. 내 인생의 기둥을 세웠으니 쓰러질 일은 없다. 벽을 세우고, 지붕을 얹자. 목적에 맞춰 중기 목표를 세우고, 단기 목표로 연간 목표를 세우자. 3P 바인더를 쓰면서 연간 목표를 월간으로, 주간으로 옮겨와 실천하고 있다. 작심삼일을 104번 반복하고 있다. 시간 경영이 되니 목표로 다가가는 발걸음이 가볍다.

'단 한 번뿐인 나의 인생'이라는 고리타분한 표현이 얼마나 중요한지 40대에 깨달았다. 20대에 알았더라면, 아니 30대에 알았더라면 좋았겠지만, 오늘이 제일 젊은 날이다. 지금 시작할 때다. 선명한 꿈을 갖자. 언제 이룰 것인가? 지금 바로 날짜를 적자. 그리고 움직이자.

4
도전하고 또 도전하라

박선우

◆

　양궁선수로 대학교를 졸업하고 두 가지의 직업을 선택할 수 있었다. 첫 번째는 실업팀이었고, 두 번째는 초, 중, 고등학교 코치 선생님이었다. 초등학교 때부터 선수 생활을 했던 터라 운동과 관련된 직업이 아닌 다른 직업을 갖게 된다는 건 매우 큰 두려움이었다. 사막을 걷는 기분이랄까…. 2~3개월이 넘는 기간 동안 아무것도 선택하지 못했다. 이유는, 더는 운동장에 남아 있고 싶지 않았기 때문이다. 우물 안에서 나와 이전까지 보지 못했던 넓은 세상을 만나고 싶었다. 우물 안에 있었다는 것도 너무 늦게 깨달았다. 그렇게 그냥 '맨땅에 헤딩해 보자.' 하는 심정으로 취업처를 정하지 않은 채 졸업했다.

　졸업하고 며칠 뒤, 신문을 펼쳐보았는데 사무직을 뽑는다는 광고가 눈에 들어왔다. 그리고 바로 취업했다. 회사 생활은 낯설었지만, 잘 적응해 나가려고 노력했다.

　3개월 정도가 지난 어느 날 친구가 회사 앞으로 찾아왔다. 유니폼을 입은 채로 급하게 내려갔는데 친구의 표정이 좋지 않았다. 유니폼이 나랑 어울리지 않는다고 했다. 친구가 말한 것은 옷 자체를 이야기한 것인지 모르겠다. 그런데 나에게는 '사무직이라는 직업이 어울리지 않는다.'라고 이야기하는 것처럼 느껴졌다. 내가 평소에 그렇게 생각하고 있었던 것일까? 어떤 일을 하는지 물어보는 친구의 질문에 머릿속이 멍해졌다. 그때 내 나이 20대 초반이었다. 잠깐 사이에 수없이 많은 생각이 엉켜서 이후로는 앞에 서 있는 친구의 말이 하나도 들리지 않았다. 사실 유니폼이 어울리지 않는다는 건 나도 매일 느끼고 있었다. 유니폼이 아니라 직업이…. 그때 회사 동료들은 대부분 20대 후반이거나 30대였지만, 본인의 일을 좋아하는 사람은 거의 없었다. 그 짧은 시간 동안 나는 생각을 정리했다. 그리고 결심했다. 30대가 되기 전에 누구에게든 자신 있게 말할 수 있는 직업을 갖자!

　회사가 끝나면 영등포로 나가서 주변에 어떤 학원이 있는지 찾아보았다. 눈에 들어온 건 간호학원이었다. 무작정 올라가 상담을 했다. 총 1년의 기간이 필요하고 병원 실습도 4개월을 진행해야 하는데 눈앞이 캄캄했다. 회사가 끝나고 매일 밤 학원 수업을 듣고, 1년간은 주말마다 종일 실습을 진행해야 시험을 볼 수가 있었다. 과연 할 수 있을까? 다시 생각을 해보기로 하고 집으로 향하려고 나오는 길에 라디오에서 들리는 아나운서의 말 한마디가 나를 다시 잡았다. "할까 말까 할 때는 무조건 하는 게 맞다." 평소에도 들었던 그 말이 왜 나에게 하는 말처럼 느껴지던지…. 바로 뒤돌아 올라가서 학원을 등록했다. 하다가 멈추더라도 시작해 보자! 결심했다.

힘들기만 할 것 같았던 간호학 공부는 '이런 걸 모르고 20년을 살았다고?' 매번 이렇게 감탄하며 하루중 가장 기다리는 시간이 되었다. 간호는 적성에 잘 맞았고, 재미있었다. 병원에 실습하러 가는 날에는 환자들을 만날 수 있다는 생각에 들뜨기도 했다. 어느 날 간호사 선생님들과 점심을 먹다가 목에 걸고 있는 간호사 명찰을 유심히 바라보게 되었다. 나도 걸어볼 수 있을까? 병원에 취직하고 명찰을 걸게 된다면 얼마나 행복할까?

그날 이후 태어나 처음으로 너무나도 간절하게 갖고 싶은 것이 생겼다. 간호사라는 직업과 명찰!

가족들의 반응은 좋지 않았다. 치위생사였던 큰언니는 간호학과 애들은 사람이 아니라며 말렸다. 대학을 두 번 간다는 막내딸을 엄마도 그리 반기지 않았다. 오랫동안 운동을 하며 힘들게 보냈으니 이제 좀 편하게 지내기를 바라셨던 것 같다. 모두가 아니라고 하니 더더욱 가고 싶어졌다. 사람이 아닌 것처럼 보이는 그 간호 학생,

나도 한번 해보자고 결심했다.

30대가 됐을 때 내 직업을 당당하게 말할 수 있다면 '성공한 인생'이라고 믿었다. 그 한 가지만 생각하고 아무것도 더 생각하지 않았기에 가능했을까? 간호대 합격! 꿈에서만 그리던 간호사의 시작, 간호 대학생이 되었다. 1998년 처음 대학에 갔을 때 군대에 다녀온 선배에게 점심을 얻어먹는 막내였던 그때와는 달리 막상 입학해 보니 세 살이나 어린 동생들이 대부분이었다. 모두 빛나고, 예쁘고, 똘똘해 보였다. 언니라는 이름으로 시작된 대학 생활이 마음에 들지 않았지만, 최대한 빨리 적응할 방법을 찾아야 했다. 어차피 이렇게 튄 거 뒤로 숨지 말고 나서보자 하는 마음에 과 대표를 맡았다. 나서야 하는 일이 많다 보니 항상 앞자리에 앉게 되었고, 무엇을 하던 나를 시작으로 진행되었다. 그렇게 교수님과 동생들 사이에서 열심히 뛰어다니며 간호학과에 적응하고 있었다.

첫 주부터 교수님들은 90%를 의학용어와 영어로 수업을 진행했다. 의학용어도 생소한데 모두가 영어라니! 가슴이 답답했다. 아무것도 알아들을 수 없었다. 게다가 매주 진행되는 의학용어 시험으로 손에는 언제나 프린트를 들고 있었다. 의학용어와 영어는 신기하게도 두 달, 석 달이 되어가면서 조금씩 들리기 시작했다. 또한, 손에 항상 들려있던 프린트가 없으면 놀고 있어도 마음이 불편했다. 나는 큰언니가 이야기하던 '사람이 아닌 간호 대학생 애들' 중 한 명이 되어가고 있었다.

첫 중간고사 기간에 도서관에서 밤을 새우고 하루 3시간 정도만 잠을 자면서 시험을 보았다. 반에서 가장 긴 시간 동안 공부했다. 그런데 점수는 상상 이하! 최악의 점수였다. 눈물이 뚝뚝 떨어졌다. 누군가 보게 될까 봐 두려워 옥상으로 올라갔다. 모든 것이 막막해지기 시작했다. 최선을 다했다고 생각했는데 점수가 형편없으니 이제 어떻게 해야 하는 걸까? 같은 시간을 보내는 02학번 동생들과의 경쟁에서 낙오된다면 대학에 다시 들어온 의미가 없다는 생각이 들었다. 어떤 방법이라도 찾아야 했다. 깊은 한숨이 나왔다. 집에 가는 길에 매일매일 서점에 들렀다. 어느 날은 삼십 분, 어느 날은 한 시간씩, 그렇게 몇 날 며칠을 공부와 관련된 모든 책을 찾아보았다. 그러면서 점수가 좋지 않았던 이유를 조금씩 알게 되었다. 학교에서는 성적이 잘 나온 동생에게 모르는 것을 빼놓지 않고 물었다. 시험이 어려운 과목은 교수님을 찾아가 시험의 흐름에 대해 문의하기도 했다. 수업 시간에는 무섭기만 하던 교수님도 직접 찾아가면 부모님처럼 따뜻하게 반겨주셨다. 2학년 1학기부터 성적은 상위권으로 올라갔다.

공부하는 방법이 있고, 그 방법을 아는지 모르는지에 따라 쉬워질 수도 있고 어려워질 수도 있다. 방법을 터득한 후 공부는 나의 취미가 되었다. 무언가를 배우고, 외우고, 정리하는 것이 재미있고 성취감까지 느낄 수 있었다. 그렇게 3년간의 대학 생활을 마무리하면서 1학년 때부터 간절히 원했던 가톨릭대학교 병원에 원서를 넣었다. 1학년 때 목표가 생긴 이후로는 내 방의 천장에 형광펜으로 병원 이름을 새겨두었고, 매일 밤 잠들기 전에 한참을 바라보고 또 바라보았다. 3년간의 세월은 나를 배신하지 않았다.

2005년, 나는 드디어 '가톨릭대학교 간호부 박선우'라고 새겨진 명찰을 걸게 되었다. 3년 전 간호학원 병원 실습 중 너무도 탐났었던 간호사 선생님들의 명찰이 이제는 내 것이 되었다. 그동안 피, 땀 흘리며 노력한 나에게 명찰을 걸어주던 날 가슴이 터질 것 같았다. 나 스스로가 대견하고 또, 대견했다.

"너는 죽을 만큼 노력해서 무언가를 얻어본 적이 있어?" 고등학교 3학년 때 같이 양궁을 하던 친구가 피가 나는 손가락을 칭칭 감고서 다시 활을 들고 나에게 물었다. 나는 아무 대답도 하지 못했다. 그게 어떤 의미인지 잘 알지 못했기 때문이다. 하지만 이제는 말할 수 있다. '이러다가 죽을 수도 있겠다.' 싶을 정도로 열심히 공부해본 적이 있다고…. 그렇게 하지 않으면 3년이라는 모든 시간이 모래알처럼 흩어질까봐 한시도 게을리 하지 않았다고…. 이제 원하고 바라면 모두 이룰 수가 있을 것 같다고….

5
멈추면 비로소 보이는 것들

이지은

코로나 시국에 해외여행은 엄두도 못 내는 동안 여행경비가 2년 동안 두둑하게 모였다. 엄마는 국내 여행 중 '제주도 한 달 살기'를 제안하셨다. 마지막 휴가라 생각하고 단독 통나무 펜션을 예약했다.

장기간 여행이라 렌터카보다 자차를 가지고 움직였다. 비행기로 30분이면 도착하는 가까운 거리였지만 이번엔 배로 이동했다. 목포로 내려가 차를 배에 싣고 4시간 정도 바닷길을 건넜다. 도착한 항구에서 30분쯤 달려 숙소에 도착했다. 복층으로 된 구조였고 마당에서 바비큐도 해 먹을 수 있을 장비가 비치되어 있었다. 아래층엔 주방, 화장실, 방 하나로 되어 있었는데, 방 하나는 옷방으로 쓰기로 하고 짐을 풀었다. 위층엔 침대, 쇼파가 있어 침실로 정했다. 텔레비전과 에어컨도 아래위층에 각각 있었다.

에어비앤비로 알게 된 호스트님은 친절한 해장국집 사장님이셨다. 엄마와 함께 가족여행 온 것이냐며 도착하면 꼭 들르라고 해서 다음 날 아침을 먹으러 방문했다. 한 달 살기 하는 동안 불편한 사항 등 필요한 것은 편하게 말하라고 하셨다. 진하고 맛있게 끓여진 해장국을 내어 주셨는데 그 맛은 잊을 수가 없다.

발 닿는 대로, 하고 싶은 대로 움직이려고 일정을 정하지 않았던 터에, 둘러보면 좋은 곳을 많이 적은 쪽지를 전해 주셨다. 특히 엄마를 모시고 가기에 좋은 곳이라 하셨다. 수국을 보러 가거나, 숲속 산책길 등 다양했다. 숙소 주변엔 편의점도 멀어 돌아오는 길에 마트에서 장을 봐와야 했다. 그 정도 불편함은 문제가 되지 않았다. 10분만 걸어 내려가면 파도가 일렁이는 바다를 보며 산책할 수 있었다.

공사장 소음 소리가 끊이지 않던 서울과는 달리 고요함 그 자체였다. 하루는 해수욕장에서 물놀이를 한 뒤 바닷속 풍경을 보기 위해 스쿠버 다이빙을 체험했다. 하지만 다음에 기회가 있다면 해녀 체험을 택할 것이다. 전문가도 아닌데 무거운 산소통을 메고 끌려가듯 바닷속으로 빨려 들어가는 순간은 공포 그 자체였다. 누구보다 나를 잘 알기에 더 효율적인 선택을 하기로 다짐하게 되었다. 무엇을 좋아하고 싫어하는지 명확해졌다.

좋아하고 잘할 수 있는 것에 시간을 쓰고 발전시켜야겠다고 결심해 본다. 어렵고 힘들 것 같은 일에는 감정을 덜 소비하기로 한다. 삶을 바라보는 시각이 유연해지면서 집중해야 할 것과 하고 싶지 않은 것에 대한 경계가 명확해진다. 그리고 뚜렷하게 주관을 전달할 때 비로소 나다움을 느낀다.

비가 온종일 내리던 날은 실내 아쿠아리움에서 시간을 보냈다. 대형 수족관에 고래와 물고기들을 구경했다. 현직 해녀가 직접 물질을 하는 시연도 볼 수 있었다. 돈 버는 일에서 벗어나 먹고 쉬는 시간을 보내면서 진정 행복했다. 코로나 확진자가 서울보다 상대적으로 적은 제주도로 피난 온 건 우리 가족뿐만은 아니었다. 연인, 가족 등 다양한 구성원으로 놀러 나온 사람들로 북적였다.

서른여섯, 대한민국 기준에 누군가의 아내, 엄마가 되고도 남을 나이이다. 엄마만 비춰보아도 내 나이 때 두 아이의 양육과 한 가정의 안주인, 한 집안의 며느리로 자리 잡았다. 서른다섯을 넘기면서 '결혼'은 웃으며 넘길 수 없는 화두가 되었다. 아직은 준비가 되지 않았다고 대답하기도 서먹하다. 하고 싶은 것이 점점 많아져 결혼 때문에 포기하고 좌절하기 싫어질 뿐이다. 어느 날 ○○카드 고객센터에서 전화가 왔다. 사업자카드 국민연금 자동이체 신청 안내였다. 거래 건수를 위한 마음으로 완료하고 끊으려고 했다. 수화기 너머의 직원은 나의 결혼 유무에 상관없이 초등학생 자녀가 있다면 문학전집 선물과 함께 공과금 할인이 진행 중이라는 안내를 했다. 미혼이라는 답변에 죄송하다는 말만 남긴 채 상담원은 에둘러 통화를 끊었다.

틀린 이야기는 아니다. 첫사랑에 실패만 하지 않았어도 가능한 경우다. 하지만 고객에 대한 정보를 전산을 통해 이미 알고 있던 직원은 결혼 여부는 묻지도 않은 채 단정 짓고 학부모처럼 대우했다. 미혼이라는 두 글자에 당황했던 것인지, 스스로 부끄러워 죄송해서 끊은 건지 알 수는 없다.

내게 멈추면 보이는 것이 '결혼'이었다. 30대에 접어들면서 주변의 권유로 소개팅을 2번 했다. 자수성가했지만 난방비를 절약하기 위해 집에서 패딩을 입고 수면 양말을 신고 지냈다던 A와 내가 가게를 열면 셔터맨을 하겠다던 B, 이렇게 두 사람이었다. 누군가는 예민하다고 수군거릴 수 있다. 하지만 평생을 함께 미래를 그려 나갈 동반자를 그냥 시간에 쫓기듯 선택하고 싶지 않았다.

30대가 되어 접하는 사람들은 결이 달랐다. 대화의 주제도 관심사에 따라 내용이 달라졌다. 조금씩 사람을 관찰하고 알게 되면서 동반자를 보는 기준이 생겼다. 100% 마음에 들 수 없더라도 '여자는 당연히 이래야지!'라는 사고방식보다 열려있는 사람이면 좋겠다. 각자의 삶을 존중하며 서로의 부족한 부분을 채워 줄 수 있는 따뜻한 마음을 가진 상대라면 좋겠다.

여자로서 경제적으로 어디까지 오를 수 있을까에 집중해서 치열하게 살아왔다. 결혼은 필수선택이 아니라 무의식적으로 미루고 있었나 보다. 현재에 집중할 것은 1인 기업가로의 자립이다. 세상에 존재하는 삶의 형태는 무궁무진하다. 정석대로 걸어가는 삶도 있다. 남보다 뒤처진다고 스스로를 채찍질하기는 싫다.

간호 일이 평생 안정된 직업이라 여기며 살았더라면 나의 잠재력을 발견할 수 없었을 것이다. 변화를 거부하고 과거에 머물러 있다면 도태되는 동시에 성장 자체를 멈춘다는 것이다.

오히려 달라진 세상에 적응하고 공부하면서 발맞춰 가야 한다. 혼자 일하는 것이 겁나 재취업을 선택했다면 삶의 의미와 주체적인 나의 태도는 갖추지 못했을 것이다. 눈앞에 당장 스파클이 튀는 환상은 없다. 꾸준히 쌓아가고 걸어가다 보면 결과물로 돌아올 것이라 믿는다. 경제적 수입이 주된 목적은 아니지만 종종 형부의 가게에 일일 서빙 및 주방보조로 출근한다. 가족관계라도 직원마인드로 근무하고 그 외의 시간에는 부지런히 내 일을 시도하고 있다.

앞에서도 언급했지만, 책 속에 길이 있다는 말을 믿고, 지금도 책으로 공부하며 마인드를 다 잡는다. 조금 더 윤택하고 나은 삶을 살고자 한다. 나와 남이 다르다는 전제를 인정하고 나니 편해졌다. 예전엔 나와 다른 의견에 불만이 많았다. 서른 후반쯤 되고 보니 상대방의 입장도 헤아리게 되었다. 몇 해 전 마음을 유하게 먹으라고 했던 사수의 충고가 지금에서야 이해되는 것 같다. 당시에는 몰랐다. 시간이 흘러 이렇게 깨닫는 순간이 온다.

멈추고 비로소 보이는 것들을 마주했다. 누군가에게는 직장에서 해고당한 동생, 집에서 놀고먹는 결혼도 안 한 딸, 각자의 시선에서 나를 정의했다. 소름 끼치게 만든 건 나에 대한 걱정이 하나의 목소리로 여러 사람들이 한다는 것이다. "앞으로 계획해 둔 건 있어?" 진지하게 물어오는 사람이 한 명도 없다는 것이 씁쓸했다. 물론 나를 위한 걱정들이라는 걸 잘 안다. 남들과 다르게 사는 모습이 못마땅하게 생각될 수 있다. 예상한 반응이었기에 태연할 수 있었다. 회사 밖에서도 충분히 먹고 살 수 있다며 장담했지만 처음 경험하는 상황이 낯설기도 여러 번 있었다. 그렇다고 회사로 돌아가고 싶은 마음은 더욱 생기지 않았다. 멈추고 보이는 것들을 관찰했다. 새로운 발견을 하게 되는 경험이 되었다. 첫 이직부터 나이에 대한 관념은 버렸다. 조직의 울타리를 벗어난 현재 오히려 삶에 대한 공부를 더욱 열심히 하고 있다. 편견에 대한 명분을 만들기 위해서라도 나에게 집중했다. 오늘의 나를 만나게 해준 과거의 나에게 감사하다. 살고 싶던 삶으로 살게 해주었으니까, 다시 또 미래를 꿈꾼다.

6
노력하라, 멈추지 말고 노력하라

최유화

"좀 더 노력하겠습니다!"

쉽게 이야기했다. 사전으로 그 단어를 검색하기 전까지 말이다. '목적을 이루기 위하여 몸과 마음을 다해 애를 쓰다.' 결코 가볍지 않다. 노력의 의미를 몰랐기에 그렇게 살지 못했을까?

고등학교 3학년 시절, 야자를 마치고 비장하게 독서실로 향한다. 도착해서 독서실 문을 열면서 결심한다. '오늘은 진짜 열심히 해야지!' 하고 말이다. 어두운 조명은 흥분됐던 마음을 곧바로 진정시켰다. '사각사각' 다른 친구들의 연필 소리가 들리면, 문제집 한 페이지를 넘기지도 못하고 엎드린 채 잠이 들었다. 얼마나 지났을까? 갑자기 몸이 흔들려서 눈을 떠보니 "집에 가자." 엄마가 데리러 오신 것이다. 엄마는 매일 새벽 독서실에서 잠든 딸을 깨워서 데려오는 것이 일이었다. 가족들은 애를 썼지만 나는 뜻이 없었다. 공부 잘하는 친구가 전혀 부럽지 않았다.

직장에도 사내 방송국이 있다. 그곳에서 근무하는 직원이 참 부러웠다. 내 꿈이었는데, 누구는 회사 안에서도 꿈을 이뤘다는 사실을 진심으로 부러워했다. 지방에 살기 때문에 본점에 근무할 수 없고, 저들은 똑똑하고 젊어서 할 수 있다고만 생각했다. 대신 취미로 할 수 있는 것이 무엇일까? 고민하던 중 동화구연 학원에 다니는 딸아이가 '시 낭송 대회'에 나가게 되었다는 소식을 들었다. 이거다 싶었다. 선생님을 찾아가서 어렵게 말을 꺼냈다.

"혹시…. 성인부에 저도 참가해 볼 수 있을까요?"

선생님은 충분히 할 수 있다고 용기를 주셨다. 그것이 시작이었다.

시 낭송 대회 준비는 생각보다 호락호락하지 않았다. 3분 정도 되는 시를 틀리지 않고 외우는 것은 기본, 정확한 발음, 적절한 감정 표현과 시에 대한 이해, 자기와 잘 맞는 시를 선택해야 한다. 더불어 청중들과 심사위원에게도 잘 해석하여 전달할 수 있어야 했다. 30년 전 초등학교 시절, 숙제로 짧은 시를 외워본 적은 있어도, 긴 시를 외우고 이해하는 것 자체가 어색했다. 문학에 조예가 깊은 것도 아니고, 시집을 자주 들여다보지도 않았기 때문이다. 시는 삶에 여유가 있는 사람만 볼 수 있는 것이 아닌가.

가장 중요한 건 무대 위에서 긴장하지 않은 상태에서 토씨 하나 틀리지 않고 전문을 낭송하는 것이었다. 암기에 전혀 자신이 없던 나는 연습 시작과 동시에 긴장했다. 학창 시절에 공부 안 했던 게 여기서 티가 난다며 자책도 했다.

A4용지 한 장에 시 원문이 다 들어갈 만큼 작은 글씨로 출력했다. 이동할 때 가지고 다니면서 암기하고, 설거지하면서 연습하기 위해서였다. 짬짬이 연습했지만, 무대 위에서 낭송할 생각에 식은 땀부터 났다. 긴장하지 않을 순 없을까.

"연습이 답입니다. 노력이 실력입니다!"

선생님의 답변이었다. 아차 싶었다. 걱정하고 있을 시간에 한 번 더 연습하자는 생각이 들었다.

A4용지로 표를 만들었다. 가로 30칸, 세로 40칸이니 총 1,200칸이 생겼다. 딱 이만큼만 연습하면 떨지 않고 무사히 마칠 수 있지 않을까. 좋은 결과를 기대하지 말고, 오직 칸을 채우자는 생각이었다.

거실은 무대였다. 거실 유리창과 최대한 거리를 두고 섰다. 거실 유리창 넘어 많은 관객이 앉아 있는 것을 상상했다. 배꼽 인사부터 시작하여 3분간의 낭송을 마치고 무대에서 내려온다. 셀 수 없을 만큼의 연습이라 표현하고 싶지만, 표를 보니 이제 겨우 80칸이 X로 채워져 있다. 언제 다 채울 수 있을까.

추석 명절이 되었다. 코로나 발생 전이다 보니 시댁에서 온 가족이 모였다. 나와 딸이 시 낭송 대회를 준비한다는 소식을 듣고 꼭 보고 싶어 했다. 난감했다. 연습이 완벽히 된 것도 아니고, 무엇이든 가족들 앞에서 한다는 것은 끔찍한 일이었다. 생각해 보니 지금 이렇게 연습하고 나면 무대에서 좀 덜 떨릴까 하는 생각이 들었다. 밥을 먹다 말고 거실 창문 앞으로 갔다. 부엌 식탁에 앉아 있는 가족들이 한눈에 들어왔다. 아주버님과 형님들, 시부모님과 조카들, 남편과 딸까지 너무 잘 보였다. 막상 시작하려니 이게 무슨 상황인가 싶기도 하고 멋쩍기도 해서 제목을 읊다가 혼자 웃어 버렸다. 순간 가족들이 짓는 '여기서 끝난 건가?' 하는 아리송한 표정을 보고는 끝까지 해내야겠다는 생각이 들었다.

노인 헌화가

서정주

붉은 바윗가에
잡은 손에 암소 놓고
날 아니 부끄리시면
꽃을 꺾어 드리리다
<중략>

다음이 내 차례다. 아직도 손에서 시가 적혀 있는 종이를 놓지 못한다. 하도 많이 들고 다녀서 너덜너덜해진 종이를 이제는 놓아 줄 때다. 가족들 앞에선 틀렸지만, 대회 날에는 틀리지 않겠다고 다

짐했다. 입안이 바짝바짝 타들어 갔지만, 입술은 자동으로 움직였다는 것이 맞겠다. 머리가 텅 빈 상태에서 청중과 심사위원을 둘러보면서 낭송을 마쳤다. 틀리지 않고 마친 것에 감사할 따름이었다.

드디어 결과 발표. 동상도 아니고 은상도 아닌데, 아직 내 이름이 들리지 않는다. 단 2명만 남은 상황. "대상, 최! 유! 화!"

믿을 수가 없었다. 연습에 몰두했던 3개월의 시간이 주마등처럼 스치면서, 연말 연기대상 시상식에서 대상을 탄 사람처럼 눈물이 났다. 지금 생각해도 다시 눈시울이 붉어진다.

살면서 그렇게 노력한 적이 있었을까. 1,200칸을 다 채우진 못했지만, 그만큼 반복한 일이 있었을까. 부족했지만 잘 이끌어 준 선생님, 같이 연습해 준 멋진 딸과 묵묵히 들어주었던 남편, 몰래 응원해 준 가족들까지 감사했다.

30대 중반의 평범한 직장맘이 대회에 참가해서 상을 탔다는 것은 인생에 큰 자신감을 가져다준 계기가 되었다. 물론 중간중간 그만두고 싶은 적도 있었다. 포기가 아니라 중단하고 싶었다. 직장맘으로서의 시간적 제약과 나를 위한 일보다는 우리 딸에게 신경을 더 쏟아야 하는 것이 맞지 않을까? 하는 생각 때문이었다. 하지만 엄마가 자신의 인생에 진심을 보이면 딸아이에게도 울림을 줄 것이라 믿었다. 그리고 우리 가족이 더 확장되는 것이라 확신했다. 그래서 계속 노력하게 된다. 멈추지 않고 몸과 마음을 다해 노력한다.

연습이 답이고, 노력이 곧 실력이다.

매일 의미 있는 일을 하고 잘 해내는 사람은 아니었다. 잘 미루기도 하고, 결과물이 빈약할 때도 많다. 다만 비가 오나, 눈이 오나, 캠핑을 가거나, 코로나가 걸리거나 오직 나의 일을 한다. 오롯한 나의 시간 속에서 나의 속도로 책을 읽고, 미래를 그리며 공부한다.

단지 시작했을 뿐이고, '계속하는 사람'일 뿐이다. 계속하다 보면 끝내 답은 나왔다.

그러니 노력하라. 멈추지 말고 몸과 마음을 다해 노력하라.

7

불평과 불만, 결코 입에 담지 말아야

강 희

✦

'행복은 언제나 감사의 문으로 들어와서 불평의 문으로 나
간다. 조심하라. 불평의 문으로 행복이 새 나간다. 기억하라. 감사
의 문으로 행복이 들어온다.'라는 서양 속담이 있다. 불평불만은 좋
지 않다. 신문 기사에서 불평불만을 습관적으로 말하는 사람들이
손해인 이유를 보았다. 뇌 과학자들이 언급한 세 가지 이유는 다음
과 같다. 첫 번째는 불평불만을 반복적으로 할수록 뇌 건강을 악화
시킨다. 감정이나 생각을 반복하면 뇌의 시냅스가 발달하고 숙련
이 된다.

불평불만은 뇌가 부정적으로 생각하도록 만들고, 이에 따라 불
평불만을 다시 되풀이하는 악순환이 만들어진다. 두 번째, 불평불
만은 전염된다. 불평불만을 말하는 사람 옆에 있으면 기분이 나빠
진다. 우울증이나 분노조절장애, 외로움 등 좋지 않은 감정은 주변
으로 빠르게 퍼져나간다. 반면 행복한 감정은 쉽게 전파되지 않는

다. 세 번째는 불평불만으로 인해서 우리의 몸을 망칠 수 있다. 부정적인 생각을 하는 사람은 보통 사람과 비교하면 코르티솔 호르몬 분비량이 2배 정도 많다고 한다. '코르티솔' 호르몬은 스트레스에 반응해서 분비된다.

　불평하는 순간 내 에너지가 불평을 일으키는 문제에 집중된다. 갑작스러운 불행에 적응하지 못해서 끊임없이 불평이 많았던 내 인생은 고달팠다. 불평불만이 나를 잡아먹었다. '나 힘들다고!' 내면의 목소리를 불평불만으로 내뱉었다. 그 당시는 감정에 따라 좌우되는 내 말투로 어디를 가든 분란을 만들었기 때문에, 막내동생이 나를 '쌈닭'이라고 불렀다. 불평불만을 입에 달고 살았고, 매사를 부정적으로 보고 투덜거렸다. 상대가 조금만 내 기분을 거슬리는 말을 하면 얼굴을 붉히면서 따졌는데, 지금 생각해 보면 왜 불평했는지 기억조차 못 한다.

　작은 아이가 아파서 직장을 그만두고 전업주부로 살면서 불만이 쌓였다. 어쩔 수 없이 직장을 그만두었지만, 삶이 즐겁지 않았고 집안 살림이 재미가 없었다. 자발적인 선택이 아니라서 더 짜증이 났다. 지금보다 더 나은 삶을 위해 무엇을 할까를 고민하고 준비해야 했지만, 나는 그러지 못했다. 나아지는 것이 조금도 없음에도 불구하고 계속해서 불평불만을 쏟아냈다. 불평불만과 분노가 나를 지배했고, 몸 상태도 불균형이 왔다. 이런 나로 인해 집안 공기가 무거웠고, 식구들이 내 눈치를 보았다.

이제 그 소모적이고 창피한 짓을 멈추려 한다. 내 삶에 가치를 부여하며, 건강한 삶을 위해 자발적으로 선택하고 책임을 지려 한다. 여전히 아주 가끔 갑자기 화가 부글부글 끓어오른다. 그럴 때면 혼자 방으로 들어간다. 내 화로 인해 주변의 누군가가 상처받는 걸 의도적으로 피한다. 어떻게 하면 이런 증상을 없앨 수 있을까 고민하며 인터넷도 찾아보고, 이 책 저 책 읽다가 감사일기를 쓰게 되었다. 더 나쁜 상황으로 악화하기 전에 싹을 싹둑 잘라버린다.

아침에 눈을 뜨면서 하루를 감사로 기분 좋게 시작한다. 물론 기분 나쁜 날도 있지만, 어제를 회상하며 감사하게 여기는 것을 3가지 정도 적으면서 좋은 기운을 불러일으키려고 애쓴다. 찾아보니 주변에 소소하게 감사할 거리가 널려있다. 시간이 날 때마다 감사한 사람들을 떠올리고 그들의 이름을 부르며 "감사합니다."라고 나지막이 얘기한다. 매일 감사일기를 적으면서 행복한 하루를 꿈꾸니 짜증, 불만, 분노가 수그러들고, 욱하고 올라오던 화가 차츰 사라졌다. 불평, 불만과 화가 사라지고 스트레스가 날아가니, 감사하는 마음이 얼마나 소중한지 알게 되었다.

나쁜 일이 생길 때 나타나는 반응도 달라졌다. 불평을 말하고 불만이 생기는 상황을 내가 조정할 수 없으면 반응하지 않기로 했다.

외부 상황을 바꾸려 하지 말고 내 마음을 잘 다스리면 화를 진정시킬 수 있다. 내 힘으로 바꿀 수 없는 불쾌한 날씨에 불만을 표출하고, 어디선가 불쾌한 냄새가 난다고 짜증을 내면 나만 힘들어진다. 불평불만이 올라올 때 일부러 큰 소리로 웃었다. '으하하' 웃음소리가 바이러스처럼 주변에 울려 퍼졌다. 다소 과장된 행동이지만 효과가 있었다. 의도된 웃음은 내 불평불만을 먹어버렸다. 함께 근무했던 선생님들이 가끔 내 웃음이 그립다고 연락해 오는 걸 보면, 내 유쾌한 웃음이 나뿐만 아니라 주변 사람들에게도 좋은 영향을 주었음을 알 수 있다.

불평불만이 일상이던 시기를 벗어나게 도운 건 봉사활동이다. 선교 훈련을 받으면서 알게 된 ISF 국제학생회에서 자원봉사를 했다. 숭실대 학생 2명과 함께 숭실대 ISF 한국어 교실에 배치되어 유학생들을 섬겼다. ISF 국제학생회 한국어 교실은 한국을 찾은 외국인 유학생들이 한국에 쉽게 적응하도록 10주 동안 매주 한 번 1시간 30분씩 도움을 준다. 1학기 개강 파티 일정을 잡고 학교 내에 사전 홍보를 했다. 과연 몇 명이나 올까? 어느 나라에서 온 학생일까? 그들을 만날 기대감에 약간 흥분되었다. 플래카드를 만들어서 달고 피자와 음료수를 준비하여 유학생을 기다렸다. 수요일 저녁 7시가 되었다. 강의실 문이 열리고 유학생이 들어왔다. 중국 유학생 2명이었다. 선생님이 3명인데 유학생이 2명이라 나도 모르게 한숨이 나왔다. 첫술에 배부를 수는 없다고 생각했지만, 한 학생이 친구를 데려올 수 있다고 해서 기분이 한결 나아졌다. 그러나 매주 한국어 교실은 기다림과 실망의 연속이었다. 어떤 주는 학생이 오지 않아 선생님 3명이 교실을 지키다가 헤어졌다. 어이가 없었으나 불평불만을 쏟지 않았다. 매주 수업을 준비하면서 쏟은 정성은 내게 도움이 되었다.

 나의 첫 한국어 교실에 왔던 유학생과 서너 번 정도 만났다. 그가 한국에서 배움을 잘 마치길 진심으로 바랐다. 학업을 마치고 본국에 돌아가서 훌륭한 리더가 되기를 기도했다. 2학기 한국어 교실이 열리고 새로운 유학생들을 만났다. 3명의 중국 유학생이 한국어 교실에 참여했다. 나와 수업했던 중국 여학생은 성실했다. 유창한 한국어 실력은 아니었지만 배움의 열의가 가득했다. 사회적 이슈가 되는 신문 사설을 읽으면서 어려운 단어의 뜻을 설명해 주고 한국어 발음을 교정해 주었다. 1년의 봉사가 끝나고 숭실대 학생 2명은 봉사를 그만두었다. 혼자 남게 된 나는 ISF 본부에서 간사라는 직책을 받고 새로운 자원봉사자들과 함께 숭실대 ISF 한국어 교실을 이끌었다. 불평불만을 멈추고 1년 동안 뿌린 씨앗의 결실이 나타났다. 1학기에는 약 40여 명 가까운 유학생들이 한국어 교실에 참여했고, 2학기에는 70명이 넘는 다양한 국적의 유학생들이 참가했다.

 숭실대 ISF 한국어 교실과 함께 유학생 부인들을 위한 프로그램

봉사도 했다. 서울대학교 유학생인 남편을 따라 한국에 온 유학생 부인과 그 자녀들을 돕는 모임이었다. 유학생 부인들이 꽃꽂이, 퀼트 등 취미 교실에 참여하면서 서로 교제할 수 있도록 시냇가푸른나무교회가 장소를 제공했다. 봄, 가을에는 야외나들이 등의 활동을 했다. 나는 부인들이 활동하는 동안 아이들을 돌보는 육아 돌봄 서비스를 담당했다. 매주 금요일 오전 9시 30분부터 오후 1시까지, 이러한 활동들을 통해 유학생 부인들과 자녀들이 한국 생활에 적응할 수 있도록 도왔다.

불평불만으로 향하던 에너지가 다른 밝은 곳으로 가면서 나는 차츰 안정감을 느꼈다. 다른 사람들에게 봉사하면서 내 안의 찌꺼기가 빠져나갔다. 내 작은 능력을 발견하고, 그 능력으로 다른 사람을 돕는 가치를 창출했다. 내 시선이 나에게서 타인으로 가면서 슬픔이 기쁨으로 변했다. 나는 가치 있는 사람이 되었다. 다른 사람을 도운 줄 알았는데 내가 얻은 자존감이 더 컸다. 남에게 베풀면서 즐거움을 느꼈다. 어떤 일이나 사람이 마음에 들지 않으면 불평을 표현하고, 불만스러운 태도를 보이는 게 자연스러운 반응이다. 불만족해서 언짢은 마음과 그 못마땅함을 말과 행동으로 표현하는 것이 다 나쁜 것은 아니다. 그렇지만 불평의 씨를 심으면 행복의 열매가 열리기 어렵고 결국 불행의 열매를 따 먹게 된다. 행복이 다가와도 불행을 파는 사람이 될 수 있다. 지금 불만스러운 상황이 생겨도 내가 그 상황을 바꿀 수 없으면 반응하지 않는 게 현명하다.

　지금보다 더 나은 삶을 살기 위해 불평과 불만을 결코 입에 담지 않기로 결단한다. 불평불만이 생긴다면 원인을 찾아보고, 더 나은 방향으로 내가 할 수 있는 개선점을 고민한다. 두려움을 감추려고 도리어 불평불만을 크게 드러낼 수도 있다. 두려우면 움츠러들고 뒷걸음질 치는데, 그럴 때 잠시 멈추자. 문제가 풀리지 않는다고 불평불만을 드러내서 화를 내며 포기하지 말고, 담담하고 꿋꿋하게 문제와 대면하자. 여유로운 마음을 가지고 그 문제에서 한 걸음 뒤로 물러나 이제 와는 다른 새로운 시선으로 바라보자. 삶이 더 나아질 것이다. 감사가 생기고 행복이 찾아온다.

8
절대, 절대, 절대 비교하지 않는다

이자람

　'모든 사람은 각자의 때에 꽃을 피운다.' 피아노 교육을 하는 내가 학생들을 지도하면서 내가 바라던 성과가 안 나올 때마다 새기는 말이다. 교육에 관해 공부하면 발달 과정이라는 것을 배운다. '이 정도의 나이나 개월이 되면 무엇을 기대해야 하고, 무엇은 할 수 있어야 하고, 이런 것은 구분할 수 있어야 한다.'라는 일종의 기준치를 제시하는 학생에 대한 기대치이다. 한 학생에 대한 장기 계획을 세우고 수업을 진행할 때 발달 과정을 참고하면 도움이 된다.

　특정 나이에 발달시켜야 하는 지능이나 능력이 있는 경우, 그 부분을 강화하는 훈련을 수업에 포함하기 때문이다. 하지만 그 보편적인 기준은 수업을 할 때 걸림돌이 되기도 한다. 비교의 감정이 올라오기 때문이다. '지금쯤이면 이게 되어야 한다고 하던데, 이 친구는 왜 어렵게 느끼고 못 하는 걸까?' 성과를 보여줘야 하는 처지인 나는 애가 탄다. 급한 마음에 아이를 닦달하게 되고, 감정이 상하거나 힘든 적도 있었다. 사람들이 만들어 놓은 기준에 맞추려다 보면 스승도, 학생도 힘든 상황이 생긴다. 남이 세운 기준이 어떤 의미가 있기에 힘들게 만드는 것일까. 근본적 원인은 무엇일까? 나는 결국 비교와 질투, 그에 따른 열등감이라고 생각했다.

어릴 적 나는 욕심이 많았다. 모든 것을 다 잘하고 싶었고, 발표하는 것을 좋아했다. 시험을 치른 후 내가 원하는 점수를 받지 못하면 화가 나고 속상했다. 내가 부족하다는 사실을 받아들이기 힘들었다. 별로 노력하지 않은 사람이 나보다 잘하면 질투도 느끼곤 했는데, 그 상황이 싫어서 날 선 감정표현으로 연결되기도 했다. 나만의 기준으로 나의 목표를 이루기 위해 노력하기보다는 세상 사람들의 기준에 따르고, 다른 사람들과 비교하다 보니 작은 성공엔 크게 기쁘지 않았다. 나 자신을 칭찬하는 데 인색했다. 성적표를 받아도 기쁘지 않았고, 아쉬운 마음이 컸다. 내가 가지지 못한 것을 부러워하고, 내가 이루지 못한 것들을 속상해하며 10대를 보냈던 것 같다.

입시 준비 기간이 짧았지만, 운 좋게 음악대학에 들어갔다. 동기들보다 실력이 뛰어나지 않았고, 어떤 부분에 있어선 기초가 부족한 부분도 있었다. 음대를 준비하는 1년 반 동안 피아노 연습도 많이 했지만, 내면적으로 갈고 닦는 기간으로 보냈다. 학창 시절 남과 비교하고 욕심이 많았던 나는 피아노를 치면서 내가 정확히 어느 위치에 있는지 좀 더 객관적으로 알게 되었다. 메타인지 전략을 내 삶과 연습에 적용한 것이다. 자신의 능력, 자신의 사고 상태와 생각하는 내용을 알며, 문제를 해결할 때 계획하고 전략을 사용하고, 결과를 반성하는 사고 기능을 모두 메타인지라고 한다. 입시를 준비하며 다양한 무대 경험을 하고 평가받으면서 어느 정도 나의 위치에 대해서 알았고, 그 위치를 객관적으로 이해하려 노력했다. 나의 객관적인 위치와 실력을 바라보는 것은 어려운 일이다. 하지만 현실을 받아들이는 것은 오래 걸리지 않았다. 이성적으로 판단하면 간단한 문제였다.

그렇게 나의 위치와 실력을 알고 나니 다른 사람과 비교하지 않게 되었다. 오로지 나의 객관적 실력의 상승에만 초점이 맞춰진 것이다. 이런 마음가짐을 가지고 대학교에 들어갔고, 앞서 말했듯 뛰어나지 않은 실력이었지만, 그 상황에 감사하며 조금씩 나의 강점을 만들어 나갔다. 그렇게 잘하는 것들을 찾아가면서 학교생활을 했다. 시간이 흘러 4학년이 되자 진로에 대해 갈등이 생겼다. 어떤 전공으로 대학원에 갈지 갈팡질팡하고 있었다. 피아노 전공은 연주 전공뿐 아니라 관악기나 현악기 또는 성악가가 연주할 때 반주 역할을 하는 반주전공, 음악으로 사람들을 치료하는 음악치료, 피아노를 지도하기 위한 실질적인 방법을 배우는 피아노 페다고지를 비롯한 다양한 세부 전공으로 석사 과정이 있다. 하고 싶은 것은 피아노 연주 전공이지만, 내가 그 분야에 뛰어나지 않다는 것을 알기에 고민했다. 학부 시절 나를 4년간 지도해 주시며 오래 지켜봐 주신 교수님께서 한마디 하셨다. '자람아, 너는 연주능력이 뛰어난 건 아니지만, 다른 사람의 연주를 객관적으로 바라보고 고칠 점을 잡아내는 능력이 있더라. 그리고 그걸 알아듣게 표현할 줄도 알고. 너는 사람을 가르치는 재능을 타고난 것 같으니 피아노 교수학으로 석사 과정을 하면 좋을 것 같아.'라고 말씀해 주셨다. 그 조언을 듣고 진짜 잘하는 것이 이거구나! 깨달았고, 피아노 교수학 대학원에 진학해서 피아노를 지도하는 법을 연구하고 논문까지 써내며 음악교육 전문가로 성장할 수 있었다. 만약에 내가 10대 시절처럼 음대에 진학해서도 내가 가지지 못한 것을 부러워하고, 속상해하면서 지냈다면 지금처럼 좋아하는 일을 하면서 행복하게 삶을 살 수 있었을까? 누가 봐도 일할 때 행복해 보인다는 말을 들을 수 있었을까? 과거처럼 살았다면 내가 잘하는 것을 찾지 못하고, 내가 못 하는 것에 집중하며 자존감만 한없이 낮아지는 속상한 시간을 보냈을 것이다. 아마 나의 선택을 후회하는 순간이 왔을지도 모른다.

내가 가르치고 있는 아이들의 대회 참가를 준비하면서 학창 시절과 비슷한 경험을 했다. 믿고 맡겨주신 학부모님들에게 최고의 모습을 보여주고 싶어서 아이들이 큰 상을 받기만을 바랐던 것이다. 아이들을 강하게 훈련하게 시키는 동안 마음은 참 힘들었다. 예나 지금이나 나의 교육 철학 중에 가장 중요한 것은 '음악으로 인해 행복한' 아이를 만드는 것이다. 과연 이게 맞는 건지, 내 안에서 아이를 다른 참가자보다 돋보이게 만들고 싶다는 욕심과 아이의 행복을 위한다는 생각이 부딪혔다. 힘들었지만, 아이들을 열심히 훈련시켜 내가 목표로 했던 좋은 상을 받게 했다. 기쁘긴 했지만, 회의감이 들었다. '저 사람도 아이들을 입상시키는데, 나도 그렇게 해야지.', '저 아이도 큰상을 받는데, 내 학생도 받게 해야지.' 이런 비교의 감정으로 이뤄낸 것이란 생각이 들었다. 인정받았다는 기쁨도 있었다. 그러나 비교에서 시작되어 이룬 노력과 성취는 뿌듯함과 행복을 주기보다는 자그마한 우월감만을 내게 남겼다. 이런 마음가짐은 오래가지 못한다는 것을 그때 깨달았다. 그 이후에 나는 바뀌었다. 오로지 아이들 하나만을 보고 대회에 참가하기로 한 것이다.

상을 위해, 돋보이기 위한 목적이 되기보다는 비교 대상을 자기 자신으로 삼고, 성장하는 데 의의를 두기로 결심했고, 학부모님들께 내 의도를 전했다. 그렇게 하니, 작은 성취에 나도 아이들도 기뻤다. 과거에는 준비하는 시간이 오로지 수련이고, 마음도 몸도 힘든 시간이었지만, 생각을 바꾼 후에는 과정에서 이루는 작은 성취들이 기쁨으로 다가왔다. 이렇게 나도, 아이들도 과정의 즐거움을 아는 사람으로 변해가고, 변했다. 과정을 보는 관점이 바뀐 대단한 일이다.

중요한 것은 자기만의 속도를 인정하고, 남과 비교하지 않는 것이다. 미디어가 발달하고, 검색만 하면 다양한 사람들을 접할 수 있는 요즘, 타인과 비교하며 속상해하는 사람들이 있다. 나에 비해 잘 살아 보여서, 돈이 많아 보여서, 잘나가는 것 같아서. 다양한 이유로 현재 본인의 상황과 자발적으로 비교하며 자기 스스로 본인을 깎아 내린다. 모든 것은 생각하기 달려있다. 타인의 기준으로 나를 바라보며 비교하기보다는 객관적인 눈으로 나 자신을 바라보는 현명함이 더 나은 나를 만들어 준다.

9

매일 꾸준히 반복한다

하민정

살아가면서 책 한 권 안 읽은 사람은 없다. 또 글 한 번 안 쓴 사람도 없을 것이다. 나 또한 책을 읽고 노트에 글을 적곤 했다. 그러나 그때뿐이었다. 큰 변화를 일어나지는 않았다. 나는 독서를 즐기던 사람이 아니다. 어쩌다 읽어도 동기부여만 받을 뿐이었다. 책에 관심은 있고, 읽어야 한다는 것은 알지만 가끔 읽는 것이 전부였다.

그랬던 내가 어쩌다 독서 모임에 참여하고, 꾸준히 책을 읽게 됐을까? 나는 예전부터 내가 배우고 가지고 있는 것으로 다른 이들을 돕고 싶었다. 결혼 전에는 현장에서 봉사하는 것이 최고의 가치라고 생각했다.

지금 돌이켜보니 대학생 때 소중한 만남이 떠오른다. 텔레비전 다큐멘터리 프로그램에 나온 초등학생 자매들을 만났던 일이다. 개인 사정으로 부모님 없이 자매 둘이서 살아가는 내용이었는데, 머릿속에서 아이들의 모습이 떠나지 않아 방송사에 연락해 아이들을 만났었다. 그때 자매들 나이가 9살, 11살쯤이었으니, 지금 우리 아이들 나이대다. 자매들이 사는 곳 주변에 고모가 사셨지만, 고모도 가정이 있는지라 아이들 둘이서만 지내고 있었다. 생활은 가능할지 몰라도 한참 부모님이 필요한 시기였다. 당시 나는 대학생 신분이라 돈도 별로 없을 때였기에 정서적인 도움이라도 주고자 친한 언니의 역할을 하고 싶었다. 아이들과 만나 함께 패스트푸드점도 가고, 아이라면 꼭 가고 싶었을 놀이동산도 갔다. 나도 어린시절 놀이동산에 늘 가고 싶었기에 함께 가니 더 기쁘고 좋았다. 아이들도 나를 친언니처럼 따랐다. 놀이동산에 함께 간 날 자매 중 첫째가 편지를 줬다. 예쁜 글씨로 꾹꾹 눌러쓴 편지의 내용 끝에는 나의 친언니가 돼 주면 안 되겠냐는 내용이었다. 그때 느꼈다. 내가 무언가를 아이들에게 해주는 것이 아니라 이 아이들이 나에게 주는 감동이 더 크구나!라는 것을 말이다.

대학원에 다닐 때는 지역복지센터에서 시행하는 한부모가정 아이들 집을 방문해서 과외 봉사를 했다. 이렇게 봉사하는 봉사자들이 참 귀하다는 생각을 한다. 그러나 결혼하고 아이들 셋을 키우며 살다 보니 내가 생각했던 봉사는 할 시간적 여유가 없었다. 그 기간이 길어지면서 내가 가치를 두고 있는 삶과 점점 멀어지는 듯했다.

코로나 사태로 줌 강의가 활발해지면서 나는 성장할 수 있는 기회를 잡게 되었다. 그 당시 인도에 살고있었지만 온라인에서는 전혀 제약이 없었기 때문이다. 부모 성장 독서 모임을 할 때는 한국 책을 구하지 못하니 e-book을 구입해서 읽었다. 시간대가 달라 새벽에 일어나서 모임을 해야 할 때도 있었다. 이렇게 전에는 안 하던 것을 하게 되면 늘 가까운 사람은 이렇게 물어본다. "도대체 뭐 하는 거야?" 이를테면, 별 도움도 안되는 거 매주 뭐 하냐는 거다. 하지만 나는 엄마로서 그리고 여자로서, 더 나아가 한 사람으로서 성장하고 싶었다. 그래서 성장을 위한 방법을 찾아다녔다.

성장을 위해 함께 책을 읽고, 새로움을 발견하고, 삶에 적용했다. 나의 성장과 더불어 내가 가치 있게 생각하는 공헌과 비전을 이루기 위해서, 가장 빠르고 확실한 방법은 바로 책 읽기였다. 한국으로 오기 전 독서를 할 때는 집중도가 높았다. 그만큼 내 마음에 간절함 혹은 결핍이 컸었다. 책을 통해 내가 추구하는 남을 도우며 살고자 했던 삶이 얼마나 두루뭉술했는지…. 얼마나 준비를 안 하면서 살았는지 깊게 깨닫는 시간이었다.

이렇게 몇 권의 책을 읽었다고 해도 꾸준히 하지 않으면 성과를 내기 어렵다. 봉사도 한두 번 한 것으로 봉사하는 사람이 될 수는 없다. 무슨 일이든지 꾸준히 하지 않으면 내 것이 되지 않는다. 원래 그런 사람이 되기 위해서는 어느 정도의 반복이 필요하다. 성격이 느긋한 나는 책은 읽고 싶을 때, 여유 있을 때 읽으면 된다고 생각했다. 하지만 이제는 조급한 마음이 들었다. 이 조급함은 속도를 내기에 좋은 영향을 주었다. 지금 늦었다는 생각이 든다면 조금 더 많은 양을 집중적으로 읽자! 그리고 반드시 적용해 보자!라고 생각했다. 그러기 위해서 함께하는 것을 선택했고, 그러다 보니 다양한 책들을 접하게 되었다. 몇 주 동안 열심히 읽다가 잠시 쉬기도 했다. 그리고 다시 읽었다. 이것이 반복되더라도 그것이 꾸준함이 되는 것을 알게 되었다. 마음 같아서는 일주일에 몇 권씩 읽어내고 싶었지만, 급하게 해서 지치지 않도록 선택과 집중을 하며 독서를 해나가고 있다.

독서 모임도 성격과 종류가 다양하다. 자신에게 필요한 분야의 여러 권의 책을 몇 주 동안 읽거나, 한 권의 책을 몇 주 동안 읽는 방법이 있다. 그 외에도 요즘 관심 분야인 재테크 관련 책을 선정해서 읽거나, 1인 기업 관련 책을 골라서 함께 읽기도 한다. 스스로 성장을 원한다면 독서 모임에 참여자로 시작해서 나중에는 모임을 이끄는 리더가 되면 더 빠른 성장을 할 수 있을 것이다. 삭제

더불어서 새벽을 깨우는 것도 한국으로 와서 살 집을 준비하는 동안 무너져 버렸다. 나는 지난 2월부터 또다시 '함께'의 힘으로 새벽을 깨우는 모임에 참여하고 인증했다. 인증은 실천을 위한 수단이다. 이것 또한 매일 하다가도 지치면 쉬기도 한다. 그러다 다시 시

작하기를 반복한다. 이렇게 반복하다 보면 꾸준함이 되고 있었다.

완벽함을 추구하다가 가장 완벽하지 못한 사람이 된다는 말이 있다. 나 또한 완벽하지도 않으면서 완벽주의만 추구하여 시작도 못하거나 실패 후 다시 반복하기를 싫어했었다.

앞서 봉사의 삶도 매일 봉사하기란 쉽지 않다. 결혼 전 몇 번의 봉사 경험이 있기는 하지만 꾸준히는 쉽지 않았다. 몇 달 전 가정의 달을 맞아 지역아동센터에 봉사하러 갔었다. 그곳에는 가정폭력이나 부모님의 이혼 등의 이유로 부모님과 떨어져 지내는 아이들이 지내고 있었다. 가정에 달에도 부모님과 함께 지내지 못하는 아이들에게 숯불 양념갈비로 맛있는 한 끼를 대접하는 시간이었다. 당장 매주 매달이 아니더라도 매년 꾸준히 할 수 있다면 그것도 하나의 방법이 될 수 있다. 그래서 주저하지 않고 하루를 비워 봉사활동을 갔다. 그리고 그것이 계기가 되어 지금은 한 아이를 매달 후원하고 있다.

이 책을 써가는 동안 나는 책을 통해 블로그를 시작하기로 마음 먹고, 매일 블로그글쓰기를 시작했다. 평소 글쓰는 습관이 되있지 않던 사람이 매일 글감을 찾아 글을 쓰기란 여간 어려운 일이 아니다. 그래서 나는 좋은 기회에 블로그를 시작하고자 하는 왕초보 블로거들과 함께 블로그습관챌린지를 시작해 4기까지 진행중이다. 내가 모임을 이끄는 리더가 되니 매일 블로그포스팅을 하게됐고, 자연스럽게 나의 블로그는 성장중이다. 내가 블로그 인플루언서이거나 인기있는 블로그여서 시작한 것이 아니다. 꾸준한 글쓰기를 통해 성장하고 싶었다. 위에서 말한 독서나 봉사나 블로그글쓰기 모두 시작하기에 어려운 것들이 아니다. 다만 꾸준히 해나간다면 몇 개월 후 몇 년 후 나의 모습은 달라져 있을 것이다.

좀 더 나은 삶을 원한다면 오늘 당장 시작할 수 있는 한 가지를 해본다. 그리고 그것을 반복한다. 중간에 잠시 멈추더라도 다시 반복한다. 그렇게 매일 꾸준히 반복이다! 꾸준히! 반복! 하는 사람은 성장이라는 결과가 있기 마련이다.

수많은 것 중 하나를 정해서 꾸준히 반복해 보자. 잠시 주춤하더라도 반복하다 보면 어느새 이전과는 다른 실천하는 사람, 성과를 내는 사람, 내가 꿈꾸는 더 나은 삶을 사는 사람이 되어 있을 것이다.

10
세상에 쉬운 일은 없음을 인정하라

한선영

"안녕하세요, 고객님. 어떤 스타일을 원하시나요?, 어떤 부분이 가장 고민이신가요?, 어떤 점이 가장 불편하신가요?" 고객을 맞이하는 순간 반드시 하는 질문이다. 고객의 고민과 불편 사항을 듣고 난 후, 모발 상태와 과거 시술 이력에 대한 상담을 함께한다. 차후 시술 계획까지 생각하여 오늘 고객이 할 수 있는 시술에 대한 방안을 세 가지 정도로 정리하여 제안한다. 그러면 고객은 내가 제시한 선택지 중에서 가장 머리가 덜 상하면서 현재 원하는 스타일을 만들어 주는 방법을 선택하는 경우가 많다. 이제부터 고객의 눈으로 모습이 달라짐을 확인하는 데 걸리는 시간은 대략 두세 시간 정도. 스타일에 맞게 커트를 한 후, 상담했던 대로 염색을 하거나 파마를 진행한다. 염색 후에는 반드시 드라이 스타일링을 하고, 파마하고 난 다음에는 최대한 깔끔하게 머리를 말린다. 말리는 것만으로도 최대한 드라이처럼 연출하는 것이 중요하다. 그러나 드라이로 웨이브를 연출한 것만큼 머릿결이 윤기가 나고 탱글탱글 힘이 좋을 수는 없다. 타고난 모발의 상태와 현재 모발 손상 정도에 따라 파마를 했을 때 웨이브의 탄력도와 윤기가 달라지기 때문이다. 그래서 파마는 머리를 편하게 손질하기 위한 수단이라고 표현하는 것이다. 드라이처럼 완벽할 수 없다. 마법이 아니다. 미용사 또한 마법사가 아니기 때문에 정확한 판단하에 따라 시술을 할 수 없는 상태일 때는 확실하게 말을 해야 한다. 도전은 함부로 하면 안 된다. 그래도 고객이 간곡하게 해달라고 할 때가 있다. 그런 경우에만 특별히 고객의 동의하에 진행한다. 결과에 대하여 전적으로 책임질 수 없는 경우 충분히 설명해드리고, 차선책을 제시하거나 어쩔 수 없는 경우 진행하지 않는다.

내가 생각하는 헤어디자이너로서 가장 뿌듯한 순간은 내가 연출한 헤어스타일이 고객의 마음에 들었을 때, 직접 경험할 수 없는 헤어스타일을 고객을 통해 연출함으로써 대리만족을 느낄 때다. 지치고 힘들었던 마음이 '그래, 내가 이래서 이 일을 하지!'라는 뿌듯한 마음과 자부심으로 바뀌는 순간이다. 미용업에 뛰어든 지 어느덧 11년 차가 되었다. 나의 역할은 미용사인데, 어느새 해야 할 일은 열 손가락을 모두 세어보아야 할 것 같다. 디자이너가 된 순간 프리랜서 사업자가 되는 것이다. 경영자로서 스스로 자신의 영업상태를 파악하고 운영할 수 있어야 한다. 여기서 파생되어 매출이 부진한 달에는 고객 프로모션 이벤트를 준비해야 하므로, 기획 및 마케팅 능력도 요구된다. 또한 각자가 개인 '브랜드'인 셈이다. 자신을 스스로 브랜딩해야 한다. 블로그, 인스타그램 등 SNS를 운영 및 관리하여 자신을 널리 알려야 하고, 이에 뒷받침되어 고객 시술 후 사진 촬영 및 편집도 일정 수준 이상 할 수 있어야 한다. 사진 촬영에도 나름의 방법이 있다. 고객의 시선에서 예뻐 보이는 사진이 되도록 촬영해야 하는데, 디자이너의 시선과는 다르다. 일부러 더 꾸며 놓는 듯 정갈해 보이게 찍으면 안 되고 평소처럼 자연스러운 상태로 화면에 꽉 차도록 촬영해야 한다. 요즘에는 온라인 예약 시스템이 자리잡혀 있어서 고객들이 방문 후기를 남겨주면 댓글도 정성껏 써야 한다. 방문 후기에 대한 살롱의 응대가 신규 고객의 유입을 결정하기 때문이다. 이렇게 디자이너가 고객을 맞이하여 시술만 하고 배웅하는 것이 아니라, 이후에도 해야 할 일이 상당히 많아졌다. 경영 공부, 브랜딩, 마케팅 등 기존 고객을 위해 어떻게 더 나은 서비스를 제공할 것인지 고민한다. 신규 고객 유입을 위해 자신을 어떻게 브랜딩할 것인가, 신규 고객을 어떻게 지명 고객으로 전환할 것인가, 늘 머리를 싸매고 고민에 고민을 더한다.

디자이너 초반까지만 해도 이렇게까지 할 일이 많지 않았던 것 같은데, 어느새 내 앞에 주어진 일이 너무 많아졌다. 이것도 해야 하고, 저것도 해야 하고, '헤어디자이너 맞나?', '무슨 헤어디자이너가 이런 것까지 해야 하지?' 싶었다. 나만 이렇게 생각하나 싶었지만, 동료들 모두가 그렇게 생각했다. 하지만 앞으로 시간이 더 흐를수록 시대가 바뀌고 미용업계도 발전할 텐데, 도태될 수 없었다. 내가 할 수 있는 방법은 무엇일까 고민을 많이 했다. 방문 후기에 답글을 쓰는 것조차도 고민 끝에 쓰는데, 여러 방면에서 대책이 필요했다. 이때 자기 계발하면서 알게 된 〈더 빅리치 컴퍼니(BBM)〉를 통해서 '블로그 글쓰기'를 배우기로 결심했다. 두 마리의 토끼를 잡을 수 있을 거라 생각했다. 블로그에 글을 쓰고 포스팅하는 방법도 배우고, 방법을 그대로 연습하면 다른 분야로도 적용할 수 있지 않을까 생각했다.

예전에는 막연하게 '블로그 그냥 하면 되는 거 아닌가?' 생각하고 시작했는데, 그것도 제대로 시작해야 나를 알릴 수 있는 도구가 된다는 것을 알았다. 망설이다가 기회를 놓쳤더라면 일개 아무개의 존재가 되어 후회하고 있었을지 모르겠다. 한때는 '뭐가 이렇게 할게 많은 거지?' 하며 짜증이 나고, 별거 아닌 거에도 화가 나고, 모든 것이 스트레스였다. 옆에서는 이것도 해야 하고 저것도 해야 한다고 사람을 재촉하니까, 겉으로 화를 낼 수 없으니 속에서 곪고 있었다. 처음에는 '이것도 해야 해!, 저것도 해야 해!'하는 것들이 '하면 돼지!' 했는데, 시간이 지나면서 옆에서 회의할 때마다 재촉하고 계속 얘기하니까 점점 스트레스가 되어버렸다. 극에 도달했을 때는 포기하고 싶었다. 아예 모든 것을 그만두고 싶은 마음이 들 정도로.

나 자신도 부담이 많이 되었다. 그 부담감을 내려놓기 전까지 부담감이라고 느끼지 못하고 스트레스로만 받아들였던 것 같다. 마음을 비우고 내려놓으니까 전보다 한결 편해졌다. 반은 성취욕구에 의한 욕심이 부른 스트레스였다. 부담감을 내려놓기까지 글을 쓰고 자기 계발하면서 깨달았다. 자기 계발을 통해 나를 객관적으로 볼 수 있는 시간을 갖게 되었다.

시간이 흐르고 시대가 조금씩 변화하는 것을 몸소 느낄 줄을 몰랐다. 일만 하다가 지쳤을 때 자기 계발을 시작했다. 독서를 시작하기 전까지 시간의 여유가 있음에도 불구하고 베짱이처럼 게으르고 무료한 생활을 했다. 강규형 대표님의 저서 《성과를 지배하는 바인더의 힘》을 만나면서 조금씩 변화하려고 노력 중이다. 글쓰기를 시작하면서 내면의 나를 조금씩 들여다보게 되었다. 글은 말과 달라서 조금 더 진솔하게 내 이야기를 담을 수 있다. 말로는 하지 못했던 것까지. 그것이 글쓰기의 진정한 매력이라고 생각한다. 글을 씀으로 인해 못했던 이야기를 담을 수도 있고, 하고 싶었던 이야기를 더 많은 이들에게 알릴 수도 있다. 글쓰기를 제대로 배우면서 오히려 쉽지 않다는 생각이 커졌다. 흥미와 열의는 잘 유지하고 있다. 그 덕에 꾸준한 자기 계발을 실행 중이다. 천천히 한다. '꾸준히'가 제일 어렵다. 세상에 쉬운 일은 없다.

11
상처를 대하는 태도

최서연

《너는 나에게 상처를 줄 수 없다》라는 책이 있다. 사회생활은 인간관계의 연속이기에 '상처'라는 결과물은 피해자 느낌이다.

'왜 나를 무시하지?'

내가 한 말을 인정해 주지 않거나, 반대 의견이 나왔을 때 무시당했다고 느낀다. 다양한 의견이 존재할 수 있다는 것을 머리로는 알면서도 감정이 앞선다. 나는 화내는 자판기처럼 분노를 안고 살았던 사람이다. 어떤 버튼을 눌러도 결과는 짜증, 화였다. 상처는 주고받는 행위일까? 상처는 주고받는 것이 아니다. 내가 만들어 낸 것이다. 혼자 막장 드라마의 대본을 쓰듯 말이다.

코칭 공부를 하며 사람에 대해 관심을 갖게 됐고, 나를 이해하려고 노력 중이다. 예를 들면, 카페에서 주문하는데 직원의 말투가 퉁명하다. 따뜻한 커피 한 잔 마시면서 쉬려고 했던 마음이 차갑게 식어버린다. '뭐야? 왜 이렇게 불친절하지?'라는 생각이 드는 순간, 레드썬을 외치고 상황에 휘말리지 않으려고 한다. 원래 그런 말투일 수도 있고, 일하다가 다른 손님의 컴플레인으로 기분이 상했을 수도 있다. 그 직원의 감정에 나까지 휘둘릴 필요가 없다. 그냥 바라보면 된다.

며칠 전이다. 인스타그램을 쭉 훑어보다가 내 강의와 비슷한 콘텐츠를 발견했다. 아뿔싸. 한동안 연락이 뜸했던 수강생의 글이었다. '모방은 창조의 어머니'라고 했지만, 이건 복사하고 붙여넣기 수준이었다. 순간 아랫배부터 목구멍까지 화가 치밀었다. '내가 그렇게 잘해 줬는데 어떻게 이럴 수가 있지?'라는 생각부터 들었다. 감정을 떼어내서 손바닥에 올려놓고 쳐다봤다.

"야. 최서연. 너도 여태 스승들한테 배웠고 그들을 따라 했잖아. 네 거 콘텐츠 베낀 사람이 한두 명이겠어? 일일이 찾아다니면서 하지 말라고 할 거야? 그 시간에 넌 더 성장하면 돼. 더 좋은 콘텐츠를 만들어서 앞서면 돼."

상처받았고 배신당했다는 마음은 가라앉았다. 오히려 더 좋은 결과를 만들어 내는 자극이 됐다. 또는 내 의도와 상관없이 상대방이 상처받았다고 느끼는 경우도 있다. 전화, 문자, 메시지, 메일 등 연락을 수시로 받다 보면 빠른 일 처리를 한답시고 사무적으로 대할 때가 있다. 내 마음은 그게 아닌데 말이다. 그럴 때는 다시 연락해서 이야기한다.

"죄송해요. 빨리 대답을 하다 보니 제 말투가 차갑게 느껴지셨을 것 같아서, 오해하실까 봐 연락드렸어요."

내 실수로 인해 타인에게 해를 끼치는 경우도 있다. 차라리 나만 아프고, 혼자 해결할 수 있으면 다행인데 그러지 못하는 경우다. 이럴 때는 실패 노트를 적는다. 이미 벌어진 일을 수습하고, 왜 이런 문제가 발생했는지 적는다. 같은 실수를 하지 않기 위한 예방책도 적는다.

<상처를 대하는 나만의 태도>

1. 상처는 받는 것이 아니고, 내가 만드는 것이다. 스스로 피해자를 만들지 말자. 상황에 끼어들지 말고 바라보면, 상대방을 이해할 수 있게 된다.

2. 실패 리스트를 적는다. 나의 실수로 타인을 힘들게 했다면 다음 번에는 같은 일을 저질러서는 안 된다. 기록하면서 문제를 객관

적으로 파악하고 해결하는 연습을 하자.

3. 감정을 바로 표현하지 말고 시간을 둔다. 그때 독서나 산책을 하면 도움이 된다. 시간이 지나도 같은 마음이 들면 내 마음을 불편하게 했던 상황, 의견충돌 지점을 찾아 상대방과 대화를 나눈다.

4. 모든 상처가 안 좋은 것은 아니다. 상처의 흔적은 전쟁의 영웅처럼 영광스러울 때도 있다.

책 추천

《상처받지 않는 영혼》마이클 싱어, 라이팅하우스, 2014

《사랑하라 한 번도 상처받지 않은 것처럼》류시화, 오래된 미래, 2005

PART 05

진정한 나로 거듭나는 시간

1
당신은 세상 하나뿐인 존재입니다

한명욱

    큰아이가 고등학교에 가지 않겠다고 선포한 날 머릿속에 떠도는 단어는 '나답게'였다. 나는 누구인지, 나답게 사는 것은 무엇인지 생각하고 또 생각했다. 강점 코칭 중 지금까지 살아왔던 모습을 동물에 비유하라고 했을 때 떠오른 것은 '경주마'였다. 옆을 바라보지 못하게 가리개를 씌워 놓은 경주마. 기수가 이끄는 대로 앞만 보고 달리는 경주마가 나의 지난 삶이란 생각을 했다. 어릴 때는 집안의 억압된 분위기에 눌려 주눅이 들었다. 철이 들 즈음에는 여자의 삶이 못내 싫었지만, 할머니와 엄마의 삶이 시대의 유물임을 이해하기에 또 착한 손녀, 착한 딸로 살았다. 웃고 싶지 않은데 웃고 있는 아이가 나였다. 늘 어릿광대 같다고 생각했다. 이제는 안다. 나는 힘들어도 웃는 힘이 있는 사람이다.

    교통사고로 생사의 갈림길에 서 있던 동생, 큰 수술로 고열에 들

떠 있던 동생이 아버지에게 감정을 다 쏟아냈을 때 다행이라 생각했다. 나이 드신 모습이 안타까워 나는 혼자 삭혔지만, 남동생은 다 풀고 갔으면 했다. 어느 집이나 당연했을까? 쉽게 자식을 소유물로 여겼을 시대, 지금 생각하면 아버지의 훈육은 아동학대였고, 가정폭력이었다. '모든 가정이 비슷하지 않을까?' 하며 위안으로 삼아보지만 상처는 컸고, 내 결혼생활에 악영향을 줬다. '아들! 아들!' 하는 할머니보다 아버지의 행동이 더 남자를 싫어하게 했다. 그 마음을 오롯이 투사하여 여자아이를 울리는 남자아이들과 마주 싸웠었다. 비 오는 어느 날이었다. 초등 2학년쯤으로 기억한다. 등굣길에 나를 놀렸던 아이를 흥건한 물웅덩이로 밀쳤고, 그렇게 주저앉은 아이의 울음을 뒤로하고 학교에 갔다. 날을 세워 살았다. 남동생을 잘 챙기는 착한 누나면서 동생의 기를 누른 누나였다. 미안하다고 사과하고 싶다. 살아줘서 고맙다고 전하고 싶다.

강한 사람이 되고 싶었던 어린 마음이 안타깝다. 첫 만남에 일찍 아버지를 여읜 이야기로 내 모성애를 자극했던 남편, 지켜주고 싶다는 마음으로 결혼했다. 20대에 삶의 목표와 꿈이 명확했다면 일찍 결혼하지 않았을 거다. 서로의 꿈과 목표에 대해 오랫동안 이야기를 나누고 준비하여 결혼했을 거다. 부부의 성장이 아닌, 싸움으로 에너지를 낭비한 시간이었다. 결혼도 준비가 필요함을 몰랐다. 우리 아이들은 지혜롭게 삶을 바라보기를, 부모의 후회를 바탕삼아

슬기롭게 살기를 바란다. 내 선택임을 인정하기에 지금 후회는 없다. 어색하지만 남편과 둘만의 시간을 자주 갖는다. 서로 다르게 살았던 시간을 인정한다. 의사소통이 어려울 때마다 생각의 차이를 좁혀가려고 노력 중이다. 오늘을 소중히 여기니 모든 순간이 소중하다. 죽는 순간 '충분했다.'라고 삶과 인사할 수 있는 오늘을 살려고 노력한다. 내 인생의 책임은 내게 있다. 자존감에 대해 나를 높게 세워야 한다고 오해했다. 그냥 '나'를 인정하는 것이 자존감의 출발이고, 존중하는 삶이다.

'아기의 탄생'을 배우는 보건 수업, 학생들에게 탄생 파티를 해줬다. 3억 대 1의 기적이다. 수정란 30%만 엄마의 자궁에서 자란다. 280일 동안 엄마 배 속에서 성장해, 엄마와 서로 힘을 내어 힘겹게 세상으로 나오는 기적을 말해주고 싶었다. 너무나 소중한 아이들이라고 말해주고 싶었다. "너희는 특별하단다. 잘 태어났어. 너희는 정말 특별해." 내가 그랬고, 남편이 그러했으며, 내 아이들도 그렇다.

지역에 따라 가정환경이 너무 다르다. 이렇게 작은 나라인데, 다양한 가정의 모습을 보며 부끄러웠다. 부모가 얼마나 중요한지를 깨달았기 때문이다. 아이들이 믿고 의지할 곳은 가정인데, 준비되지 않은 부모로 인해 고통받는 아이들이 너무 많다. 외곽으로 갈수록 많고, 같은 도시 중심지라도 생각지 못한 고통을 겪는 아이들이 많다. 알려주고 싶다. 가정은 선택할 수 없지만, 사는 방법은 선택할 수 있다고 말이다. 꿈의 크기에 대해 생각한 적이 있다. 처음에는 그릇의 크기라고 생각했다. 그런데 그릇의 크기를 누가 정하는 걸까? 한번 만들어지면 그만인 걸까? 애초에 그릇이 컸던 사람들이라 어려운 환경을 이겨내고 성공한 걸까?

일찍 결혼한 초급장교였기에, 아이를 키울 수 없었던 현실을 인정하면서도 내 꿈을 밟아버린 사람이라며 남편을 공격했다. 열등감으로 똘똘 뭉쳐 엄마의 자리를 스스로 얕잡아 봤다. 아버지처럼 남편도 가부장적인 사람이라 똑같은 사람이지 않나 의심하고 공격했다. 서로의 꿈을 묻고 이야기를 나누며, 가정의 문화를 만들어야 할 시기에 서로 악다구니를 했다. 상처가 되는 말을 내뱉는 사이 벌벌 떠는 아이들이 보이지 않았다. 가끔 둘째가 세 살 때 기억을 꺼낸다. "엄마가 우리 데리고 밤에 나갔었지."라고 이야기하면 낯이 뜨겁다. 남편과 싸우다 싸우다 짐을 싸고 나온 날 갈 곳이 없었다. 차에 기름도 떨어졌다. 마을 하나를 지나지 못하고 기름이 떨어져 모텔로 갔다. 내 행색을 훑어보며 열쇠를 준 주인장의 얼굴이 잊히지 않는다. 아이 둘을 재우며 혹여 누가 문을 열까, 해코지당할까 두려워 밤새 떨었던 날이다. 그 어린아이의 뇌리에 우린 어떤 부모로 새겨진 걸까?

큰아이가 ADHD 진단을 받았을 때 내 책임이라고 생각했다. 부모의 싸움은 정서적 학대다. 이리저리 맡겨지느라 애착 물건으로 불안감을 드러냈던 아이였다. 그런데 부모가 헤어질지 모른다는 불안감을 더 안겨줬으리라. 나의 낮은 자존감이, 내면 아이가 입었던 상처가 고스란히 아이에게 갔다. 이후 심리 관련 책을 읽으며 내면 아이를 마주했고, 꼭 안아주었다. 아버지와 남편을 분리했고, 남편의 내면 아이를 들여다봤다. 우리가 치유되고 힘을 얻어야 아이들에게 든든한 울타리가 될 수 있음을 깨달았다. 일하는 엄마의 책임은 아니었으나 현명하지 못한 나의 책임이 맞다.

행복은 내 안에 있다. 믿음으로 증명할 수 있다. 나는 소중하다. 내 선택도 소중하다. 때론 잘못된 판단과 선택의 순간이 있었을 수 있지만, 모두 나다. 선택의 주체를 인정한 순간부터 특별한 나와 마주 앉았다.

3억 대 1의 기적의 내가 환하게 웃고 있다. 정말 특별한 나와 네가 마주하며 살고 있다. 이 글을 읽는 독자들에게도 탄생 파티를 해주고 싶다. 꼭 안아주고 싶다. 우리의 탄생은 기적이라고, 축하한다고 말하고 싶다.

당신은 소중합니다. 당신은 특별합니다. 세상에 단 하나뿐인 존재입니다. 태어나 줘서 감사합니다.

2

당신의 삶은 축복입니다

하민정

자기 계발! 수년 전부터 많은 사람의 관심사다. 사람들은 자기 계발을 위하여 책을 읽는다. 나도 성장을 위해 가장 먼저 자기 계발 책을 읽었다. 책을 보면 대부분 갈등이나 절망의 순간이 있다. 그들은 그 시간을 통해 한 단계씩 성장한다.

나는 지금 변화를 원한다. 그래서 책을 읽고, 배우고, 공부한다. 그러나 배움에서 끝나면 아무런 변화가 일어나지 않는다는 것을 알게되었다. 알게 된 것을 한 가지라도 바로 실천해 봐야 무슨 일이든지 일어난다. 그런데 그 시도가 쉽지 않았다. '왜 시작조차 하지 못했을까?' '나를 무기력하게 만든 이유는 무엇이었을까?'

어린 시절 우리 집은 가난했었다. 세 들어 살던 집이 공사를 하느라 판잣집에 산 적도 있다. 부모님은 내가 아는 사람 중에 가장 부지런하고 성실하신 분들이다. 아버지는 성인이 되자마자 고향인

포항 바닷가 마을에서 서울로 상경하셨다. 공장에서 일하시다가 기계에 손이 빨려 들어가 왼손 다섯 손가락이 절단되는 사고를 당하셨다. 절망의 순간이셨을 것이다. 한참 성공이라는 꿈을 꿀 나이에 장애를 갖게 되었으니 말이다.

어머니는 경남 함안에서 동네에서는 부자로 불리는 양조장 집 첫째 딸로 태어나셨다. 부족함 없이 사랑받으며 자라셨다. 어머니가 여섯 살쯤 되었을 때, 어느 날 집 앞마당에 쌓여있는 볏짚으로 놀고 있었다. 함께 놀던 사촌 오빠는 어머니의 손가락이 작두 위에 놓여 있는 줄 모르고 손잡이를 내리는 바람에 날카로운 칼날에 왼손 손가락 네 개가 절단되는 사고가 났다. 지금 막내 나이쯤이라고 생각하니 끔찍하다. 손가락을 살짝 베이기만 해도 아찔한데, 어린 아이 손가락 네 개가 잘려 나갔을 것을 생각하니···. 눈물이 왈칵 쏟아진다. 그 이후 어머니는 시집을 못 갈 것으로 여기셨다. 장애를 갖게 되었으니 결혼보다는 혼자 살아야겠다는 생각을 가지고 계셨다고 한다.

이렇게 각자 상처를 가진 부모님은 지인의 소개로 늦은 결혼을 하셨다. 비슷한 아픔을 가졌으니 서로를 이해하며 행복하게 살았으면 얼마나 좋았을까? 몸의 상처는 사람의 마음에도 상처를 만드나 보다. 어머니의 생각과는 달리 결혼생활은 쉽지 않으셨다. 신혼 초 아버지께서 시작한 공장마저 사기를 당하시면서 술을 마시지 않고는 견디기 쉽지 않으셨던 것 같다. 아버지는 거의 매일 술을 드시고, 어머니는 제일 싫어하는 술을 마시는 아버지가 싫으셨다. 그러다 보니 술을 드시는 날에는 늘 다투셨다. 부모님은 먹고살기 위해 장사를 시작하셨다. 무거운 짐을 버스에 싣고 모란, 오산, 발안 등 5일장과 7일장을 다니셨다. 캄캄한 새벽에 나가서서 자정이 다 되어 들어오셨다. 차도 없이 무거운 짐을 버스에 싣고 장사를 하러 다니셨으니 얼마나 고단하셨을까? 그 시간, 어린 나와 언니는 늘 늦게 오시는 부모님을 기다리다 잠이 들었다. 누가 비교하지 않아도 비교되는 집, 장애를 가진 부모님, 부모님의 잦은 다툼, 경제적 어려움은 내 삶을 축복의 눈으로 보기 어렵게 했다.

그래서 어린 시절부터 남모를 아픔이 커졌다. 부모님을 사랑했지만, 어린 마음에 남들 앞에서는 부끄러워한 적도 있었다. 이런 고민을 어느 누구에게도 터놓고 얘기할 수가 없었다. 겉모습은 밝고 잘 웃어서 착하다는 칭찬을 받는 아이였지만, 마음속 깊은 곳에는 늘 어두운 그림자가 존재하는 것 같았다.

중학생 시절 헨리 나우웬의 《상처 입은 치유자》라는 책을 읽었다. 상처 입은 치유자라니…. 그렇다면 '나같이 상처가 많아도 다른 사람을 도와주는 치유자가 될 수 있을까?'라는 생각을 했다. 그렇게 나의 상처에 대해서, 더 구체적으로는 사람의 상처에 대한 관심이 생기기 시작했다. 상처를 입고 살아가는 이들에게 눈길이 갔다.

이십 대 초반에는 마음의 상처들을 치유하는 곳을 찾아다녔다. 내면 아이를 들여다보는 다양한 심리치료 프로그램에 참여했다. 내가 처한 환경으로 나를 판단하는 왜곡된 관점을 바꾸고 싶었다. 나의 환경이 아니라 그냥 '나'를 바로 볼 수 있는 시선을 배우고 싶었다. 그때까지는 나의 환경을 바꿀 수 없다고 생각했다. 미래의 상황을 현재의 처지에 비추어 생각하게 되니 매사에 자신감이 부족했다.

결혼하고, 아이를 낳고 엄마가 됐다. 자녀만큼은 건강한 내면을 가진 아이로 키우고 싶었다. 다른 친구 집과 비교하지 않도록 말이다. 아이들은 나와는 다르게 다른 집과 우리 집을 비교하지 않았다. 오히려 내가 다른 집들과 비교하며 만족하지 못했다. 은연중에 성장이 빠른 아이들을 부러워하고, 똑똑한 아이들을 보면 마음속으로 조바심이 나기도 했다. 엄마가 됐다고 해서 갑자기 성숙한 어른이 되는 것이 아니다. 어른이 되어도 성숙한 사람이 되려면 나의 내면을 마주할 수 있는 건강함이 있어야 한다는 것을 알게 됐다.

출산을 하고 살이 쪄서 사진도 찍기 싫을 때가 있었다. 그래도 아이들은 엄마가 세상에서 가장 예쁘다고 말한다. 모든 일에 엄마를 찾고 한순간도 떨어지지 않으려고 한다. 체력적으로는 벅찰 때도 있지만, 가만히 생각해 보니 아이들이 나를 가치 있는 사람으로 만들어 주고 있었다. 나의 존재가 얼마나 소중한지 매 순간 일깨워 줬다. 하루에도 수십 번씩 쏟아지는 아이들의 사랑 고백을 듣고 있으면, 나의 존재가 얼마나 소중한지 다시 생각하게 된다.

완벽한 엄마가 되고 싶었지만, 부족한 모습 이대로 하나씩 배워가며 실천하고 있다. 먼저는 부모 성장 교육을 통해 진정한 나를 알아가는 다양한 시도를 했다. 또한 개인 독서와 독서 모임을 통해서 나에 대해 많은 생각을 하게 됐다. 이렇게 다양한 활동을 통해 '나'를 바로 보는 연습을 하고 있다. 내가 처한 환경과 경제적 유무와 가진 재능과 스펙에 상관없이 나의 삶 자체로 존귀하다는 것을 알아간다. 그렇지 않으면 나에게는 시작할 힘이 부족했을 것이다. 시작하더라도 끝까지 해내지 못했을 것 같다.

아이를 키우는 엄마는 아이의 마음에 사랑을 부어줘야 하는 동시에 자신을 잃어버리지 않고 아이와 함께 성장해야 한다. 이렇게 자신을 지키며 성장하는 일은 결코 다른 이들이 하는 것만 쫓아가서 되는 것이 아니다. 아이를 잘 키우고 싶은가? 성공하는 삶을 살고 싶은가? 결국은 '나'에 대한 관심을 가져야 한다. 모든 사람은 이 세상의 하나밖에 없는 소중한 존재로 태어났다. 모든 사람들은 사랑받기 위해 태어났다. 다른 사람 기준에 맞춰서 어떤 삶을 살았는지, 타인의 평가는 어느 정도 무시할 필요가 있다. 우리는 수많은 비교 속에서 살아왔다. 나는 착한 딸이기 전에, 현명한 아내이기 전에, 따뜻한 엄마이기 전에 그냥 '나'로서 축복받을 사람으로 태어났음을 기억해야 한다.

우리는 성장하는 과정에 있다. 그러므로 새로운 것에 도전할 수 있고, 반복해 봐야 한다. 어렸을 때 나는 작은 집, 화목하지 못했던 가정이 나를 불행하게 만들었다고 생각했다. 그 생각에 사로잡혀 앞으로 나가지 못하고 과거에 얽매였다.

지금은 어떨까? 나는 환경을 바꾸려고 한다. 그렇게 하기 위해 아주 작은 행동이라도 시도해 보고 있다. 책을 읽기 위한 환경을 위해 독서모임에 함께할 사람을 찾는다. 배운 것 중 한 가지라도 실천해본다. 지금 이 글을 쓸 수 있는 것도 그 실천 중 하나다. 예전 같으면 '내가 무슨 글을 쓰는 작가가 된다고…'라고 생각하면서 스스로 기회를 주지 못했을 것이다.

글을 쓰는 과정은 신기하게도 나의 삶을 돌아보고, 나에게 집중하는 시간을 갖게 한다. 나에게 집중하다 보면 나의 환경, 능력, 조건을 뺀 나를 발견하게 된다. 내 존재 자체로 귀하다는 것을 말이다. 나는 축복받은 사람이다. 그리고 당신 역시 축복받은 사람이다. 당신의 삶, 당신의 존재 그 자체로 축복이다.

3
시련과 고통은 성장의 씨앗입니다

김화자

한 번도 낙제하거나 시험에서 떨어진 적이 없었다. 재수나 유급은 나에게 있을 수 없는 일이었다. 그런데 대학교 2학년 때 팔에 있는 혹 제거 수술을 받았다. 혹과 함께 팔 신경을 잘라야 했다. 그 바람에 왼손을 전혀 쓸 수가 없었다. 무엇인가를 잡으려고 하면 팔목이 기역자로 꺾여 버렸다. 의과대학 특성상 고등학교 3학년 때처럼 아침에 등교하여 밤늦게 돌아오는 게 일상이었다. 날마다 크고 작은 시험과 실습에 정신을 차릴 수가 없었다. 오른손잡이여서 연필을 쥐고 공부하는 것에는 지장이 없었다.

당시에는 신경을 이어주는 수술이 보편적이지 않았다. 어렵사리 신경 자가이식 수술을 받았다. 세심한 손가락 운동은 하지 못했지만, 큰 관절의 힘은 되찾게 되었다. 수련의 시절, 각 과에서 수술을 하게 되면 보조하러 따라 들어갔다. 수술 후에 상태가 급격히 좋아지는 환자를 보며 외과를 하고 싶었다. 내가 집도한 수술이 아니고 돕기만 했는데도 환자의 회복이 이렇게 좋은데, 만약 내가 직접 집도를 하면 얼마나 보람 있을 것인가를 생각하니 외과를 택하고 싶었다. 시간을 다투며 왼손까지 써야 하는 복잡한 수술은 물론이고, 수술 부위를 꿰매고 실 묶는 단순한 일조차 내 손가락 상태로 보아 노력으로 극복할 수 있는 부분은 아니었다. 그래서 손가락을 별로 사용하지 않아도 되는 소아청소년과를 택하게 되었다. 수련받는 동안 원하지 않는 과를 택했다고 해도 내가 아픈 아이들을 돌보는 것을 좋아하고, 잘 할 수 있고, 보람도 느낀다는 것을 알게 되는 귀한 시간이었다.

수련을 마치고 소아청소년과 개원을 했다. 내가 아니면 안 된다고 생각해 하루도 결근하지 않았다. 쉬지 않고 일했다. 보람도 있었다. 수련의, 전공의 때 잠을 자지 못해도 피곤한 줄 몰랐고, 체력 하나는 끝내준다는 얘기를 들을 정도로 건강했다. 소아청소년과 개원 후 일 년 정도 지났을 때 2층 계단을 올라가는 것이 힘이 들었다. 다리가 천근만근이었다. 무거운 돌덩어리가 두 다리를 아래로 끌어당기는 것 같아 한 발 한 발 들어 올리는 것이 중노동이었다. 피곤해서 그러겠거니 생각했다. 어느 날 청진기를 환자 가슴에 대는데 자꾸 떨어뜨리는 일이 생겼다. 척추 자기공명영상을 찍었더니 혹들이 발견되었다. 경추와 흉추 사이의 혹은 당장 수술해야 한다고 했다. 암은 아니었다. 수술 부위가 어려운 것이지 치명적인 병은 아니었다. 신경외과 교수님과 상의하여 1차 수술을 받았다. 수술은 잘됐다. 수술 후 3개월은 침대에서 고개를 드는 일조차 불가능했다. 재활하면서 약 2년간 일하지 않고 쉬게 되었다. 그렇게 오래 쉬게 되리라고 생각해 본 적이 없었다. 그 뒤로 여러 차례 수술을 받았다. 어떤 때는 혹이 커져서 참을 수 없는 통증으로 수술을 받기도 하고, 혹이 위를 눌러 소화가 안돼서 수술을 받기도 했다. 지금까지도 완전히 제거하지 못한 혹들로 인한 통증과 더불어 살아가게 될 줄은 꿈에도 몰랐다. 나의 정체성이라 여긴 의사 생활이 정지되었다. 내가 없어도 세상은 싹이 나고, 꽃이 피고, 잎이 무성했다가 단풍도 들고, 예쁜 눈으로 뒤덮이기도 하면서 무심하게 흘러갔다. 내 존재감이 없어져서 허무했다. 그러면서 나는 다시는 환자를 치료할 수 없을 것 같은 불안한 마음도 들었다. 오랜 시간 동안 배운 의학 지식과 기술을 다 잊어버려서 시험 시간에 백지를 내는 꿈을 꾸다 식은땀을 흘리며 깨어난 적도 있었다. 그런 꿈은 학생 때 끝낸 줄 알았는데 말이다.

의사만 되면 무슨 병이든 다 고칠 수 있다는 나의 오만함은 내 병으로 인해 깨졌다. 어떤 이유로든지 학업이나 일을 쉬는 것은 부족함의 신호라 여기고 살았는데, 내가 부족하다고 여겼던 바로 그 사람이 되어 있었다. 이렇게 될 때까지 병원에 왜 안 왔느냐고 질책하던 내 모습대로 나는 다른 의사 선생님에게 질책을 받았다. 의사로 일하면서 진료 이외의 집안일은 가치 없는 일이라고 여겼었다. 집에서 쉬면서 집안일을 해보니 밥을 하고, 청소를 하고, 빨래를 하지 않으면 생존도 어렵다는 것을 알게 되었다. 나를 위해 배려해 주었던 가족들에게 진심으로 감사하는 마음을 갖게 되었다. 내가 지금 이 자리에 서 있을 수 있도록 도움을 받았던 것 중 어느 하나도 당연한 것은 없었다.

몸과 마음이 건강할 때는 불가능한 일이 없다고 생각했다. 대학 때 수술 후유증으로 손가락을 자유롭게 쓰지 못하게 되자 선택할 수 있는 범위가 줄었다. 그렇다고 해서 의사로서 아무것도 할 수 없음을 의미하는 건 아니었다. 장애는 불행이 아니라 삶의 방향 전환이라는 말이 있듯이 나는 외과를 원했지만, 소아청소년과를 택했다. 또 환자가 되어 봄으로써 환자의 마음을 좀 더 이해하는 의사가 되었다. 현대의 과학이나 인간의 힘으로 아직 해결할 수 없고 설명할 수 없는 일도 있다는 걸 겸허한 마음으로 배웠다. 그것을 해결하려고 부단히 노력하는 사람이 될 수밖에 없음도 알았다. 소아청소년과 의사로 복귀하면서 환자의 고충에 한 발 더 다가가는 의사가 되었다. 어려운 결정을 내려야 하는 환자들에게 택할 수 있는 선택지와 그에 따른 결과를 충분히 설명해 주려고 한다. 수술을 함으로써 얻는 것이 많을지, 잃는 것이 많을지 고민하고, 수술의 결과를 내가 어디까지 받아들일 수 있을지 결정해야 할 때 최선의 선택을 하도록 돕는 데 나의 경험이 도움이 되었다.

시련이나 고통을 겪지 않고 그런 마음을 배울 수 있었으면 얼마나 좋았을까! 피할 수 있었다면 피했을 것이다. 시련과 고통이 성장의 씨앗이 된다고 해서 피할 수 있는 고통을 일부러 겪을 필요는 없다. 고통의 한가운데에 있을 때는 나의 아픔만 크게 보여 아무것도 볼 수 없었다. 그렇다고 마냥 주저앉아 좌절하지는 않았다. 현재 내가 해야 하는 일, 할 수 있는 일을 했다. 나에게 닥친 시련과 고통 안에 어떤 뜻이 숨겨져 있을까, 나는 어떤 의미 있는 선택을 해야 하는가를 생각해 보는 기회도 가질 수 있었다. 시간이 흘러 안개가 걷히고 나니 내가 그런 경험으로 인해 '이렇게 성장했구나!'라고 느끼는 시점도 왔다. 그러나 나의 어쭙잖은 경험으로 고통 중에 있는 사람에게 무조건 '괜찮을 거야!'하고 어설프게 위로하지는 않으리라. 그저 옆에서 이야기를 가만히 귀 기울여 들어주고 보듬어 주는 그런 사람이 되리라 다짐해본다.

4
'나'라서 행복합니다

강 희

변하고 싶다. 그리고 변할 수 있는 용기가 필요하다. 연약한 사람이기에 아침마다 다짐한다. 주눅 들지 말고 나다운 모습을 찾자. 나를 가로막는 게 무엇인가? 다른 사람이 나를 규정할 수 없다. 현재를 바꿔가기 위해 나만의 시간을 가지리라. 오늘은 무엇이 나를 설레게 할까?

아침에 눈을 뜨면 식탁에 앉아서 노트를 펼치고 30분 타이머를 세팅한다. 생각하지 않고 그저 손으로 세 쪽을 가득 채울 때까지 아무거나 적는다. 의식의 흐름에 나를 맡긴다. 모닝 페이지는 '쓰는' 것이 아니고 그냥 '하는' 것이라고 줄리아 카메론은 말한다.

2022년 4월 21일, 구립 김영삼 도서관이 주최하는 성인 특화 프로그램에서 안세정 작가와 14명의 글쓰기 동지를 만났다. 매주《아티스트 웨이》를 읽고, 날마다 '모닝 페이지'를 쓰고, 매주 '아티스트 데이트'를 하는 '치유의 글쓰기'에 참여했다. 글쓰기 관련 프로그램은 인기가 있어서 순식간에 마감된다. 놓치지 않으려고 신청 시간에 알람을 설정하고 컴퓨터 앞에서 대기했다. 재빠른 손놀림으로 수강 신청 버튼을 클릭해서 이 프로그램에 참여할 기회를 얻었다. 언젠가는 읽어야지 하고 관심 도서 리스트에 적어 놓은 《아티스트 웨이》를 도서관에서 무상으로 받는 행운까지 거머쥐었다. 매주 목요일 오전 10시, 브라운관을 뚫고 나갈 기세로 컴퓨터 앞에 앉아 내 안의 창조성을 끄집어내는 과정에 몰입했다.

가끔 난, 왜 어린 시절 기억이 적지? 고민했다. 나를 직면하고 글을 쓰면서 알았다. 떠올리기 싫은 과거를 스스로 망각에 가뒀다는 것을. 그 기억을 떠올리면 몸이 부르르 떨리고 눈물이 흘렀다. 땅으로 파고 들어간 자존감을 끌어올려야 하는데 힘이 없었다. 초등학교 2학년 때 담임은 덩치가 큰 남자 선생님이었다. 이름은 김ㅇ준. 성적통지표에 수학 성적을 '미'라고 줬다. 어려서부터 수학을 좋아하고 잘했다. 시험을 보면 대부분 만점을 받았다. 엄마는 그 성적표를 보고 아무 말이 없었다. 딸이 억울한 일을 당했는데 가만히 있는 엄마가 야속했다. 지난 추석에 집에 갔을 때 다락방에서 성적표를 발견했다. 초등학교 2학년 성적표를 쳐다보는데 가슴 깊은 곳에서 울화가 치밀어 올랐다. 초등학교 2학년 2학기 어느 날이었다. 갑자기 선생님이 "너희 둘 이리 나와."라고 격양된 목소리로 말했다. 짝꿍과 나는 어안이 벙벙해서 앞으로 나갔다. "서로 마주 봐!"라고 하더니 앞사람 뺨을 세게 치라고 했다. 우리가 시끄럽게 떠들어서 수업을 방해했다는 게 이유다. 난 조용히 말했다고 조심스레 항변했으나 선생님은 무시했다. 아예 들으려고 하지 않았다. 둘 다 친구 뺨을 때릴 엄두가 나지 않았다. 손에서 식은땀이 흘렀다. 얼굴은 빨개지고 어쩔 줄 몰라서 고개를 푹 떨구었다. 그때 선생님이 성큼성큼 걸어와서 우리 둘의 뺨을 차례로 사정없이 쳤다. 얼굴이 옆으로 획 돌아갔다. 맞아서 아프다기보다는 분하고 억울했다. 왜 선생님이 그렇게 부당한 행동을 했는지 나중에 알았다.

촌지가 유행이던 시절에 어머니가 학교에 한 번도 찾아오지 않아서 폭력을 행사한 것이다. 그 선생님에게 아이들의 인권은 안중에도 없었다. 초등학교 4학년 때 반장이 되었다. 봄 소풍을 갔다. 아이들과 삼삼오오 모여서 도시락을 먹는데 머리 뒤가 서늘해지는 걸 느꼈다. 뒤를 돌아보니 담임 선생님의 따가운 눈초리가 보였다. '내가 잘못한 게 뭘까?' 생각해 봐도 모르겠다. 상황을 파악해 보니 반장은 응당 담임 선생님의 도시락을 챙겨 와야 했다. 집안 형편이 좋지 않으면 반장을 하면 안 되는 분위기였다.

그 당시 엄마는 하숙집을 운영하고 있었다. 난 하숙생들을 삼촌이라고 부르며 심부름을 도맡아 했다. 엄마는 그만한 돈도 없었고, 마음과 시간 둘 다 여유가 없었다. 집안 형편을 기준으로 학생들을 차별하던 시기였다. 담임은 내 면전에 대고 뭐라 하지는 않았지만,

그 이후 내 마음은 가시밭길이었다. 가난이 나를 억눌렀다. 나라는 한 사람의 가치를 그대로 인정받지 못하고 나를 둘러싸고 있는 환경으로 평가받아야 하는 현실이 어린 나를 움츠러들게 했다. 떠올리기 싫은 이런 기억을 가슴에 묻고 짐짓 아무 일도 없었다는 듯 괜찮은 척 살았다.

'치유의 글쓰기' 프로그램은 쪼그라들었던 나를 음지에서 양지로 서서히 옮겨주었다. 온라인으로 만났지만, 참가자들의 열기는 뜨거웠고 우리의 동지 의식은 끈끈했다. 유대인의 하브루타식 학습법처럼 짝을 이루어 토론하면서 짝꿍의 얘기를 경청했다. 창조성은 내 몸 안에 흐르고 있는 피와 같다. 내가 피를 만드는 게 아니듯이 창조성은 만드는 게 아니라 발견하는 것이라고 쓰인 《아티스트 웨이》 프롤로그를 읽으면서 나만의 창조성을 찾고 '나다움'을 발견하고 싶은 간절함이 생겼다. 이제까지 분주한 생활 때문에 늘 함께 있는 나의 존재를 인식하지 못했다. 일주일에 한 번 하는 아티스트 데이트는 감정이 메마른 내가 소중한 나를 관찰하고 감정을 다룰 수 있도록 도왔다.

첫 아티스트 데이트는 더 현대서울 5층 '사운즈 포레스트'였다. 잘 꾸며진 널따란 실내 정원을 거닐면서 마음의 여유를 얻었다. 데이트 중인 커플들 사이를 유유히 뚫고 다니며 셀카를 찍었다. 공간의 여유로움이 마음의 안정을 주었다. 식물들 사이에 앉아서 책을 읽으니 몰입이 잘됐다. 청춘 남녀, 엄마와 아들, 엄마와 딸이 스티커사진을 찍으려고 서 있는 줄 뒤에 혼자 섰다. 당당하게 파워워킹으로 사진기 앞으로 걸어갔다. 모자를 쓰고 찍어 보고, 모자를 벗고 두 주먹을 불끈 쥐고 찍고, 하트를 만들며 찍었다. 환한 미소를 지어보았고, 두 눈을 동그랗게 뜨고 찍었고, 사진이 잘 나오는 각도를 찾으려고 몸을 이리저리 돌리며 찍었다. 혼자 놀기가 생각보다 즐거웠다.

내 안에는 나의 변화와 성장을 방해하는 부정적인 생각이 있다. "창조적인 사람이 되고 싶다고? 창조성은 타고나는 거라니까. 네 앞에 놓인 문제를 해결하는 게 먼저야. 돈을 더 벌 생각을 해야지. 지금 무슨 생각을 하고 있니? 여행 작가가 되고 싶다고? 너 여행도 가지 않으면서 뭔 소리야. 작가가 된다고? 글은 읽는 사람에게 흥미를 줘야 하는데, 너를 냉정하게 봐. 너 재미없는 사람이잖아. 현실적으로 살아야지." 이런 내부의 적이 나를 가로막고 있다. 그런 부정적인 생각은 그저 생각일 뿐이며, 사실이 아니다. 나는 창조적인 사람이다. '나는 세상에 선한 영향력을 끼치는 사업가가 될 거야. 사람들에게 희망과 즐거움을 주는 여행 작가가 될 거라고. 이번 여름에는 멋진 휴가를 보내는 거야.' 내부의 적을 물리치고 긍정의 힘으로 나를 격려한다. 내 가치를 인정하지 못하게 만든 타인의 굴레와 함께 내가 스스로 씌운 굴레를 벗어던진다. 나 자신을 사랑하고 인정한다. 부정적인 생각을 종이에 적은 후 긍정문으로 바꿔서 선포하니 통쾌했다.

'치유의 글쓰기' 10주 과정이 끝나고 모닝 페이지를 들춰보니 내 안에 있는 어지러운 정신 활동, 감정적 변화가 두서없이 적혀 있었다. 울분, 미움, 한탄, 어린 시절의 어두운 기억, 용서하지 못한 대상에 대한 넋두리, 후회 등이 여기저기 널려 있었다. 초등학교 때 일기를 쓰면 선생님이 검사했다. 남이 내 일기를 검열하는 데 솔직하게 쓸 수 없었다. 중학생 이후로 썼던 일기는 나만 보았다. 얼마 전 다락방에서 찾은 내 일기에는 학창 시절 나의 방황과 혼란이 기록되어 있었다. 그 당시 해결하지 못한 어려움이 여전히 내 안에 숙제로 남아 있었다. 뭔가를 해볼까 생각만 하다가 소멸하는 순간이 있다. '내가 뭘 하겠어!'라는 의심 때문이다. 용기를 내서 떠오르는 게 있으면 무시하지 않고 시도해 보려고 한다. 마음은 있었지만 선뜻 못했던 것을 해보려고 한다. 비워야 채울 수 있다. 모닝 페이지에 모든 걸 덜어냈다.

4주차 '치유의 글쓰기', 개성을 되찾는 수업에서 흥미를 느끼는 취미 다섯 가지를 '요트, 승마, 피아노, 댄스, 노래'라고 적었다. 재미있을 것 같지만 해볼 엄두가 나지 않는 일 다섯 가지는 '카레이싱, 뮤지컬, 에세이 쓰기, 그림그리기, 여행 작가'라고 썼다. 이 중 에세이 쓰기는 이 글을 쓰는 지금 실현하고 있다. 안세정 작가는 카레이싱이 왠지 나랑 잘 어울릴 것 같다고 했다. 상상만으로도 즐거운 시간이었다.

　미래의 나는 어떤 모습일까? 더 나은 모습을 기대하며 투자한다. 책을 읽고 사람들을 만나고 나를 단련시킨다. 세상에 주눅 들어 살고 있던 내가 창조성을 회복해 가는 중이다. 나를 토닥토닥 감싸 안아준다. 100세 시대에 인생은 장거리 마라톤이다. 단거리 승부가 아니다. 10년, 20년 할 수 있다는 생각으로 하루하루를 꾸준히 걷는다. 좋은 글을 쓰려고 매일 메모를 하고 일기를 쓴다. 어느 날 문득, 내가 바라던 모습 이상으로 추월해서 성장한 나를 기대한다. 미켈란젤로가 돌 속에 있는 형상을 끄집어내서 조각상을 만들었듯이, 작곡가가 시 안에 들어있는 멜로디를 끄집어내 노래를 만들듯이 나는 나의 창조성을 발현시키려고 시도한다. 나를 돌보기 시작하면서 내가 더 사랑스럽다. 과거를 부정하지 않는다. 지금의 나는 과거의 내가 만든 결과물이다. 미래를 위해 내게 씌워진 굴레를 벗고 내 생각을 당당하게 얘기한다. 내 인생의 주인으로서 행동한다. 용기를 내어 변하려고 하는 '나'라서 행복하다.

5
좋은 사람들 속에서 좋은 인생이 만들어집니다

최은아

주말에 강릉으로 가족여행을 갔다. 아이들과 함께 갈 만한 곳을 검색하다 신사임당과 율곡 이이가 태어난 '오죽헌'을 찾아 방문했다. 아이들이 더 자세히 알고 배웠으면 하는 마음에 가이드의 설명이 시작되는 시간에 맞춰 움직였다. 내리쬐는 햇볕에 집중하며 설명을 듣기 바란 것은 엄마의 욕심이었다. 옆에서 아이들은 '목이 마르네!, 다리가 아프네!' 하면서 계속 들어야 하냐고 투덜거렸다. 옆에 있던 남편도 별로 관심이 없어 보였다. 나도 상당히 더웠던 터라 어느 정도 듣다가 실내로 이동했다. 밖에서는 집중하지 못했던 아이들이 율곡 기념관의 실내로 들어와서는 그제야 신기한 듯 이곳저곳을 둘러보며 관람했다. 전시관 한편에 율곡 이이의 가르침이라는 여러 글귀가 전시되어 있었는데, 그중 '친구에 대한 자세'라는 글이 있었다. 마침 아이들의 친구 문제로 고민이 되던 시기에 그 글귀는 옳타구나 싶었다.

'친구는 반드시 배우는 일과 착한 일을 좋아하는 사람, 행실이 바르고 엄숙한 사람, 곧고 진실한 사람을 사귀어야 한다. 게으르고 장난을 좋아하며, 말이나 꾸미고 정직하지 못한 사람과는 사귀지 말아야 한다.'라는 글을 보며 아이들을 불러 모았다. "얘들아, 이리 와서 이것 좀 읽어봐. 이것 좀 봐, 엄마가 읽어줄게. 친구는 이런 아이들을 사귀어야 하는 거야."라면서 아이들에게 '친구 관계가 중요하다.', '좋은 친구를 사귀어야 한다.', '너희들도 다른 아이들에게 좋은 친구가 되어야 한다.'며(아이들 말을 빌리자면) 한 이야기를 또 하고 또 하는 일명 잔소리를 하기 시작했다. 이럴 때는 유아교육을 전공한 엄마는 어디로 가고 없다. 지식을 그대로 글로서 전달하며, 좋은 친구가 인생의 중요한 부분을 차지하고 있음을 율곡 이이 선생님께서 이렇게 친절히 알려주시는데 관심 없는 아이들이 아쉬운 한숨만 내쉬는 엄마일 뿐이다.

나는 책 읽기를 좋아한다. 어릴 때는 소설이나 에세이, 시집을 좋아했는데, 요즘은 주로 자기 계발서를 읽는 편이다. 주변에 책을 좋아하는 사람들을 찾기 쉽지 않고, 그 사람들을 만나더라도 책에 관한 이야기보다는 서로의 살아가는 이야기를 나누기에 바쁘다. 더군다나 코로나19 팬데믹 이후로는 더욱 사람들을 만나기 어려워 함께 좋아하는 책 이야기를 나누는 것이 더 힘들어졌다.

온라인에서의 모임으로 눈을 돌리기 시작했다. 그렇게 온라인 독서 모임에 참여했다. 책을 좋아하고 책 이야기를 나누는 것이 목적인 사람들이어서, 온전히 책에 집중하며 활발히 소통할 수 있었다. 독서 모임을 통해 내가 알아보지 못한 좋은 책들을 가지고 함께 이야기 나누는 것이 즐거웠다. 독서 모임의 권장 도서가 아니라면 전혀 읽지 않았을 경제 관련 도서를 읽는 재미도 발견했다. 무작정 읽기만을 하던 독서에서 책을 읽고 실행하는 독서로 바뀌었다. 또 다른 책 읽는 재미를 느끼고 나니 나와 같은 즐거움을 나누고 싶어 독서 모임 리더 과정도 수료했다. 아직 나만의 독서 모임을 만들지는 못했지만, 조만간 리더로 함께 나눌 모임 또한 기대된다.

작가가 되고 싶은 막연한 꿈이 있었다. 어떻게 해야 작가가 되는지 몰랐지만 우선 인터넷을 검색해 매일 글쓰기 모임에 들어가 글쓰는 힘을 길렀다. 공저 작가로 함께 참여하고 있는 책 먹는 여자 최서연 작가의 추천으로 또 다른 글쓰기 과정을 수강했고, 모임에도 참여했다. 그 모임에서 공저의 기회를 얻었고 지금 기쁘게 글을 쓰고 있다. 작가가 되고 싶다는 꿈이 그냥 꿈으로 끝나지 않고 정말 내가 작가가 될 줄은 나도 몰랐다. 책을 읽고 글쓰기 좋아하는 사람들이 있는 그 속으로 용기 있게 들어가면서 공저 작가가 되는 기회를 얻었다. 꿈같은 일이 일어난 것이다. 꿈 리스트에 자리 잡고 있던 작가 되기에 완료 표시를 할 벅찬 기회를 내가 만들었다. 좋은 사람들 속에 스며들어 좋은 인생을 만들어가는 환경을 설정했기 때문이다. 대견하다.

　예쁜 사람을 좋아한다. '어쩜 저렇게 날씬하지.' '피부는 왜 이렇게 좋아.' '아줌마가 저러면 반칙 아니냐.'며 질투 어린 투덜이가 되기도 한다. 그런데 그보다 더 부러운 사람들이 있다. 삶이 예쁜 사람들이다. 고정적이기도 하고 때마다 달라지기도 한다. 좋아하는 작가가 되기도 하고, SNS 속 누군가이기도 하다. 책 읽기를 즐거워하는 독서 모임 구성원들이기도 하고 동료 원장, 교사들이기도 하다. 이웃집 언니가 되기도 하고 부지런한 시어머니, 약한 듯 강한 친정엄마도 내가 부러워하는 예쁜 사람이다. 예쁜 사람을 보면 따라 하고 싶다. 따라서 책을 읽고, 따라서 단순한 살림을 하기도 한다. 한번은 지인의 집을 갑자기 방문할 일이 생겼는데, 깔끔하게 정돈된 집을 보며 감탄한 적이 있다. 누군가 갑자기 우리집을 방문한다 생각하면 당황할 텐데. 그 날 단정한 집을 보고 와서는 새벽까지 두근거리는 마음으로 집 청소를 했다. 좋은 것을 보고 기쁘게 흡수하며 몸은 피곤했지만, 마음은 피곤하지 않았다. 그 뒤로 누가 언제든 방문해도 되는 집을 만들려고 노력하고 있다. 물론 노력이 매번 좋은 결과로 이어지지는 않지만 때마다 받는 자극은 때마다 나를 지속적으로 노력하게 한다.

어린이집 개원을 하고 운영을 하며 선배 원장님들께 많은 도움을 받고 있다. 아낌없이 알려주고 나눠주는 원장님들을 보며 '아, 나도 저런 사람이 되고 싶다. 나도 좋은 영향력으로 베푸는 사람이 되고 싶다.'는 생각을 한다. 인복이 있는지 주변 원장님들과 동기들이 모두 좋은 사람이라 서로 끌어주고 밀어주고 함께 성장하고 있다. 좋은 에너지의 파장은 관계를 공유하는 사람들 속에서 더 넓게 퍼짐을 다시 한 번 느낀다.

어느 책에서 가고 싶은 방향의 사람들이 모여 있는 곳에 나를 포함하라는 글을 읽은 적이 있다. 유유상종이라던가. 공감한다. 삶의 결이 좋은 사람들 속에서 나도 함께 머물려고 노력한다. 바라는 인생을 살아가는 사람들 속으로 적극적으로 들어가서 환경과 선택에 집중한다.

이제 인생 40대 중반이다. 인생의 반쯤 열심히 살아내느라 애쓴 나를 칭찬한다. 그리고 이제는 남아 있는 삶 속에서 무엇이 좋은 인생을 만들 수 있을지 질문해 본다. 살아보니 행복하고 즐거웠던 기억도 사람이고, 힘들고 아팠던 일들도 사람이었다. 나를 성장시킨 동력도 좋은 사람들 속에서 만들어졌다. '율곡 이이의 친구에 대한 자세'를 다시 한 번 읽어본다. 내 주변의 좋은 사람들을 보물처럼 여기길 바란다. 마지막으로 나도, 당신도 누군가에게 좋은 사람이길 바란다.

6
실수와 실패는 도전했다는 증거입니다

한선영

한때 새벽 기상이 유행이었다. 지금도 어디선가는 새벽 기상의 붐을 일으키고 있다. 그에 동참했던 적이 있다. 처음 새벽 기상을 실천하게 된 계기는 할 엘로드의 《미라클 모닝》, 팀 페리스의 《타이탄의 도구들》 등 다양한 책을 통해 새벽 기상의 힘을 알았다. 하지만 이때는 머리로만 인식했을 뿐 마음에 와 닿지 않았다. 새벽에 일어났지만, 해야 할 일을 뒤로한 채 피로에 지쳐 알람을 끄고 잠들기 일쑤였다. 피로에 쌓여있었다. 포기하지 않고 며칠을 하다 보니 결국 짓눌린 무거운 어깨가 맑은 새벽공기를 이겼다. 내 의지는 잠재된 무의식의 '괜찮아. 오늘 하루쯤 자면 어때. 피곤하잖아!' 라고 외치는 속삭임에 져버린 것이다.

'유퀴즈 온 더 블록'이라는 TV 프로그램에 김유진 변호사가 출연했다. 외국 변호사로 활동하시고 《지금은 나만의 시간입니다》, 《나의 하루는 4시 30분에 시작된다》라는 두 권의 책도 출간한 작가이시다. 방송을 통해 힘들었던 외국 생활을 뒤로하고 새벽 기상을 시작하게 된 계기를 들려주었다. 방송 직후 새벽 기상 바람이 불었다. SNS에 너도나도 미라클 모닝을 인증했다. 나도 그 인증행렬에 슬쩍 발을 올렸다. 첫 도전에 실패를 맛봤기에 두 번째 도전에는 조건을 붙였다. 함께하는 사람을 꾸릴 것. SNS, 지인들 등 도전 사실을 널리 알릴 것. 인스타그램에서 '미라클 모닝' 태그로 피드를 많이 찾아봤다. 그중에 새벽 기상 모임을 운영하시는 분을 팔로우하고 모임에 참여했다.

첫 번째 조건은 달성했다. 함께하는 사람을 꾸렸다. '도전 사실을 널리 알릴 것'이라는 두 번째 조건 역시 모임에 참여하면서 자동으로 달성했다. 매일 새벽 5시 30분 단체카톡방에 긍정 글귀를 올려준다. 그것을 정해진 태그와 함께 각자 SNS 피드를 올리는 것으로 인증했다. 새벽 기상을 시작했을 때는 분명히 목적이 있었다. 집중할 수 있는 시간을 오로지 나를 위해 쓰도록 하자. 아침 운동, 독서 등 한 달 동안 함께 실천했다.

시작한 지 일주일 차에는 새벽 일찍 찌뿌둥한 몸을 일으켜 스트레칭하고 전날 밤 졸려서 읽지 못했던 책을 읽었다. 또 어떤 날은 오롯이 운동만 한 날도 있고, 그림을 그린 날도 있다. 그렇게 새벽 시간을 활용해 자기 계발에 투자했다. 하지만 보름이 지나갈 무렵서부터 조금씩 무너지기 시작했다. 업무량이 극도로 높아 피로가 쌓여서 일찍 못 일어난 날이 생겼다. '괜찮아, 내일부터 다시 일찍 일어나면 되지!'라고 결심했다. 하지만 마음처럼 쉽지 않았다. 기상 시간이 들쑥날쑥해졌고, 자기 계발을 하기보다는 SNS 인증에만 신경 쓰기 바빴다. 주객이 전도됐다. 일찍 일어나기만 하면 의미가 없다는 것을 머리로는 알면서도 몸은 핸드폰을 켜고 사진을 선택하고 글을 쓴 후 업로드를 하고 있었다. 한 달 새벽 기상 함께하기를 마쳤을 때 남은 것은 결국 SNS에 인증한 '보여주는 긍정적 글귀'뿐이었다.

세 번째 도전이다. 새벽 기상을 외친 모든 유명 저자들의 공통적인 말이 있다. "아침 시간은 누구의 방해도 받지 않고 나만을 위해 사용할 수 있는 유일한 시간이다. 아침 5분은 밤 1시간에 맞먹는 효과를 나타낸다." 쓰가모토 료의 《모닝 루틴》에 모닝 루틴을 만드는 7가지 방법이 나오는데, 첫 번째가 "일찍 일어나서 '하고 싶은 것'을 적어 보는 것"이다. 이것이 바로 새벽 기상의 동기부여이자 본질이다. 일찍 일어나기 위해서는 수면의 질을 높여야 한다고 했다. 우리의 수면을 가장 많이 방해하는 것이 스마트폰이다. 잠자리에 들 때는 잠자기 전부터 어느 정도 어둡게 하고 빛을 쬐지 않아야 한다고 한다. 새벽 기상을 습관화하기 위해 가장 중요한 것이 '수면'이다. 수면시간을 패턴화해야 한다. 일정한 수면시간을 확보해야 하고, 의식적으로 확보하지 않으면 수면시간은 줄어든다. 가능한 수면시간은 고정하는 게 좋다고 한다. 이때 나도 22시 30분 취침, 6시 30분 기상이라는 수면 리듬을 목표로 잠이 오지 않더라도 자려고 노력했다. 처음엔 자려고 해도 쉽지 않았지만, 나중에는 수면시간이 다가오면 졸리기 시작했다. 핸드폰도 계속 알림이 오면 수면에 방해가 될 수 있어서 알림이 와도 울리지 않도록 '수면 모드'로 설정했다. 수면 모드로 설정해 놓은 시간부터는 다음 날 아침 기상 시간 전까지 모든 알림이 울리지 않는다. 핸드폰이 조용하다. 자다가 핸드폰 알람 때문에 깰 일도 없다. 이처럼 새벽 기상을 3주 정도 유지했다. 책을 읽은 날, 디지털 드로잉 수업을 들은 날도 있었다. 3주 정도 유지했을 때쯤 회사에서 회식을 했다. 새벽 3시쯤 집에 들어갔다. 새벽 기상…. 포기했다. 이미 수면 리듬이 무너졌기 때문이다. 한 번 무너진 수면 리듬은 되돌리기 힘들었다. 바로 다음 날 몇 시간 못 자고 출근해서 일하니 몸이 고단했다. 결국 밤에 일찍 쓰러져 잠들었다. 일찍 잠든 만큼 일찍 일어났느냐? 아니다. 회식의 여파로 아주 푹 잤다. 완전 늦잠을 잤다. 또 한 번 수면 리듬이 깨졌다. 결국 수면 리듬이 돌아오지 못하는 날이 많아져 원래대로 돌아가게 됐다.

아침형 인간과 저녁형 인간으로 삶의 방식에 관한 이야기들이 한때 많이 나왔다. 어떤 삶을 살아가고 있는가. 고민에 빠졌다. 책

쓰기 관련 특강을 들은 적이 있는데, 글을 쓰는 데는 무엇보다 자신만의 '파워 시간'을 아는 것이 중요하다고 했다. '블루 타임'이라고 더 많이 이야기한다. 여기서 말하는 '블루 타임'이란, 중요한 일을 하는 데 쓸 수 있는 뭉텅이 시간으로 누구에게도 방해받지 않는 자신만을 위한 몰입할 수 있는 시간을 뜻한다. 나의 블루 타임은 언제인가? 어떻게 확보해야 하는가? 꼭 새벽이어야 하는가. 가장 많은 블루 타임을 확보할 수 있는 날은 휴무일이다. 그 외에는 늦은 시간 퇴근 후 집에 오면 저녁인지 야식인 구분되지 않는 식사를 챙기고, 휴식을 취한다. 책을 읽든, 뭐라도 해보려고 하면 피로에 지쳐 졸음이 몰려온다. 꾸벅꾸벅 고개가 왔다갔다하고, 눈이 끔벅끔벅 감긴다. 정신을 차려 보겠다고 머리를 흔들어보지만, 도저히 안 되겠다며 결국엔 불을 끄고 잠을 청한다. 그리고 또다시 아침을 맞이하고 출근 준비를 하며, 휴무일이 다가오기를 기다린다.

이은대 작가님의 《책 쓰기》를 만났다. 새벽 기상. 일찍 일어나는 일이 중요한 것이 아니라 '무엇을 하기 위해' 시간을 투자하는지를 생각했어야 했다. 가장 중요한 행위의 본질을 놓치고 있었다. 내가 하는 모든 행위의 본질을 생각하라 했다. 본질을 놓치는 순간 겉돌고 있을지 모른다. SNS 중독자처럼. 목적과 행위 본질을 기억하고, 기록한다. 그리고, 실천한다.

7
하루가 곧 인생입니다

최유화

친절한 알람 소리가 들린다. 4시 30분이다. 하루의 시작이다. 쉽게 뜨이지 않는 눈을 비비며, 폼롤러를 다리 밑에 놓고 살살 롤링한다. 다리가 시원해지고 폼롤러는 새벽 기상의 피로를 흡수했다. 조금은 고된 시작이지만 최대한 예의 있게 깨워서, 오늘의 나와 대면하게 만드는 방법이다.

폼롤러 마사지가 끝나면, 배가 다 보이도록 편안한 자세로 꿀잠 자는 남편과 아이가 눈에 들어온다. 채환 선생님의 귓전 명상을 틀어놓아도, 유행하는 WSG 그룹 노래를 틀어놓아도 그들은 알아채지 못한다. 좋겠다. 부러운 그들을 지나서 부엌으로 간다.

전기 포트에 물을 받고 시작 버튼을 누르면, 이내 보글보글. 음양탕을 만들려면 뜨거운 물 반, 정수기 물 반이 필요하다. '앗! 뜨거워!' 건강에 대한 욕심이 물의 온도도 높였다. 온도가 진정되기를 기다리며 책상에 올려놓고는 잠시 기도 시간을 갖는다. 정주영 현대그룹 창업주와 김우중 대우그룹 창업주의 어머니가 하루도 빠짐없이 했다는 그 기도를 잠깐 흉내 내본다.

'건강과 함께 본인의 큰 뜻을 이루어 세상의 빛이 되기를...' 기도까지 마쳤다. 이제 본격적으로 시작해 볼까? 내가 공부하는 시간을 온전히 기다려주고, 몰입의 공간 밖에서 늘 대기하는 두 사람. 이 사람들을 위해서라도 나는 힘을 내야 한다.

감사일기를 쓰고 책을 읽는다. 그러면 어김없이 하고 싶은 일이 생겨난다. 바로 글쓰기다. 책을 읽다 보면 글쓰기부터 책 출간까지 저절로 관심이 생기나 보다. 나도 저렇게 멋진 글을 쓸 수 있을까? 하면서 여러 작가의 '책 출간 코칭' 과정들을 기웃거렸다. 그중 하나를 선택해 남편에게 "나 조만간 책 쓸 거야! '책 출간 코칭 과정' 등록해야 하는데, 비용 좀 줄 수 있어?"라고 말하면서 적지 않은 비용을 요청한 적이 있다. 요청과 허락을 동시에 구했다. 거울을 보았으면 아마 '장화 신은 고양이' 한 마리가 나타났으리라. 그 표정에 놀랐는지 남편도 기꺼이 승낙했다. 그것도 잠시, 당시엔 간절했는데 이런저런 급한 일을 가장한 변명들이 생기면서 책 출간은 다시 잊힌 채 시간은 계속 흘러갔다.

2년쯤 지났을까? 2021년 연말이었다. 2022년을 받아들이기엔 너무 어색하고, 어떤 의미 있는 새해 미션을 해야 하나 의욕이 넘치던 시기. 하루의 시간은 더디게 흘러가는데 1년은 정말 빠르다는 생각에 빠져있을 즈음, 글쓰기 강의가 다시 눈에 띄었다. 작가의 삶에 대해서도 말씀해 주신단다. '작가로 산다는 것은 어떨까?' 궁금했다.

"자기의 경험을 바탕으로 한 글이 한 사람에게라도 도움이 되고 변화될 수 있는 메시지로 전달된다면 훌륭한 작가다. 매일 쓰고 매일 소통하는 사람이 작가다." 이 말은 내 가슴에 콕 박혔다. 이은대 작가님의 특강이 끝나고 네이버 블로그에 접속했다. 시들어 있던 블로그에 다시 메시지를 담아내고 이웃들과 소통할 수 있을까?

'글을 계속 쓰는 사람이 작가다. 평생 쓸 사람이 작가다.'를 생각하면서 1일 1 포스팅에 도전하게 되었다. 작가님도 모르는 나와 작가님의 약속. 매일 글쓰기가 시작된 것이다.

결심은 멋졌는데 유지는 만만치가 않았다. 늘 글감에 목말랐다. 오늘 글을 겨우 쓰자마자 내일은 어떤 글을 쓸지에 대한 고민이 시작됐다. 점심을 먹으면서 저녁 메뉴를 묻는 남편과 똑같았다.

사실 장문의 글을 쓸 기회가 별로 없었다. 더군다나 매일 작성해야 했고, 불특정 다수의 이웃이 읽는 것에 대한 부담감도 있었다. 힘든 이유는 100가지였지만, 그래도 나는 약속을 지켜야 했다. 작가가 될 때까지 매일 글을 쓰겠다고 작가님과 한 약속 말이다.

내가 제일 잘할 수 있고 쉬운 것부터 접근했다. 책은 매일 조금씩이라도 읽으니 읽은 것을 정리해서 간단한 리뷰를 하는 형식을 기본으로 하면 되겠다 싶었다. 책으로 시작된 글쓰기, 책을 통한 가능성은 무한대였다.

지금 생각해도 1일 1 포스팅을 했던 120일 남짓한 시간은 하루하루가 기안84의 웹툰 마감을 떠올리게 했다. 그만큼 바쁘기도 했지만, 끝내고 나면 스스로 뿌듯했다.

별똥별처럼 스치는 문장들이 있을 때 메모해 둔다. 모아둔 메모에서 한 줄을 꺼내어 하루 분량의 글을 쓰기도 했다. 책 리뷰보다그런 글들이 길이는 짧았을지라도 내 생각에 깊이 잠길 수 있었다.그 기분이 참 좋았다. 마치 글배우 님의《지쳤거나 좋아하는 게 없거나》의 한 꼭지를 쓴 기분이랄까. 그렇게 있는 이야기 없는 이야기로 하루하루를 채워 나가다 보니 예측할 수 없는 일들이 부수적으로 생겨났다.

전자책 강사님이 부산에서 오프라인 강의를 해서 참석한 적이있다. 전자책을 당장 쓰려고 간 것이 아니었다. 단지 아는 강사님의강의라 의리상 참석한 것이 첫 번째 이유였다. 두 번째는 '언젠가는쓰겠지?'란 생각도 작게는 있었다. 그래서 새벽마다 또 썼다. 눈을감고도 쓰고, 졸고도 쓰고, 계속 썼더니 결국은 크몽에 등록이 되어있었다.

이후로도 자기 계발 커뮤니티인 비비엠에서 매일 다른 주제로글쓰기 모임에 참여하고, 문집까지 전자책으로 출간하게 되었다.그리고 지금의 공저 4기까지 이어진 것이다. 올해는 하루라도 글을 쓰지 않은 적이 없었다. 안 쓴 날은 퇴고한 날이다.

글을 쓰는 이 시간은 내가 아웃풋을 할 수 있는 시간이다. 보고, 읽고, 듣고, 느끼고 하면서 받아들이는 방향으로 사용했던 오감들을 밖으로 쏟아낼 수 있는 도구가 글이었다. 그래서 글을 쓰고자 하면 평범했던 순간들마저도 특별해졌다. 기록된 지난 7개월이 내 인생에서 가장 눈부신 이유도 이 때문일까.

매일의 글쓰기는 관계로도 이어졌다. 2022년 2월부터 독서 모임 '에브리딩'을 꾸리게 된 것이다. 10월이 되었으니 벌써 8개월의 역사를 써 내려가는 중이다. 여기서도 하루의 힘을 강조한다. 매일 독서하고 인상 깊었던 부분을 개인 SNS에 정리하고, 매월 1회 줌 모임을 운영한다. 처음에는 '책도 많이 읽지도 못하는 내가 과연 잘 이끌 수 있을까?'라는 걱정에서부터 '누가 참여해 줄까?'라는 걱정까지 모든 것이 신경 쓰였다. 이런 걱정 또한 글쓰기가 해결해 주었다. 블로그에 1일 1포스팅은 방문자 수를 꾸준히 늘어나게 하는 효과가 있었다. 자연스럽게 내 소식을 많은 사람에게 알릴 수 있었다. 모든 온라인 활동의 근원이 개인 SNS에 기록하는 것부터라고 말하고 싶다.

이 글을 완성하는 내내 입속에 염증이 있었다. 글을 열심히 쓰면서 받은 훈장이다. 따가움과 함께 써 내려온 글들을 이제 정리할 시간이 되니 갑자기 아쉬움이 밀려왔다.

그동안 나의 아침과 루틴들의 중요성을 잘 알지 못했다. 그저 열심히 살고 싶어서 했을 뿐이다.

하루의 힘을 의심했었다. 처음엔 그 누구의 눈에도 띄지 않았기 때문이다. 인정해 주는 이가 없었기 때문이다. 하지만 지금은 간절한 하루들이 쌓여가면서 누가 인정해 줘서가 아니라 스스로 내 인생을 보기 시작했다. 나의 하루가 잘 쌓여가고 있다고 말이다. 인고의 시간을 견뎌낸 아름드리나무의 나이테처럼 차곡차곡 쌓여가고 있다. 하루를 살아내니 내 인생이 기대된다.

8
흥미진진한 인생은 스스로 만들 수 있습니다

이자람

✦

피아노를 시작한다고 했을 때 놀라던 주변 사람들의 얼굴이 지금도 생생하다. '왜 굳이?'라고 모두가 말했다. 모두의 예상을 뒤엎으며 나는 음악인의 길에 들어섰고, 지금은 피아니스트로 연주 활동을 하고, 학생들도 지도하며 10년 넘게 살고 있다. 내가 일하는 분야에서 전문성을 높이기 위해 자격증을 따고, 끊임없이 공부하고, 지금은 나 자신에 만족하는 수준에 이르렀다. 오랜 시간 같은 일을 하며 지내다 보니 '언제까지 나의 시간에 비례해서 돈을 벌어야 할까? 이제 시간에서 자유로워질 수 없을까?'라는 생각이 들었다. 일하는 시간에 비례해서 돈을 벌기에 내가 하는 일에 한계를 느꼈고, 더 높이 올라가고 싶다는 욕심이 생겼다. 하지만 내가 아는 것, 내가 잘하는 것은 한정되어 있었다.

새롭게 할 수 있는 것이 없어 보였다. 한계는 보이지만 할 수 있는 것이 없어서 속상했다. 그즈음 지인으로부터 엠제이 드마코의

《부의 추월차선》을 추천받았다. 가볍게 읽기 시작한 책인데, 이 책은 돈에 대한 내 생각을 완전히 바꿔준 책이 되었다. 그저 평범한 한 사람이 돈을 버는 시스템을 만들고, 그 시스템으로 인해서 남들은 상상하지 못하는 어마어마한 금액의 돈을 벌게 된 것이다. 이 책을 읽기 전에는 더 이상 내가 돈을 벌고 일하는 시스템을 바꿀 수 없다고 생각했다. 당시에는 레슨 스튜디오를 운영하기 전이라서 초등학생이 하교한 이후, 오후 1시가 넘어야 수업이 시작되었다.

그 시간이 될 때까지 누워서 핸드폰을 보거나 인터넷 쇼핑을 하는 등, 오후와 저녁에 열심히 바쁘게 사는 나에게 보상해 주기 위해 그저 열심히 놀며 시간을 보냈다. 책에서는 지금의 나를 바꾸기 위해서는 그런 버려지는 시간을 활용해야 한다고 했다. 그 시간에 돈 나무를 심어야 한다고 했다. 하지만 어떤 종류의 나무를 어떻게 심어야 할지 전혀 지식이 없었고, 그래서 자기 계발과 마케팅에 관한 책을 읽어 보자고 결심했다. 서점에 가서 늘 제목만 보거나, 표지만 보고 혹해서 집에 사놓았던 책들로 시작했다. 동기를 부여해 주는 많은 책들은 한결같이 이야기했다. 버리고 있는 시간을 내 것으로 만들어야 한다고. 그리고 그 시간이 나를 바꿀 수 있는 시간이라는 것을 알게 되었다. 그때부터 시작했다.

내가 할 수 있는 것들을 하면서 내 삶을 바꿔보자 결심했다. 아침을 바꾸기 시작했다. 마음속 깊은 곳에서 '나의 하루를 바꾸겠어.'

라는 결심을 한 것이다. 솔직히 말하면 이런 결심은 살면서 수도 없이 했다. 새벽형 인간이 유행이면 시도해 보고, 미라클 모닝이 유행하면 또 시도해 보고… 부끄럽지만 항상 지속하지 못할 핑계를 찾으며 작심삼일일 뿐이었다. 하지만 이제 마음가짐이 달라졌다.

이제까지의 결심과는 완전히 다른 시작점을 찍고 싶었다. 나의 가능성을 깨우고 부자가 되고 싶었다. 새로운 시작을 눈에 보이는 것으로 남기고 싶은 나의 의지였다. 무엇으로 그 시작점을 끊을까 고민했고, 나는 수많은 성공한 사람들이 습관처럼 한다는 '새벽 기상'을 하기로 결심했다. 이것이 2021년 8월의 일이다. 그리고 알람을 4시 30분에 맞췄다. 이전까지의 나와 달리 잠들 때 걱정보다는 설렘이 앞섰다. '나는 대단한 사람이야. 새벽 기상을 해내는 사람이야.'라는 자기 확언과 함께 잠들었다.

알람이 울리고 '하나, 둘, 셋, 넷, 다섯'을 세기 전에 일어날 것이라고 나 자신과 약속했고, 알람이 울리자 바로 일어났다. 일어난 후 내가 만든 아침 루틴을 차근차근히 해나갔다. 하루, 이틀, 사흘... 새벽 한두 시에 자던 올빼미형 인간이 4시에 일어나려니 상상 이상으로 힘들었다. 하지만 내 목표를 생각했다. 지금 일하는 것 말고도 또 다른 나의 전문분야를 만들고 싶었고, 무엇보다 나의 일하는 범위를 오프라인뿐만 아니라 온라인으로 확장하고 싶은 마음이 간절했다. 확실한 목표가 생기니 그 어떤 어려움도 이겨낼 수 있었다. 특히 새벽에 일어나고, 간단한 명상을 하는 루틴을 SNS에 올리면서 나와 비슷한 생각을 하는 사람들을 만날 수 있었다. 그렇게 하면서 BBM을 알게 되었고, '책 먹는 여자' 최서연 작가를 만났다. 책 먹는 여자는 내가 되고 싶은 모습이었다. 나는 그녀가 하는 것을 모두 따라 하며, 끊임없이 정보를 수집했다. 그리고 2021년 1월, 마법에 이끌리듯 그가 개설하는 온라인 강사과정 7기에 덜컥 등록했다. 그 과정을 통해 나의 사명, 나의 목표, 나의 일에 대해 정립하는 방법을 배울 수 있었다. 또한 배운 것으로 내가 온라인에서 할 수 있는 것을 찾도록 이끌어주는 과정이었다. 이 시간은 내가 만든 나의 벽을 허무는 귀중한 시간이었다. 음악 분야에 국한되지 않고 더 많은 것을 해낼 수 있다는 자신감을 얻게 된 것이다.

처음 무언가를 시작하려고 했을 때 큰 두려움이 있었다. '나는 누군가를 지도하는 선생님인데, 이런 활동을 하면 나의 전문성이 떨어져 보이지 않을까'라는 생각 때문이었다. 내가 만든 '피아노 선생님'이라는 틀이 생각보다 단단했는데, 온라인 강사과정을 시작하고 사명과 목표를 생각하다 보니 그 틀을 조금씩 깰 용기가 생겼다. 용기가 생겼다는 것이 누군가에겐 작은 것일지 모르지만, 내게는 의미 있는 한 걸음이었다. 그리고 꿈을 향한 발걸음은 지금도 진행 중이다.

자기 계발을 해야겠다고 결심한 이후, 꾸준히 노력했고 변화는 지속되었다. 새로운 것을 배운 다음 나의 것으로 적용하면, 그에 대해서 사람들이 물어보기 시작했다. 대표적인 예로, 블로그나 인스타그램을 홍보하는 법이었다. 과거에는 나의 전문분야만 물어봤는데, 홍보에 대한 부분을 도와줄 수 있다니 더욱 뿌듯했다.

이후 온라인 강사과정에서 배운 것을 바탕으로, 독서 모임을 만들어서 사람을 모집했다. 많은 수는 아니지만, 사람들이 찾아왔다. 책을 읽고 좋았던 구절과 나의 소감을 손 글씨로, 때로는 디지털마인드맵 씽크와이즈로 독서노트를 기록해서 올리면 그것을 쓰는 방법에 관해 물어보았고, 내가 시간 관리를 하는 3P 바인더를 올리면 어떻게 시간 관리를 하는지 물어왔다. 온라인에 다양한 씨앗을 뿌렸더니, 작은 새싹을 틔었고 그 새싹들에 사람들이 관심을 두기 시작한 것이다. 이것이 흥미로운 인생이라 생각한다. 언론인을 꿈꾸던 고등학생이 갑자기 음악인을 꿈꾸고, 피아니스트이자 피아노 교육자인 사람이 1인 기업을 일구고 있고, 라이프 코칭 전문가를 꿈꾸며 새로운 미래를 개척하고 있으니 말이다.

온라인 강사가 되고, 1인 기업을 일구고 싶다는 꿈을 꾼 계기는 '행복한 강사'를 만들고 싶어서다. 내 주변에 많은 강사 선생님들이 있다. 사교육에 종사하면서 각자 책임감과 사명감을 가지고 진심으로 아이들을 돌보며 사랑으로 키우는 사람들. 그들은 과외선생님, 피아노 선생님, 미술 선생님을 비롯해 다양한 이름으로 불리고 있다. 그들이 각자의 영역에서 전문성을 갖추고, 풍요롭고 행복하도록 돕고 싶다. 하지만 많은 분이 방법을 모르고 있다. 나처럼 작은 틀을 하나 깨고 자기 계발을 시작하면 되는데 말이다. 그 첫발은 어렵다. 내가 나를 홍보하고, 나의 전문성을 알리는 것은 '교육자'라는 사람들에겐 어색할 수 있기 때문이다. 그 벽을 깨도록 도와주는 것이 나의 역할이라 생각한다. 이렇게 누군가를 돕고 함께 행복해지고 싶어 시작한 나의 자기 계발은 선생님들을 위해서 시작했지만, 다양한 사람들을 만나고 이야기 나누다 보니 비단 선생님분들에게만 국한된 문제가 아니라는 것을 알게 되었다. 말을 하지 않을 뿐 많은 사람들은 잠재적으로 풍요롭고 행복한 삶을 살아가고픈 바람이 있다. 진정한 자아를 찾고 싶고, 자기가 가진 잠재력과 더 나은 미래를 위해, 서로 격려해 주며 함께 나아갈 누군가가 필요한 것이다. 그 길에 함께해 주는 사람이 되고 싶다.

자기 계발은 나를 찾는 과정이다. 그리고 잠재력을 깨워서 나를 찾게 되면 첫째, 내가 행복해지고 둘째, 내가 사랑하는 사람들이 행복해진다. 그리고 세 번째는 나를 아는 사람들이 행복해지며 선한 영향력을 미치는 사람이 된다. 자기 계발을 시작하고 다양한 사람들과 관계를 형성하면서 나는 새로운 꿈을 꾸었고, 더 나은 나를 만들기 위해서 공부하고 있다. 그리고 내가 바라는 나의 미래의 모습도 더욱더 선명해졌다. 지금보다 더 나은 자신의 미래를 꿈꾸는 사람들은 자기 계발을 시작하길 추천한다. 자기 계발은 어려운 것이 아니다. 전혀 모르는 새로운 것을 시작하는 것이 아니다. 새로운 목표를 만들고, 한 걸음씩 나를 바꿔나가는 재미있는 과정이다. 꾸준히 걸어 나가야 하기에, 절대 쉽다고 할 수 없다. 나도 아직 갈 길이 멀고, 천천히 걸어가는 중이다.

1년이란 시간 동안 이룬 것도 있었지만 슬럼프도 왔고, 체력의 한계도 느꼈다. 이렇게까지 해야 하나 회의가 들 때도 있었지만, 나의 꿈이 있고, 함께 걸어가는 사람들이 있어서 버틸 수 있고 꾸준히 갈 수 있었다. 나 역시 새로 시작하는 주변의 사람들에게 함께 갈 수 있는 사람이 되고 싶다. 새로운 당신의 가능성을 찾고, 당신의 삶도 더 재미있게 만들어 나가길 소망한다. 그 길에 '그로우 메이트 이자람'이 함께할 것이다.

9
당신의 롤 모델은 누구입니까

박선우

"결혼하고 큰아이를 낳았다. 아이가 첫돌이 되기 전, 남편은 다니던 직장에서 몇 달째 급여를 받아오지 못했다. 결혼 전에는 경제적인 어려움을 겪지 않고 지내왔던 터라 겉으로는 애써 태연한 척했지만, 모든 것이 막막했다. 남편의 손을 잡고 사장을 찾아갔다. 일하는 직원은 하나도 없고, 공장은 모든 작업을 멈춘 상태였다. 밀린 급여를 받을 수 없는 상황이었다. 눈에 보이는 것은 프레스 기계밖에 없었다. 고무를 넣고 버튼을 누르면 금형 속에 패인 모양대로 물건이 만들어져 나오는 기계였다.

급여 대신 기계를 받기로 하고 집에 돌아왔다. 기계를 부엌에다 두고 앞으로 무엇을 어떻게 시작해야 할지 또 고민했다. 고무를 구입하고 물건을 찍어서 청계천으로 갔다. 고무가게로 들어가 영업을 시작했다. 한 개, 두 개, 그렇게 물건을 팔기 시작했다. 남편과 나는 밀린 급여 덕분에 뜻하지 않게 근로, 사무, 영업을 모두 해야 하는 운영자가 되었다. 몇 달이 지나자 급여보다 조금은 더 많은 수입이 생겨났다. 그렇게 자리를 잡아가는 동안 둘째와 막내도 태어났다."

지금의 내 나이보다 더 어릴 때부터 사업을 시작해서 지금까지 40년이 넘게 운영하고 계신 엄마의 이야기···. 나의 롤 모델의 이야기이다. 엄마의 사업은 생각지도 못한 이유로 시작되었다. 주변 사람들은 엄마를 여장부 스타일이라고 이야기한다. 초등학교에 들어가기 전에는 엄마가 거래처에 갈 때 가끔 따라가곤 했다. 모든 거래처 사장님들은 남자였다. 하지만 엄마는 누구와도 어렵지 않게 스스럼없이 지내며 아무 친인척 관계가 없는 그저 업무로 연결된 사람들과도 이웃사촌 같은 끈끈함이 있어 보였다. 서로의 가족들 이야기, 건강부터 사업 이야기까지 대화 내내 웃음이 끊이지 않았다. 엄마만 여자이고 대부분의 사장님이 남자였다는 사실도 인식하지 못했었다. 한치도 어색하거나 부족한 부분이 발견되지 않았다.

다른 친구들처럼 학교가 끝나고 나를 반겨주는 엄마가 우리 집에는 없었지만 단 한 번도 엄마가 집에 없는 게 싫었던 적은 없다. 엄마가 집에 있는 모습조차 그려본 적이 없다. 엄마는 회사에서 직원들과 "하하 호호"하며 즐겁게 일하고 계시겠지? 사장님으로 사시는 엄마의 모습이 항상 든든하고 멋있었다. 그런 엄마가 있다는 사실만으로도 마음이 항상 따뜻하고 자랑스러웠다.

사업을 하시는 엄마가 자랑스럽고 좋았지만, 사업을 하고 싶다는 생각은 한 번도 해본 적이 없었다. 하지만 생각해보면 사업가의 피가 나에게도 분명 흐르고 있었던 것 같다. 대학생 시절 여름방학 동안 카페 아르바이트를 했다.

어떻게 하면 손님들이 더 많이 올까? 빙수에 어떤 걸 더 넣으면 맛있을까? 단골은 어떻게 만들지? 음식값을 조금 더 올릴 수 있을 것 같은데…. 후기를 모아서 현수막으로 걸면 어떨까? 급여가 얼마인지는 관심도 없으면서 손님을 어떻게 하면 다시 오게 할 수 있을지를 고민하고 또 고민했다. 태어나서부터 사업을 하는 엄마를 보고 자란 터라 주인의식이 있었던 것일까? 더 많은 손님을 단골로 만들고 싶은 욕심은 다음 방학으로 미뤄두고 아르바이트를 그만뒀다. 사장님께 죄송한 마음이 들었다. 그런데 사장님은 고작 두 달 정도의 아르바이트를 한 나에게 퇴직금을 주셨다. 다시 가지는 못했지만 언제나 사장님 가게가 아닌 내 가게였다면 어땠을까? 하는 생각을 해보곤 했다.

대학교를 졸업하고 간호사로 취업했지만, 육아 문제로 퇴사했다. 아이를 키우면서 틈틈이 '간호학을 다시 한번 기초부터 파먹어 보자.' 하는 심정으로 간호학원에서 강사로 아르바이트를 했다. 그런 모습을 옆에서 보시던 엄마가 대학원 진학을 권유하셨다. 일주일에 두 번, 저녁에 수업이 진행됐고, 대학원에 가는 날만 엄마가 아이들을 돌봐주셨다. 간호 관리학을 배우는 동안 경영, 마케팅, 리더십 수업도 진행되었다. 나는 유일하게 현직에 있지 않은 간호사였다. 하지만 발표 수업마다 흥분되고 신이 났다. 4차 산업혁명에 대비하여 고객 맞춤 경영에 대한 아이디어를 발표할 때는 창업에 대한 열망이 끓어올랐다. 처음으로 느껴본 이 감정이 너무 반가웠다.

나는 대학원 방학 기간에 경영 관련 도서 50권을 읽어보자고 마음을 먹었고, 교수님과 무선으로 약속했다. 한 권 한 권 읽는 동안 창업에 대한 열망은 거의 결심으로 변하고 있었다. 죽어있는 세포를 한 개 한 개 깨우는 듯한 느낌이었다.

창업하기로 마음먹었다. 겁이 나는 것은 하나도 없었다. 왜 그랬을까? 든든한 버팀목 엄마의 응원을 기대했기 때문이다. 하지만 무조건 조언과 격려를 해줄 것 같았던 엄마는 반대하셨다. 전혀 생각하지 못했던 상황이지만 충분히 이해할 수 있었다. "남편 그늘 밑에서 하고 싶은 거 하면서 편하게 살지 사업을 왜 하냐?"며 반대하셨다. 그때 처음으로 생각해 보게 되었다. 강하고, 언제나 흔들림 없는 사장님의 모습이었지만 회사와 직원들을 오랜 시간 지킨다는 것은 엄마에게도 쉽지만은 않은 일이었다는 것을…. 어쩔 수 없는 상황이 엄마를 그 자리에 있게 한 건 아닌가 싶은 생각도 잠시 들었다.

엄마의 반대에도 불구하고 나는 사업을 시작했다. 몇 달을 고민했지만 저질러 보는 것 말고는 답이 없었다. 하루 12시간을 일해도 눈을 뜨면 사업만 생각났다. 그렇게 나는 내 사업과 연애를 시작했다.

1분 1초가 설레고 시간이 너무 빠르게만 흘러갔다. 자리를 잡아가면서는 수도 없이 해결하기 힘든 일도 생기곤 했다. 하지만 엄마에게 투정을 부리거나 힘든 이야기는 할 수 없었다. 나보다 더 아파할 것을 너무나도 잘 알기 때문이었을까?

그러던 어느 날 바닷가를 같이 걷고 있다가 엄마가 이야기하셨다.

"바다는 큰 파도를 이겨내고 나면 더 잔잔해진다."

힘든 과정들을 겪어내고 나면 그만큼 성장한다는 것을 말해주고 싶으셨던 엄마….

힘이 들면 엄마의 모습을 떠올린다. 어릴 때부터 봐왔던 유일한 사장님! 회사에 큰일이 생겼을 때도 "어떻게 잘되는 날만 있겠어? 이런 날도 있고, 저런 날도 있고 그런 거지…." 그렇게 이야기하시며 40년이 넘는 시간을 최고경영자로 회사를 이끌어 오신 분!

이제는 사업을 시작한 지 5년이 되어가는 나에게 응원과 격려를 아끼지 않으신다.

"너는 나보다 더 잘하고 있어, 너무 대견하다." 롤 모델에게 듣는 칭찬과 격려는 항상 감격스럽다. 그 말 한마디가 지난 5년간 최선을 다했다는 증거로 느껴져 나 자신을 위로하게 된다. 앞으로도 긴 시간 동안 바다처럼 잔잔히 흐르며 모든 것을 포용하고 인정하면서 회사를 이끌어 나가야겠다.

뼛속까지 경영자의 마인드로 키워주신 나의 롤 모델 우리 엄마처럼!!!

10
여자, 가능성의 끝은 어디일까요

이지은

여자! 여자! 여자! 이상하리만큼 여자라면 자고로 이래야한다는 규칙을 너무 많이 듣고 자랐다. 호기심이 많아 이것저것 물어봐도 남자랑 여자랑 경계를 짓는 건 어른들의 선입견부터 시작이었다. 실제로 중·고등학교 동창들은 대학생활을 끝내는 즉시 순서대로 결혼해서 꽃다운 24~25세에 엄마가 된 친구도 있다. 물론 나와는 길이 달라 연락이 닿는 친구는 없다.

스물여섯에 새로운 직장을 선택하지 않았다면, 여자라는 틀에갇혀 나이가 많다고 자책하며 세상을 원망하고 허송세월하며 오늘날의 내 삶을 만나지 못했을 것이다. 선입견의 틀을 깬 건 누구도아닌 나 스스로다. 남들이 생각하는 범주에서 옳은 길이라 생각하며 다수의 삶에 끼워 넣은 선택을 하지 않았다.

진정으로 목표를 세우고 이루고자 하는 방향으로 행동했다. 혼자보다 함께하기 위해 그 환경으로 들어갔다. 나의 선택을 믿고 행동하며 원하는 삶을 살게 되었다.

회사 밖에서 시스템을 일구려면 신경 써야 할 부분이 많다. 특히 개인사업자 세금 신고 같은 부분도 혼자 해봤다. 다행히 동생이 회계전문가라 세부적인 정보와 홈택스를 통한 신고서 작성 등 도움을 받았다. 아직은 매출이 높은 편이 아니라 목돈이 나갈 일은 없었다. 스스로 사장이 되어 소득에 따라 세금을 내야 하는 대한민국에서 자영업자가 되고 보니 감회가 새롭다. 재취업을 권하던 식구들에게 사업을 하겠다고 했을 때 우려하는 말이 먼저 나왔다. 특히나 미혼 여자가 홀로 꾸려 나가는 사업에 대해 엄마는 탐탁지 않아 하셨다. 비록 지금 당장 눈앞에 큰 수익이 보이지 않지만, 꾸준히 하는 활동이 힘이 되어 줄 것이라 믿는다. 사업자등록증은 나의 바인더 맨 앞에 꽂아 두고 매일 보고 있다.

예전처럼 사업이라고 해서 큰 투자금과 오프라인 공간은 없어도 된다. 일해서 번 만큼 나라에 꼬박 세금을 낸다면 직장인보다 만족스러운 삶을 살 수 있지 않을까 기대한다.

그림을 그리고 글을 쓰면서 이미 꿈 리스트에 적었던 그대로 실현하고 있는 과정이다.

준비가 끝난 다음에 시작하는 것이 아니라, 시도하고 실패하는 과정에서 수정하며 나아가는 것을 몸소 깨닫고 있다. 정년 후보다 일찍 내 일을 시작한 것에 대해 감사하다. 조금이라도 젊을 때 아이디어를 적용하고 도전하는 과정이 즐겁다. 대한민국에서는 여자를 나이와 결혼 유무에 대해 분류하는 것 같아 안타까운 적이 많다. 내가 원하는 이상적인 미래는 동반자를 만나 새 가정을 이뤄 가족과 함께하는 시간을 갖는 것이다. 그리고 이미 주변 지인들은 그렇게 살고 있다. 그러기 위해서는 시간에서 자유로워야 한다. 즉, 나 스스로 컨트롤이 가능해야 한다는 것이다.

나와 같은 고민을 하는 사람이 있지 않을까. 하고 싶은 것이 아직 많다. 해야 할 일을 만들었다. "여자는 시집가서 남편 내조하고 아이들 잘 키우면 성공하는 거야."라는 옛말에 반대로 사는 쪽을 택했다. 틀에 박힌 사고방식에 반문하는 성격을 곱게 보는 시선도 없었다. 요즘의 30~40대는 부모님 때와 그 자체가 다르다. 이미 디지털 기기를 다룰 줄 알고, 새로운 환경에 적응하며 살아온 세대다. 배운 것도 많아 자기 생각이 또렷하고 개인 가치관이 확고해 보인다. 만나야 할 인연은 언젠가 나타나지 않을까. 상상하는 건 내 자유니까. 집안의 근심거리로 비치더라도 살아가는 과정으로 이해한다.

부모님들 관점에서 마흔이 다 되어가는 자녀와 함께 살게 될지는 상상도 못했을 것이다. 그리고 60이 넘어 늙어가는 부모님의 뒷모습을 바라보는 일도 내게는 처음이다. 그렇게 살아가는 것이다. 머릿속에 이야기를 함께 나누고, 공감하고, 경청하는 대화가 좋다.

상대의 이야기를 듣는 것부터 변화해 보려 한다.

요즘 방영되고 있는 프로그램만 봐도 사회문제를 느낀다. 육아 상담소 〈금쪽같은 내 새끼〉, 남자들의 〈신랑수업〉, 연인 찾기 〈나는 SOLO〉, 이혼 부부의 〈우리 이혼했어요〉에서는 결혼, 육아, 이혼 등을 반영한다. 타인의 인생 경험을 통해 간접적으로 배운다. 공통적으로 나오는 해결 방안을 보면 상대에 대한 말투에 있다. 무조건 하지 말라고 하는 것보다 같은 입장에서 공감하고, 경청해 주고, 방향성을 제시하는 따뜻한 언어가 중요하다. 이 부분은 나도 적용하며 실천하려 노력 중이지만, 쉽지 않다. 감정을 지배하는 일에 생각보다 많은 시간과 노력이 요구된다. 연인, 부모, 형제 관계도 포함된다. 또한 타인의 삶을 평가하는 대화도 선호하지 않는다. 서로 같은 풍경을 보면서 숲에 대한 이야기를 하는 것이 좋다. 과거를 후회하는 질책보다 미래계획을 설정하는 것이다. 이미 지나온 길을 다시 갈 수도 없다. 앞으로 50년은 더 살아갈 수 있는 세상을 대하는 당연한 태도라 생각한다.

내일모레 마흔이라고, 아직 결혼도 못했다는 마음으로 자신을 괴롭히지 않는다. 세상은 다양한 삶이 공존한다. 무궁무진한 디지털세계를 만나 마음껏 그림을 그려 내 작품을 만들 수 있다. 나이에 가둬 두기엔 새로운 경험들이 무수히 남아 있는 삶이다. 엄마가 태몽으로 꾼 꿈이 있는데, 반지에 작은 보석이 점점 커졌다고 한다. 나의 인생과 닮은 것 같다. 운이 좋아 처음 이직한 매장에서 오랫동안 근무하면서 성장할 수 있었다. 지금은 다양한 형태의 좋아하는 일로 경제활동을 하면서 사는 것을 시작했다. 직장생활 때보다 덜 불안하고 더 신나게 하루를 기획한다. 가보지 않은 길이라 해도 불안하지 않은 건 사실이다. 8개월 가까이 자기 계발 모임 BBM에서 긍정의 힘을 받고 좋은 인연이 닿아 공저 작업으로 책도 쓰고 있다.

최근 프리랜서로 살아가는 법, 일러스트레이터가 되는 법에 관련된 책을 10권 정도 읽었다.

고정 수입이 없으니 매월 일과 마감에 쫓길 수 있다. 작업실이 없다면 집이나 카페에서 작업을 하더라도 일과 삶을 분리해서 균형을 맞춰야 생활을 이어갈 수 있다. 나보다 먼저 그 길을 걸어간 선배 작가들의 길을 교훈으로 삼아 현재 적용할 내용을 정리한다.

그림으로 돈을 잘 버는 세상이라 말할 수 없지만, 같은 고민을 하고 있는 지금은 과거에 가보지 않은 길을 선택할 용기가 생겼다. 나의 이야기를 그림으로 풀어내는 작가들은 여전히 존재한다. 학벌보다 능력을 꼽고, 다양한 곳에 내 그림이 쓰일 수 있는 가능성의 문은 열려있다고 믿는다. 진입장벽이 낮아 경쟁력이 높은 분야도 있지만, 천천히 그리고 꾸준히 나의 색깔로 물들어 가고 있다.

십 년 전 그랬듯, 늦은 게 아니라 퇴직시점보다 빨리 시작해서 다행이라며 뜨겁게 나를 응원한다. 부정적인 사고에 마음이 흔들리지 않도록 긍정의 다짐을 매일 아침 되새긴다.

현재의 나를 만나게 해준 과거의 나에게 감사하며 미래를 위해 살아간다. 단순하게 남자와 여자가 아닌, 하나의 삶을 책임지며 살아가는 인간 '이지은'으로 꿋꿋하고 힘차게 나아간다.

여자, 가능성의 끝이 있다고 생각하지 않는다. 미리 앞일을 내다보지 않는 이상 끝을 정하고 여행하는 삶이 어디 있는가. 끝이 정해져 있다면 더 이상 성장하고자 하는 의지를 내려놓은 것을 의미한다. 순리에 맡겨 그럭저럭 오늘 하루도 무사히 어제와 다름없이 편하게 보냈다며 잘살고 있다고 생각하는 것이다. 나는 앞으로의 내가 굉장히 기대된다. 책 출간을 통해 만나게 될 기회나 경험에 대한 상상으로 설렌다. 오죽하면 벌써 저자 사인을 연습하고 있겠는가. 끌려다니는 인생이 아닌, 내가 주체가 되어 목적이 이끄는 삶은 하루하루 열심히 살게 하는 희망을 품고 있다. 오늘보다 나은 내 삶을 만나고자 한다면, 끝을 정하지 않고 여자라는 틀에 자신을 가두지 말았으면 좋겠다. 정답인 듯 정형화된 고정관념에 '왜'라고 질문을 하며 다양성과 다름을 놓지 않고 계속 나아가는 당당한 삶의 주인이 되어도 괜찮다고 이야기하고 싶다.

11
매 순간 성장할 수 있기를

최서연

"도대체 하루를 어떻게 보내세요? 잠은 자요?"라는 질문을 자주 받는다. 책 먹는 여자의 하루 일정은 이렇다.

띠리리리링. 알람이 울린다. 몇 달 전부터 휴대폰을 거실에 두고 잔다. 식탁 위에 올려놨더니 알람과 함께 진동 소리가 크게 들린다. 무거운 몸을 이불에서 떼어내어 엉금엉금 거실로 나간다. 요가 매트를 깔고 폼롤러 위에 등을 올리고 마사지한다. '으으윽, 아 시원해.' 잠들어 있던 허리 근육을 깨우고 난 후, 똑바로 앉아 다리 찢기를 한다.

화장실로 가서 양치질을 한다. 사과 주스도 마신다. 지금처럼 책을 쓸 때는 약 삼십 분에서 한 시간 정도 글을 쓴다. 감사일기를 쓰며 선물 같은 하루를 살 수 있음에 감사한다. 다시 휴대폰을 들고 거실로 나간다. 유튜브에서 줌바댄스를 검색해서 약 15분에서 20

분 정도 영상을 보고 따라서 춘다. 차가웠던 손발이 따뜻해지고 땀이 흐르기 시작한다. 씻고 다시 책상에 앉는다. 오전에는 집중해서 해야 할 일을 집에서 하는 편이다. 점심 전후로 사무실에 출근해서 2~3시간 정도 업무를 본다.

사무실을 오픈하면서 직원을 고용하고, 업무를 위임하고 있다. 4년 동안 혼자 해왔던 일이라 업무를 분리하는 것이 어렵다. 처음이라 실수도 많다. 그동안 리더십 책을 읽으며 쌓아왔던 지식을 하나씩 꺼내서 실천해 보려고 한다. 알고 있는 것을 실행하는 것이 어려움을 한 번 더 느낀다. 지식을 지혜로 만들어가는 과정을 겪고 있다. 오후 4~5시 정도에는 다시 집으로 간다. 주로 밤 8시에 온라인 수업이 있으니, 퇴근이 아닌 두 번째 출근인 셈이다. 오후 시간에는 집중력이 떨어진 상태라 몸으로 할 수 있는 일을 한다. 영상 촬영, 수강생 단체채팅방 체크, 거래처 연락 등 투두리스트를 만들어놓고 하나씩 처리한다.

수업 1시간 전에 저녁 식사를 한다. 수업 준비를 끝내고 나면 저녁 감사일기 작성, 일정 정리, 다음 날 약속 체크를 하며 하루 마무리를 먼저 한다. 보통 2시간 정도 온라인 모임을 진행한다. 끝나면 밤 10시다. 수업 후기를 블로그에 올리고 컴퓨터를 끈다. 씻은 후 바닥에 책상을 펴고 대략 2-3권의 책을 한 시간 정도 본다. 좋은 구절을 발견하면 수강생 채팅방에 공유하기도 한다. 11시 30분이 넘어가면 졸리기 시작한다. 안약을 넣고 잔다.

루틴이 정해져서 답답하다고 느낄 수도 있지만, 그렇지 않다. 규칙적인 생활은 내가 버티는 힘이다. 하기 싫은 일을 해야 할 때도 루틴을 하나씩 해내면서 성취감을 느낀다. '이것도 했는데, 저것도 한번 해 볼까?'라는 생각이 든다. 그래서 목표를 정하고 일을 쪼개 놓으면 도움이 된다. 나는 주간 체크리스트를 활용한다. 아침과 저녁에 해야 할 일, 읽어야 할 책, 들어야 할 강의, SNS 관리가 리스트로 적혀있다. 100퍼센트 해내는 일정도 있고, 겨우 한 개 정도만 실천하는 사항도 있다. 괜찮다. 체크리스트를 작성하지 않았으면 아예 못 했을 테니까 말이다.

브라이언 트레이시는 《백만불짜리 습관》에서 습관이 운명을 바꾼다고 했다. 공감한다. 1인 기업가가 되려는 사람, 나처럼 일하고 싶다는 사람, 월 천만 원을 벌고 싶다는 사람들과 상담한다. 주제가 어떤 내용이든 상관없이 결론은 "지금 해야 할 일부터 제대로 하세요."라고 말한다. 방황하느라, 슬럼프라고 아름답게 말하고 그 뒤로 숨느라 정작 자신이 당장 해야 할 일은 놓아버리는 사람들이 있다.

5년 전의 나는 책을 읽었고 독서 모임을 했다. 사람들을 만나고 블로그에 기록했다. 내가 알게 된 정보는 유튜브에 찍어 올렸다. 오늘도 변함이 없다. 매일 머리카락보다 가는 습관 한 가닥을 꼬았다. 시간의 힘을 빌려 지금은 끊어지지 않은 튼튼한 줄이 됐다. 내가 바라고 원하는 모습으로 안전하게 데려다 줄 도구가 됐다.

내가 꿈꾸는 5년, 10년 후의 멋진 모습은 언제 탄생할까? 바로 오늘이다. 지금 내가 해내는 일이 그 모습을 완성해 주는 하나의 점이다. 따지고 보면 이미 꿈은 이룬 셈이다. 이렇게 이야기하면 수강생들은 내가 이미 뭔가를 이뤘기 때문에 쉽게 하는 말이라고 생각하고 흘려듣는다.

모든 글은 자전적 에세이라는 내용을 봤다. 즉, 나에게 하는 말이다. 여전히 나는 이불 속에 꼼지락거리는 게 행복한 잠탱이다. 뭔가 빠트리고 다니는 게 많아 실수를 만회하기 위해 기록을 할 뿐이다. 도와주고 싶어서 시답지 않은 위로를 지껄였다가 잘난 척한다고 오해받고 힘들어하는 못난이다. 평상시에는 전형적인 내향형이라 말이 없는 편이다. 그렇게 안 봤는데 차갑다는 말에 내 심장이 얼었던 적도 있다. 우리는 모두 같은 사람이다. 불완전하지만 매일 더 괜찮은 삶을 살아보려는 동지다.

'거듭나다'는 멋진 단어가 맘에 든다. 지금까지의 방식이나 태도를 버리고 새롭게 시작한다는 뜻이다. 진정한 나로 거듭나기 위해 무엇을 버려야 할까? 버리는 것이 쉽지 않다면, 좋은 습관을 만들어 보자. 긍정은 부정보다 힘이 세다. 긍정으로 부정을 밀어내는 전략이다. 오늘 해야 할 일을 적고 하나씩 실천한다. 이번 주 목표를 정하고 해내기 위해 노력한다. 이번 달 우선순위를 정하고 그렇게 살아내겠다고 결심한다.

나는 매일 점점 더 좋아지고 있다.
나는 매일 거듭나고 있다.

책 추천
《사람은 무엇으로 성장하는가》 존 맥스웰, 비즈니스북스, 2012
《미라클 모닝 밀리어네어》 할 엘로드, 데이비드 오스본, 한빛비즈, 2019

최서연

비비엠 공저 3번째를 거쳐 다시 시작한다는 마음으로 4기를 기획했다. 주제는 <성장>이다. 자기 계발을 시작하는 나이도 다르고, 사는 환경도 다양하다. 더 나은 내가 되고 싶고, 아직 발견하지 못한 재능을 꽃피우기 위해 노력했던 흔적이 이 책에 고스란히 담겼다. 이 책을 3년, 5년 뒤 다시 읽을 때를 상상해본다. 각자의 자리에서 피운 꽃의 향기가 세상을 아름답게 할 거라 믿는다. 그때까지 우리의 성장은 계속될 것이다.

강 희

수신제가치국평천하(修身齊家治國平天下). 내 좌우명이다. 수신(修身), 몸과 마음을 경영하기 위해 책을 읽고 질문을 하며 글을 쓰고 있다. 글쓰기는 나를 둘러싼 관계를 들여다보고 '나다움'의 기본을 알아가게 한다. 공저에 참여하면서 내가 겪었던 아픔과 시련이 내 성장의 밑거름이 된 걸 알았다. 용기 내어 조심스레 꺼내놓은 내 이야기가 누군가에게 가닿길 바란다. 지금의 '나'보다 더 멋진 미래의 '나'를 만들어가는 우리 모두를 응원한다. 오늘 하루도 모든 것이 감사하다.

————————————————————————————————— 김화자

책을 쓰고 싶다는 생각은 했지만, 삶이 더 성숙해지는 먼 미래의 일이라고 막연하게 생각하고 있었습니다. 책을 읽고 독서 모임을 하고 짧게나마 감사 일기를 써 본 것이 글을 쓸 수 있는 원동력이 되었습니다. 혼자라면 엄두도 못 냈을 일이지만 '함께'라는 힘은 엄청난 추진력을 주었습니다. 삶의 살아 있는 생생한 경험들이 모두 글쓰기의 재료였습니다. 함께 공저에 참여한 작가님들과 최서연 작가님, 이은대 작가님께 머리 숙여 감사드립니다.

————————————————————————————————— 박선우

"30대에는 학업을 끝까지 마치고, 40대에는 내가 아는 것들을 팔고, 50대 부터는 글을 쓰면서 살고 싶어!"라고 이야기했던 20대의 내 모습이 생각납 니다. 최서연 선배님을 만나면서 하고 싶은 것과 배우고 싶은 것은 미룰 필 요가 없다는 생각을 하게 되었고, 시작하면 어떻게든 하게 되어 있다는 믿음 하나로 공저4기에 들어갔습니다. 글을 쓰는 동안은 하루 중 유일하게 자신 과 이야기를 하는 시간이라는 것을 알았습니다. 나와 이야기 하는 시간을 갖 을 수 있었던 것만으로도 가슴 벅차게 감사합니다.

—————————————————————————— 이자람

글을 읽는 것을 좋아하는 삶을 살아왔어요. 최서연 작가님을 알게 된 후, 작가가 되고 싶다는 꿈이 생겼지만, 책은 특별한 사람만 쓰는 것이라 생각했기에 '나중에 꼭 쓰자'라 다짐했죠. 글 쓰는 습관을 만들려고 글벗에 도전했고, 저의 이야기와 생각을 글로 써 내려가기 시작했어요. 평범한 삶이 글을 쓰니 특별해지는 것 같았어요. 조금씩 자신감이 생겼고요. 생각보다 빨리 저의 첫 책이 나왔습니다. 수많은 고뇌와 시도로 만들었어요. 하지만 그 과정에서 성장했어요. 앞으로도 '쓰는 자람'으로 늘 독자와 함께하고 싶습니다.

—————————————————————————— 이지은

막연하게 내 책을 가지고 싶다는 꿈만 꾸었다. 나를 찾는 <글벗>을 통해 21일 동안 매일 새로운 주제에 대해 글을 쓰기 시작했다. 내 이야기가 누군가에게 위로가 되길 바라는 마음으로 공저에 참여할 기회를 얻었다. 전자책 작가로 먼저 주변 사람들에게 알렸더니 한 마음으로 축하해 주었다. 매일 같은 일상을 나의 시선으로 풀어내는 글을 쓰며 살고 싶다던 그 삶에 이미 들어와 있는 것이다. 한 권의 책이 세상에 나오기까지 긍정의 힘으로 함께 이끌어 준 작가님들 덕분에 소중한 독자를 만날 수 있게 되어 감사합니다.

—————————————————————————— 최유화

나는 꿈이 있는 사람이다. 이 말이 참 좋다. 이루어지지 않았기에 꿈이라고 말하지만, 지치지 않고 달려갈 수 있는 간절함이 있어 좋다. 간절함은 새벽

을 깨우고, 끝없는 배움과 도전까지 선물했다. 결국 글 쓰는 사람이 되었다. 1년 남짓한 시간 동안 더없이 치열했지만, 진심으로 행복했다. 꿈을 향한 끝없는 여정을 함께해 주는 남편과 딸에게 무한한 감사의 마음을 전하고 싶다.

—————————————————————————— 최은아

아이를 낳고 엄마로 살다 보니 나를 놓치는 하루가 많았습니다. 하루를 해치우기 바쁜 숙제 같은 인생이었습니다. 작가가 되고 싶은 꿈이 있었습니다. 꿈은 이루어지지 않기에 꿈이라고 했던가요. 숙제 같은 인생을 살던 제가 꿈을 이루는 기적을 맞이했습니다. 글을 쓰면서 되돌아보니 별거 아닌 삶이 아니라, 열심히 살아가고 있는 현재 진행형의 삶이었습니다. 엄마로서, 아내로서 그냥 살아내는 삶이 아닌, 당신이 주인이 되는 멋진 삶을 살아가길 응원합니다.

—————————————————————————— 하민정

늘 자신의 분야에서 성공한 사람들을 보면 마음속으로 부러웠어요. 그러면서 내가 못 하는 것만 꼬집어 생각했어요. 할 수 있는 것이 없다고 말하는 분들에게 저의 이야기를 들려주고 싶었어요. 내 이야기는 보잘것없다고 생각했는데 이렇게 책으로 만들어졌어요. 끊임없이 작은 성공을 해보세요. 당장 10분 산책은 어떨까요? 그리고 함께할 수 있는 좋은 사람들을 찾으세요. 꾸준히 할 수 있는 원동력이 될 거예요. 무엇보다 자신이 존재 자체로 소중한 사람임을 잊지 마세요. 그것은 사실이니까요.

"배움의 끝은 어디일까? 왜 끊임없이 배우고 또 배우고 있을까?" 머릿속을 맴돌던 질문입니다. 평생교육이라고 하지만, 사명을 찾은 날 배움의 끝을 찾았습니다. 자기 계발을 통해 찾은 삶의 의미였습니다. 이제는 나를 믿습니다. 버리고 싶던 껍데기와 알맹이를 하나로, 일과 삶을 하나로 엮어가고 있습니다. '당당한 나'로 자립하는 40대의 지금 행복합니다. 독자분들도 자신을 믿고 한 걸음씩 나아가시길 응원합니다.

우선 공저에 참여할 수 있는 기회를 마련해 주신 이은대, 최서연 작가님. 그리고 함께 참여해 주신 아홉 분의 작가님께 감사 인사를 드립니다. 글쓰기를 시작하고 자신을 객관적으로 바라본다는 것이 어떤 것인가, 삶을 바라보는 자세를 배웁니다. 이 책을 통해 작가가 된다니 쑥스럽지만, 용기를 냈습니다. '글쓰기'라는 자기 계발을 시작한 계기가 새로운 기회를 만나게 했습니다. 앞으로도 어떤 새로운 기회를 만날 수 있을지 글을 쓰면서 기대해 봅니다.